ex. SAT

washing
irrigation

MAX GALLO

Les Chrétiens

*

Le Manteau du Soldat

FAYARD

Pour Marc Bloch

« Ce n'est pas dans la connaissance qu'est le fruit, c'est dans l'art de le saisir. »

SAINT BERNARD, *De la considération,* 105.

PROLOGUE

Le baptême

J'attendais sur les marches de l'église Saint-Sulpice, ce samedi 20 octobre 2001.

Le baptême d'Antoine, le fils de Rémi et d'Angela, avait été fixé à seize heures.

J'avais accompagné les parents et le nouveau-né jusqu'au baptistère qui se trouve dans l'aile gauche de l'église et j'avais échangé quelques mots avec le père V., dominicain, qui s'apprêtait à officier.

C'était un homme imposant aux cheveux coupés en brosse, au visage énergique, au regard voilé.

Il m'avait pris par le bras et m'avait entraîné dans une marche lente autour du baptistère octogonal.

— Je connais vos livres, m'avait-il dit. Vous êtes en chemin. Vous recherchez l'unité. Avez-vous lu les sermons de saint Bernard ? Il écrit dans l'un d'eux : « Ce qui est nécessaire, c'est l'unité, cette part excellente qui jamais plus ne nous sera ôtée. La division cessera quand viendra la plénitude. »

Il s'était arrêté un instant puis, se tournant vers moi :

— Pourquoi n'entreprendriez-vous pas un grand livre sur les chrétiens ? La manière dont la Gaule a été évangélisée, est devenue la France, reste mal connue, mystérieuse, opaque même pour la plupart des Français. Qui connaît la vie de saint Martin, les circonstances du baptême de Clovis, ou l'œuvre de pierres et de mots de Bernard de Clairvaux ? Voilà les trois colonnes qui soutiennent l'édifice de la foi dans notre pays. Pensez-y !

Il m'avait à nouveau entraîné.

— Le baptême de Clovis…, avait-il murmuré. Pour le chrétien, avait-il poursuivi d'une voix forte en me montrant Antoine qu'Angela berçait, le baptême est le moment capital, l'entrée dans la communauté des croyants, dans le sein de l'Église, l'acte par lequel tout devient possible. Mais celui d'Antoine a une signification particulière. C'est pour cela que je suis rempli de gratitude envers Rémi qui a voulu que j'officie.

Il s'était interrompu, avait fait quelques pas en silence.

— Vous connaissez mieux que moi l'itinéraire de Rémi. Qu'il ait décidé de cet acte, cela va compter non seulement pour lui et Angela, et naturellement pour Antoine, et pour tous ceux qui vont assister à cette cérémonie, mais aussi pour notre pays. J'en suis convaincu. Antoine est un prénom qui évoque la soif d'absolu, celle qui animait l'un des tout premiers moines, retiré au désert pour nouer un rapport mystique avec Dieu. C'est peut-être l'indication que nous sommes à la veille d'une nouvelle envolée de la foi.

Le père V. s'était immobilisé, puis avait ajouté :

— Saint Bernard dit dans l'un de ses sermons sur le

Cantique des cantiques : « Voici la dernière heure, la nuit est avancée, le jour approche, il respire déjà, et la nuit est sur le point d'expirer. » Il écrit aussi : « La vie revient dans les traces de la mort comme la lumière revient dans les pas de la nuit. »

Le père V. avait lâché mon bras, tendu les mains vers Antoine.

— Ce baptême, avait-il dit, est un acte d'espérance.

Il m'avait salué d'une inclinaison de tête, puis avait rejoint Rémi et Angela.

J'avais quitté le baptistère et étais sorti de l'église pour attendre sur les marches l'heure de la cérémonie.

J'aime la place Saint-Sulpice, qui s'étend devant le lieu de culte comme un vaste parvis, un immense carré de lumière.

La circulation, dans les petites rues qui l'entourent, était dense en ce début d'après-midi d'un samedi d'octobre. Mais, malgré la rumeur, j'entendais distinctement le bruit de l'eau jaillissant de la fontaine édifiée au centre de la place.

Le ciel tendu entre les toits d'ardoise et de zinc était d'un bleu vif, immaculé.

Une partie de ma vie, plus de dix années, s'était déroulée là, dans l'un des immeubles d'angle où j'avais occupé un minuscule bureau. Et c'est là, dans ce bureau, qu'un après-midi, le 28 juin d'une sinistre année, il y a trente ans, on vint m'annoncer le suicide de ma fille de seize ans.

C'est aujourd'hui encore.

Sans réfléchir, comme par instinct, je m'étais précipité dans l'église, m'y étais agenouillé.

J'avais récité les prières de mon enfance que j'avais crues oubliées et qui, à cet instant, me revenaient en mémoire comme les seules paroles capables non pas d'atténuer la douleur, mais de me faire accepter ce qui m'apparaissait inconcevable.

J'avais eu le désir de m'allonger sur les dalles de la nef, devant l'autel, bras en croix, et de rester là, immobile. J'avais alors pensé – depuis lors, cette brûlure n'a jamais cessé d'être vive – que je n'avais pas fait baptiser ma fille, qui était née sans que sa mère ni moi souhaitions sa venue au monde.

Nous avions même plusieurs fois évoqué l'idée que nous pouvions – que nous devions – interrompre cette grossesse survenue trop tôt, alors que nous n'étions encore que des étudiants tout juste sortis de l'adolescence. Mais, en ce temps-là, l'avortement était une aventure qui par ailleurs nous révulsait. Et nous avions renoncé à la courir.

Pourtant, dans cette église Saint-Sulpice, le jour de la mort de ma fille, j'ai su – j'ai cru – que Dieu nous l'avait reprise parce que nous ne l'avions pas assez désirée pour être heureux de sa naissance, et que nous avions négligé de la faire baptiser.

Au moment où j'allais m'abattre sur les pierres de la nef, un ami qui m'avait suivi depuis le bureau m'avait entouré les épaules et soutenu, me guidant hors de l'église.

J'avais été ébloui par l'insolente lumière de cette journée d'un juvénile été. Et j'étais longuement resté sur les marches, face à la place, incapable de faire un pas, de retourner dans la vie après cette mort.

Et je me retrouvais là, trente ans plus tard, sur le seuil de cette même église, toujours vivant, avec encore cette blessure, cette faille qui me déchirait. Mais dont je m'étais lâchement et habilement accommodé tout au long de ces années.

Pourtant, en ce samedi 20 octobre 2001, j'allais assister au baptême d'Antoine.

J'ai vu pénétrer dans l'église les proches qui devaient participer à la cérémonie.

Il m'a semblé qu'ils se dépêchaient de gravir les marches comme s'ils craignaient d'être vus, reconnus.

Ma présence à l'entrée, immobile, bras croisés, avait paru les gêner.

Je savais que, dans notre passé respectif, dont nous avions été mutuellement les témoins, il n'y avait jamais eu de place pour la foi. Qui, parmi nous, eût osé parler de Dieu et de l'Église alors que nous avions tant à faire pour changer le monde ici-bas ?

J'avais dissimulé le suicide de ma fille ; le sentiment de culpabilité qui m'avait frappé, là, dans cette nef, avait fait resurgir en moi tout ce que j'avais conservé de croyance, mais, au fil des années, si j'avais gardé cette plaie ouverte, j'avais à nouveau chassé Dieu de mes pensées, repris par les combats et les débats à ras de terre qui emplissent nos vies de bruits et de fureurs.

J'avais écrit livre après livre comme on élève un parapet, comme on se ménage un abri. Je ne me souvenais plus d'avoir jamais délibérément évoqué la foi, la religion de tant d'hommes, ou dessiné la figure de

Dieu. Mon ciel était vide. Et mes amis d'alors – ceux que je reconnaissais, ce jour d'octobre, s'engouffrant dans l'église Saint-Sulpice – avaient tu, ignoré, oublié eux aussi leur attachement à la religion de leurs origines.

L'invitation de Rémi au baptême de son fils nous obligeait à tomber le masque que nous portions depuis les années 70-80. En ce temps-là, nous n'étions déjà plus des jeunes gens. Celui qui nous aurait dit alors que nous nous retrouverions, en l'an 1 du troisième millénaire, autour du fils tardif de Rémi pour célébrer son baptême, nous l'aurions traité de dément et nous n'aurions pas prêté longtemps attention à sa prédiction farfelue.

L'avenir, nous en étions persuadés, ne pouvait plus appartenir aux vieilles religions qui dépérissaient. Et d'abord à la nôtre, la catholique. Nous ne la pleurions pas, bien au contraire. Qu'elle soit ensevelie sous ses compromissions avec les pouvoirs, que les églises vides soient transformées en salles de bal ou de conférences ! Et que les prêtres se marient, deviennent aussi gris que la foule ! Amen !

Nous ricanions quand quelqu'un rappelait la prétendue prophétie de Malraux selon laquelle le XXIᵉ siècle serait spirituel ou ne serait pas.

C'était bien là le propos ridicule et emphatique d'un mystificateur, ministre du général de Gaulle de surcroît !

Depuis lors, quelques-uns d'entre nous sont devenus gaullistes et relisent les œuvres de Malraux. Nos beaux engagements de ce temps-là nous apparaissent pour ce qu'ils furent : des divertissements et des leurres.

En ce samedi 20 octobre 2001, alors que les commentateurs évoquaient les prémices d'une guerre de Religion, proclamée déjà, organisée par les terroristes islamistes, Rémi, celui que nous considérions comme le plus rigoureux d'entre nous, qui avait aussi pris le plus de risques personnels, allait présenter son fils au père V. afin que celui-ci traçât sur le front d'Antoine le signe de croix, puis l'aspergeât par trois fois d'eau bénite.

Ainsi vont les vies.

J'ai vu arriver les derniers invités, Gisèle, Claude, Sami. Ils m'ont salué d'un geste timide de la main comme pour s'excuser d'être là, eux aussi.

Gisèle s'est approchée.

— Je n'ai jamais assisté à un baptême, m'a-t-elle soufflé.

Puis elle m'a interrogé d'une voix teintée d'inquiétude :

— Tu n'entres pas ?

Elle imaginait peut-être que j'incarnais à cette place une sorte de protestation, une présence amicale doublée d'une posture anticléricale, comme celle de ces farouches athées qui accompagnent le cercueil d'un ami défunt jusqu'à l'entrée de l'église, mais refusent de mettre le pied dans la nef.

J'ai deviné que Gisèle hésitait, tentée de se joindre à moi.

Elle a regardé Claude et Sami qui l'attendaient quelques marches plus haut.

— Je viens, lui ai-je dit. Je suis croyant.

Elle a paru décontenancée, a secoué la tête, ri trop fort, puis s'est éloignée en répétant :

— Toi alors, comme Rémi…

Il y avait un brin de mépris, de l'étonnement et même un peu d'affolement dans sa voix.

J'ai détourné la tête. J'ai regardé l'eau jaillir et bouillonner, impavide, au centre de la place.

J'ai pensé à tous ceux qui ne viendraient pas. Et je me suis soudain souvenu d'une pensée de saint Augustin, m'étonnant de la retrouver, me rappelant que j'avais envisagé de la placer en exergue à l'un de mes livres, mais que j'y avais renoncé.

Je l'ai murmurée, ému aux larmes.

Elle me parlait de ma fille, mais aussi de Nikos, de Pierre, de Louis, nos amis qui ne viendraient pas assister au baptême d'Antoine.

Nikos s'était suicidé dans les années 70, comme s'il avait découvert avant tous les autres la faillite de ce siècle, le nôtre.

Pierre avait été assassiné, mais avait tant de fois provoqué les tueurs que sa mort était annoncée ; sans doute même l'avait-il souhaitée.

Quant à Louis, qui avait tenté de penser notre monde, sa tête avait fini par éclater, il était devenu fou et criminel.

Manquaient aussi à ce baptême ceux qui avaient choisi de se perdre dans les méandres des pouvoirs exercés sur les hommes et les choses, de n'être plus que des ambitieux, des possédants aveugles et sourds, des avides.

J'ai commencé à remonter les marches en me récitant cette pensée de saint Augustin :

Voyez ces générations d'hommes sur la terre comme les feuilles sur les arbres, ces arbres, l'olivier et le laurier, qui conservent toujours leurs feuilles. La terre porte les humains comme des feuilles. Elle est pleine d'hommes qui se succèdent. Les uns poussent tandis que d'autres meurent. Cet arbre-là non plus ne dépouille jamais son vert manteau. Regarde dessous, tu marches sur un tapis de feuilles mortes.

Je suis entré dans le baptistère.

Le père V. avait commencé d'officier. À ma vue, il s'est interrompu un bref instant. Il m'a semblé qu'il ne s'adressait plus qu'à moi, disant que nous devions tous méditer le sermon de saint Bernard. Sa voix était assurée, il détachait chaque mot, et j'eus l'impression qu'il avait posé sa main sur ma nuque, qu'il me forçait à baisser la tête.

— « Le Verbe est venu en moi, et souvent. Souvent il est entré en moi et je ne me suis pas aperçu de son arrivée, mais j'ai perçu qu'il était là, et je me souviens de sa présence. Même quand j'ai pu pressentir son entrée, je n'ai jamais pu en avoir la sensation, non plus que de son départ. D'où est-il venu dans mon âme ? Où est-il allé en la quittant ? »

J'ai levé les yeux. Je n'ai manqué aucun des gestes du père V. Et j'ai laissé, sans essayer de les masquer, les larmes envahir mes yeux, puis glisser sur mon visage.

Je suis sorti le premier du baptistère et suis resté dans la pénombre de la nef.

Le père V. s'est enfin avancé en compagnie des parents du nouveau baptisé. Je me suis approché et il est venu à moi tout en faisant comprendre à Rémi qu'il le retrouverait plus tard.

Nous nous sommes assis côte à côte dans la nef déserte, ce samedi 20 octobre 2001.

Nous avons parlé jusqu'à ce que la nuit, percée çà et là par les flammes oscillantes des cierges, envahisse l'église.

De temps à autre, un bruit résonnait, peut-être celui d'une chaise heurtée, amplifié par le vide.

Ce ne fut pas une confession.

Le père V. m'a répété que le temps pour moi était venu, qu'il s'en était persuadé en lisant mes derniers livres, non pas seulement les phrases, mais les vides entre les mots, là où gisait l'essentiel, ce que je voulais dire et ce que je voulais cacher. Oui, l'heure était maintenant venue de renouer les fils à l'intérieur de soi, de chacun de nous, et aussi pour les autres.

— Je vous l'ai dit : il faut dégager les bases de ces colonnes enfouies qui soutiennent l'édifice : saint Martin, Clovis, saint Bernard.

Puis il s'est levé et nous nous sommes approchés de l'autel.

Quelques personnes, moins d'une dizaine, priaient, disséminées dans la nef centrale.

Le père V. s'est agenouillé et je l'ai imité.

Peut-être n'avais-je plus prié, vraiment prié, depuis la mort de ma fille.

Puis le dominicain m'a pris le bras et a murmuré en me raccompagnant :

— C'est saint Bernard qui dit : « Veillons à ce que le Seigneur habite en chacun de nous d'abord, et ensuite en nous tous ensemble : Il ne se refusera ni aux personnes ni à leur universalité. Que chacun donc s'efforce d'abord de n'être pas en dissidence avec lui-même. » Efforcez-vous, a ajouté le prêtre.

Puis il a répété comme pour lui seul :

— Les trois colonnes de la chrétienté, ici, en France : saint Martin, Clovis, saint Bernard. N'oubliez pas, n'oubliez pas !

Nous nous sommes arrêtés en haut des marches. La place Saint-Sulpice, étendant devant nous son tapis clair, tenait la nuit à distance.

— N'oubliez pas, avait insisté le père V. C'est encore saint Bernard qui dit : « Ce n'est pas dans la connaissance qu'est le fruit, c'est dans l'art de le saisir. »

LES CHRÉTIENS

Tome I

Le Manteau du Soldat

« … C'est Corinthe, c'est Athènes qui apprendront de toi cette vérité : Martin avait autant de sagesse que Platon dans son Académie, autant de courage que Socrate dans sa prison. Heureuse sans doute est la Grèce, qui a mérité d'entendre les prédications de l'Apôtre ; mais les Gaules n'ont été nullement délaissées par le Christ, qui leur a donné Martin. »

SULPICE SÉVÈRE, *Vie de saint Martin,*
(397 apr. J.-C.).

Première partie

1.

Les deux hommes attendaient la fin du jour, assis côte à côte.

Ils étaient l'un et l'autre enveloppés dans un ample vêtement blanc, une sorte de manteau ou de tunique de laine fine. Il faisait déjà froid, ce 20 octobre de l'an 410.

Chacun se tenait immobile, les mains posées sur ses cuisses, le dos droit, appuyé à la façade de la villa.

La couleur ocre, presque sanguine, du mur tranchait avec la pierre gris sombre du banc et avec le blanc des vêtements.

Le regard des deux hommes était tourné vers l'horizon et l'extrémité de l'immense jardin qui entourait la villa, fermé par une rangée de hauts cyprès serrés les uns contre les autres comme les hampes noires de lances barbares ou les barreaux d'une prison.

— Ne pars pas, lâcha brusquement l'homme qui se trouvait à gauche du banc, vers l'une des quatre colonnes de porphyre qui soutenaient le plafond de cette terrasse couverte, limitée par une balustrade décorée de statues.

L'immobilité des deux hommes était si absolue

qu'on les eût dits eux aussi taillés dans le marbre, les plis de leurs tuniques figés, leurs profils ciselés.

Ils se ressemblaient : même visage osseux, pommettes saillantes, crâne rasé, menton prononcé. Mais la peau de celui qui avait parlé était striée de ridules et deux sillons cerclaient sa bouche aux lèvres fines et pâles. La peau de l'autre, au contraire, tendue entre les tempes, les pommettes et les maxillaires, était lisse.

Celui-ci était jeune, celui-là était vieux. En les regardant l'un après l'autre, on avait l'impression de parcourir le temps, plusieurs décennies, la durée d'une vie, celle qui séparait le règne de l'empereur Constantin de celui de l'empereur Honorius, la fondation de Constantinople du sac de Rome par les hordes barbares du Wisigoth Alaric.

— Ne pars pas demain, répéta le vieil homme.

Sa voix était sourde. Il avait prononcé chaque mot avec difficulté, comme si chacun avait exigé de lui un effort, comme si cette simple phrase n'avait été proférée qu'au terme d'un combat épuisant mené contre son propre orgueil.

Tout en parlant, il avait lentement tourné la tête vers l'homme jeune qui n'avait pas bougé, puis il avait levé le bras droit, l'avait étendu si précautionneusement qu'on eût dit que ce mouvement lui était douloureux. De l'ample manche avaient surgi un avant-bras décharné, un poignet maigre, une main noueuse parcourue de grosses veines bleues. Celle-ci s'était posée sur l'épaule de l'homme jeune.

— Attends ma mort, reprit-il.

Il avait écarté ses lèvres pour ce qui ressemblait d'abord à un sourire puis qui devint, les rides s'étant creusées, une grimace et l'expression d'une amertume.

Il croisa les bras.

— Chaque nuit, on rôde autour de moi, poursuivit-il, on me frôle, on veut m'attirer loin de la vie, dans les profondeurs. Je m'accroche à ce que je peux, je me lève, je guette debout la renaissance du soleil.

Il hocha la tête, posa de nouveau la main sur l'épaule de l'homme jeune.

— Tu n'auras pas longtemps à patienter. Après, quand tu m'auras enseveli, tu pourras partir.

Il resta un long moment silencieux, espérant sans doute une réponse de l'homme jeune.

— Tu veux aller là-bas, n'est-ce pas ? reprit-il. On raconte qu'autrefois la mère de l'empereur Constantin, Hélène, s'est rendue sur le tombeau de ce dieu qui est maintenant celui de l'Empire, ton Christos, et qu'elle en est revenue avec des morceaux de la croix sur laquelle il est mort.

Il haussa les épaules, ricana :

— Le supplice que jadis on réservait aux esclaves !

Il soupira et lâcha de nouveau :

— Attends, ne pars pas ! Je sais que le moment est venu pour moi. Chaque nuit on s'approche davantage, on m'agrippe, on veut m'entraîner…

L'homme jeune avait d'abord paru accablé par les propos du vieillard. Il avait baissé la tête, les yeux hagards, comme s'il s'était senti menacé et, prêt à sangloter, à demander grâce. Puis il s'était peu à peu redressé, réfutant d'un mouvement de tête ce qu'il entendait.

— Dieu seul choisit le moment où notre âme échappe à la prison du corps, dit-il enfin. Dieu décide pour chacun de nous !

Il avait une voix exaltée, tremblante d'émotion. Il s'était penché vers le vieil homme comme pour le serrer contre lui, murmurant que la mort n'était qu'un passage, une délivrance, que la résurrection était promise à tous. Mais il hésita comme s'il n'osait ouvrir les bras, saisir son interlocuteur aux épaules.

Il se leva et se mit à arpenter la terrasse en gesticulant et en s'arrêtant souvent pour fixer un bref instant le vieil homme.

— J'ai hâte de rejoindre Dieu, murmura-t-il. Sais-tu ce qu'a dit Martin, l'évêque de Tours, au moment de sa mort ?

Il s'était immobilisé en face du vieillard et, d'une voix plus forte, récita tout à coup :

— « C'est un lourd combat que nous menons, Seigneur, en Te servant dans ce corps. En voilà assez des batailles que j'ai livrées jusqu'à ce jour... »

Puis il ajouta plus bas :

— Voilà l'enseignement de Martin.

Comme si un poids avait pesé sur sa nuque, l'obligeant à se courber, le vieil homme inclina la tête.

L'homme jeune, lui, regardait au loin, au-dessus de la cime des cyprès, le ciel que la nuit envahissait.

Il reprit d'une voix aiguë, frémissante :

— Il faut écouter les martyrs, ceux que le Diable, lorsqu'il a pris la figure de l'empereur Néron ou de l'empereur Dioclétien, a livrés aux bêtes, au feu, à la croix. Ils disent : « Je suis le froment de Dieu, et je suis moulu par la dent des bêtes pour être trouvé un pur pain du Christ… »

Il se remit à marcher, levant haut les bras au-dessus de sa tête, tel un prêtre dans un sanctuaire. De nouveau il cita Martin, puis Ignace, l'évêque d'Antioche, martyrisé à Rome sous l'empereur Trajan :

— Ignace a écrit, et je vis ses paroles : « Il est meilleur pour moi de mourir pour rejoindre le Christ Jésus que de régner sur les extrémités de la terre. C'est Lui que je cherche, qui est mort pour nous ; c'est Lui que je veux, qui est ressuscité pour nous ! Mon enfantement approche… Permettez-moi d'être un imitateur de la passion de mon Dieu… Mon désir terrestre a été crucifié et il n'est plus pour moi de feu pour aimer la matière, mais une eau vive qui murmure en moi et qui dit au-dedans de moi : viens vers le Père… »

L'autre se dressa dans un mouvement si brusque, si inattendu qu'il en parut juvénile. L'homme jeune recula, baissa les bras, effrayé par la colère du vieillard au poing brandi qui répliqua, les dents serrées :

— Je suis ton père. Ton seul père ! Ne pars pas, je te l'ordonne !

L'homme jeune, le fils, baissa la tête et répéta :

— Je suis le froment de Dieu.

Ils s'étaient tus l'un et l'autre, le père et le fils, Julius et Antonius Galvinius.

Le fils s'était appuyé à la balustrade, le père s'était rassis.

Ils regardaient tous deux l'obscurité recouvrir peu à peu les allées, dissoudre dans le noir de la nuit la rangée de cyprès, et, au-delà, les collines et les vallons, les bois et les taillis réservés à la chasse, les champs de blé et d'orge, les oliviers et les vignes, les sanctuaires qui, çà et là, sur toute l'étendue du domaine, rappelaient que les Galvinius vivaient sur ces terres depuis la conquête de la Gaule par César, et qu'ils étaient les nobles les plus puissants de cette province de Narbonnaise, l'une des plus riches de l'Empire.

Julius Galvinius, l'homme maigre et vieux, le père, avait fermé les yeux.

Est-ce qu'il y avait encore un Empire ?

Par l'un de ces réfugiés qui, depuis quelques jours, s'avançaient jusqu'à la villa, tendaient la main, suppliaient, quémandant une aumône, il avait appris que Rome, oui, Rome avait été conquise, pillée, occupée durant trois jours, à la fin d'août de cette même année, par les barbares. Les palais, des quartiers entiers avaient été incendiés. Mais Alaric, le roi wisigoth, avait interdit que l'on détruisît les grands sanctuaires. Il s'était proclamé chrétien.

— Ton dieu, Antonius, épilogua Julius Galvinius en rouvrant les yeux et en regardant son fils, ton dieu est celui des barbares, des esclaves !

Il fit une grimace de dégoût et de mépris en secouant la tête, puis murmura :

— Tu les as vus, tu les as entendus ?

Il y avait quatre années de cela, les barbares s'étaient présentés aux portes du domaine. Certains étaient couverts de peaux de rat. Ils portaient des colliers et des bracelets, et nombre d'entre eux arboraient, suspendue à leur cou, une croix ou bien ce signe qui rappelait les deux premières lettres de Christos, le même chrisme que l'empereur Constantin et l'empereur Théodose avaient fait porter aux légions lorsqu'ils avaient, le premier reconnu la religion de la secte des chrétiens comme celle de l'Empire, le second interdit les cultes en usage depuis les origines de Rome et qu'on désignait maintenant comme païens.

Les barbares étaient entrés dans la villa. Ils avaient brisé les amphores et les meubles, exigé de l'or, du blé, du vin, de l'huile et des femmes. Ils avaient tué tous ceux – le régisseur, des esclaves – qui tardaient à leur obéir, mais ils avaient épargné Julius, peut-être parce qu'il les avait défiés, disant qu'il avait été tribun de Rome et qu'il allait appeler sur leur tête le châtiment de Jupiter, celui de l'empereur et de ses légions. Ils avaient quitté la villa et le domaine, entraînant avec eux des otages et les plus jeunes d'entre les femmes.

Était-ce depuis ces jours-là que Julius Galvinius avait eu la certitude que, chaque nuit, les dieux de la Mort hantaient sa chambre, l'invitant à les rejoindre ?

Ils lui disaient que sa vie, comme un tonneau qu'on a mis en perce, s'était tout entière écoulée, qu'il n'en restait plus que quelques gouttes, un liquide épais, âpre, qui ne dispensait plus de joie. Ne valait-il pas mieux renoncer à le boire ? Demander à un esclave de se saisir du glaive et de frapper ? Mais y avait-il un seul homme sur tout le domaine capable de tuer son maître ?

Les esclaves étaient devenus adeptes de la secte de Christos, ils priaient, ils écoutaient les évêques, ces hommes qu'on disait saints et qui prêchaient la fraternité, le renoncement à la force, le choix d'une vie d'ermite dans les grottes de la Montagne Noire ou bien au sein d'une communauté dite de Marmoutier, au nord, près de Tours, qu'avait fondée Martin, ce saint homme qu'invoquait à tout instant Antonius Galvinius.

Qui l'avait converti, ce fils ? Qui avait fait de lui l'un de ces chrétiens qui voulaient partir pour le désert, s'en aller recueillir des morceaux de ce qu'ils appelaient la Vraie Croix, celle de ce Christos qui, prétendait-on, était Père et Fils, esprit et parole, mort et ressuscité !

Julius Galvinius se leva, s'approcha d'Antonius qui murmurait sans doute l'une de ces prières qu'il remâchait sans relâche, mélopée triste, complainte de femme ! Le vieil homme dut se maîtriser pour ne pas laisser éclater sa colère. S'il était plein de ressentiment contre Antonius, il l'était davantage encore contre ceux qui l'avaient détourné des dieux de Rome, contre ces avocats, ces nobles, ces prêtres, ces évêques qui, depuis que la religion chrétienne était devenue celle de l'empereur, l'avaient découverte, adoptée, répandue à leur tour. Ils enseignaient la pauvreté, la foi dans ce Christ, et comment vivaient-ils ? Pour un ermite qui se nourrissait d'herbe, pour un Paulin qui avait vendu tous ses biens, combien d'autres qui avaient seulement changé de mots et de symboles, remplacé la statue de

Jupiter et celle de Mercure par une croix ? Cette nouvelle religion leur offrait le moyen de garder ou de conquérir le pouvoir. Et même de survivre à la ruée des barbares, puisque ceux-ci l'avaient eux aussi adoptée.

Qu'importait à ces hommes-là la ruine de l'Empire ! Sur les décombres des sanctuaires élevés à la gloire des dieux et des Augustes, ils bâtissaient leurs églises dont ils se proclamaient les grands prêtres.

Julius s'était ainsi rendu plusieurs fois dans la villa de Sulpice Sévère, l'un des hommes les plus riches de la Narbonnaise, un avocat qui montrait le tombeau qu'il avait fait construire à la gloire de Martin de Tours sur la seule terre qu'il avait conservée. Car il assurait avoir renoncé, comme son ami Paulin, aux biens de ce monde, et que ce dernier domaine de Primuliacum n'avait pour but que de fournir aux chrétiens rassemblés autour de lui la nourriture dont ils avaient besoin. Mais tous, jurait-il, et lui d'abord, avaient fait choix de pauvreté et d'humilité.

Julius Galvinius avait écouté Sulpice comme s'il s'était agi d'un comédien roué. Les hommes que l'avocat rassemblait autour de lui – Gallus, Postumianus, Refrigerus, Agricola… – lui étaient apparus comme les membres d'une troupe de théâtre qui prétendaient mener une vie ascétique alors même que des dizaines d'esclaves continuaient de les servir et de labourer pour leur compte le sol du fameux dernier domaine. Eux se vouaient à la prière, à la lecture, à la conversation, célébraient la gloire de leur Christ et de leurs saints comme ils l'eussent fait jadis pour l'empereur ou pour les dieux de Rome.

Julius avait questionné l'un de ces riches chrétiens, Sabatius, qui lui avait décrit avec complaisance, la bouche gourmande, la vie qu'il aimait, et qui, ce faisant, n'avait pas même paru mesurer qu'il dévoilait sa duplicité :

— Je veux une maison commode, aux larges appartements disposés successivement selon les saisons de l'année. Je veux une table brillante et bien garnie, des domestiques jeunes et nombreux, des artistes en différents genres, habiles à exécuter promptement des commandes, des écuries pleines de chevaux bien nourris, et pour la promenade des voitures sûres et élégantes...

Tel était en fait le mode de vie des riches chrétiens.

Qui pouvait être dupe d'une pareille comédie ? Comment Antonius, son propre fils, avait-il pu succomber à de tels mensonges ?

Julius Galvinius regarda Antonius avec un sentiment mêlé de commisération et de culpabilité. Sans doute ne lui avait-il pas insufflé la force de résister aux tromperies de cette secte ? Peut-être ne lui avait-il pas transmis cette connaissance des anciens qu'il avait lui-même reçue de son propre père, Marius Galvinius, qui lui lisait sur cette même terrasse Tacite et Celse ?

Il se souvint de la voix paternelle scandant un texte de Celse qui dénonçait les chrétiens.

— Méfie-toi d'eux, avait déclaré son père, avec leurs douces paroles ils t'arracheront le glaive des mains, mais eux s'empareront de ta puissance perdue et en useront à leur profit. Ils ne veulent autour d'eux que des gens soumis. Écoute Celse, il écrivait au temps où un philosophe pouvait encore, dans l'entourage de l'empereur, se dresser contre leur secte…

Celse affirmait que les chrétiens entendaient convaincre uniquement les gens niais, vulgaires, les stupides esclaves, les bonnes femmes, les jeunes enfants, afin de les tenir sous leur joug, mais qu'ils se défiaient des hommes cultivés, de tous ceux qui pouvaient opposer à leurs fables les forces de la vie telle qu'elle était.

Et Julius se souvint que, peu après, son père l'avait contraint à descendre dans une fosse sur laquelle on avait placé un plancher ajouré. Julius avait entendu les beuglements du taureau traîné au-dessus de la fosse. Puis il y avait eu un cri rauque, presque humain, et le sang avait jailli de la gorge tranchée de l'animal. Le sang s'était répandu, coulant à travers le plancher, dégoulinant sur le visage de Julius et sur ses épaules, tiède, épais, rouge sombre, sucré.

— Voilà une vraie communion avec un vrai dieu! s'était exclamé Marius Galvinius en aidant son fils, gluant de sang, à s'extraire de la fosse.

Julius avait vu les esclaves dépecer le taureau dont les entrailles fumaient au soleil.

— Connais-tu Celse? demanda Julius Galvinius en serrant le poignet de son fils.

Étonné, Antonius le dévisagea. Le vieil homme s'emporta alors, martelant les arguments de Celse, ceux qu'autrefois son propre père lui avait inculqués.

Quel était ce dieu ignorant des hommes qu'il avait créés et qui devait descendre sur terre pour justifier les créatures qui étaient siennes ? Sa puissance divine était-elle à ce point bornée qu'il ne pût rien corriger sans envoyer tout exprès un mandataire, ce Christ, à la fois lui-même et un autre, dans le monde d'ici-bas ?

— Celse dit la parole de vérité, conclut Julius. Mais, depuis l'empereur Marc Aurèle, la lâcheté des uns, la naïveté des autres, l'ignorance de la plupart et la faiblesse coupable des Césars ont favorisé le travail des rongeurs, ces chrétiens qui, comme des rats, ont peu à peu sapé toutes les fondations de l'Empire. Et Rome tombe, Rome est pillée par Alaric, un barbare qui se proclame chrétien !

À cet instant, Julius Galvinius devina, malgré la pénombre, le sourire d'Antonius. Son fils le regardait avec une condescendance teintée d'une certaine bienveillance. Julius eut même le sentiment qu'il y avait de la pitié dans les yeux qui le dévisageaient.

Il lâcha le poignet de son fils.

— Sais-tu que Tacite, des dizaines d'années avant Celse, parlait déjà de la détestable superstition des chrétiens ?

Il haussa la voix :

— Qui t'a fait oublier Tacite et Celse, que je t'ai enseignés comme mon père me les avait fait connaître ?

Antonius ne cessait pas de sourire.

— J'ai partagé la souffrance du Christ, murmura-t-il. Il l'a choisie pour sauver chacun de nous. Toi aussi, père.

Julius Galvinius étreignit de nouveau le poignet de son fils.

— Crois-tu qu'il va empêcher les dieux de la Mort de me prendre par la main ?

Il se pencha vers Antonius.

— Sais-tu ce que je fais, chaque nuit ? Je m'allonge entre deux esclaves. J'exige qu'elles pressent leur corps contre le mien. Seul le contact de leur peau, leurs caresses, leurs seins me rassurent. Je m'agrippe au plaisir qu'elles m'apportent. Voilà la vie ! Le sang du taureau, la bouche d'une femme : voilà ce qui donne la force !

Antonius se dégagea d'un mouvement vif et Julius Galvinius ne chercha pas à le retenir, s'écarta même de lui.

Il défia son fils du regard en tendant le bras vers l'est, là où, le lendemain à l'aube, le soleil invaincu renaîtrait.

— *Sol invictus,* dit-il.

Antonius Galvinius secoua la tête, répétant à plusieurs reprises «*Crux, Crux*», comme s'il avait voulu opposer ce seul mot à ceux de son père. Puis il fit lentement le signe de croix.

— Père, dit-il en s'approchant de Julius, laisse-moi te raconter, cette nuit, la vie d'un homme de Dieu.

Il se signa de nouveau.

— Quand le soleil demain se lèvera, reprit-il, après que tu m'auras entendu, tu décideras toi-même si je dois partir, aller prier sur le tombeau du Christ.

Julius Galvinius considéra longuement son fils, puis se rassit, enveloppant d'un grand geste ses épaules dans son ample vêtement blanc.

— Parle, fit-il.

2.

Cette nuit-là, alors que le vent était tombé, ne laissant percevoir par instants qu'un murmure de feuilles froissées, Antonius Galvinius avait commencé à parler.

Mais son père d'abord ne l'écouta pas.

Les yeux clos, les bras croisés, le menton un peu levé, la nuque appuyée au mur de la villa, Julius Galvinius paraissait somnoler, indifférent à la voix fervente de son fils.

— C'est au bord du grand fleuve Danube, commença ce dernier, que l'homme de Dieu est né, dans cette province qu'Auguste avait nommée Illyrie et qui porte aujourd'hui le nom de Pannonie. C'était déjà le temps où les hommes grouillaient dans l'immense plaine de l'Est qui s'étend de l'horizon jusqu'au grand fleuve le long duquel les empereurs avaient élevé un limes. Celui-ci était fait de tours et d'une muraille au pied de laquelle ils avaient tracé une route. Là patrouillaient les légions. Le père de l'homme de Dieu était tribun militaire. Il avait choisi pour son fils le patronyme de Martin parce que Mars est la divinité païenne de la Guerre, celle que les soldats vénèrent, qu'ils prient et à laquelle ils font des sacrifices. Mais quel père peut enfermer un fils dans la prison d'un nom, d'une croyance, si le Dieu juste, si le Dieu vrai en a décidé autrement ?

Julius Galvinius laissa retomber sa tête sur sa poitrine comme pour bien marquer qu'il dormait, qu'il refusait d'entendre.

Antonius hésita puis reprit :

— Les peuples de la plaine étaient comme de grosses vagues qui déferlaient contre le limes. Une vague poussait l'autre. À l'horizon, de petits hommes imberbes, au corps luisant souvent couvert de peaux de rat, chevauchaient. Ils faisaient tournoyer leur glaive au-dessus de leur tête. Ils lançaient de longues cordes dont le nœud coulant enserrait le cou des hommes ou des chevaux. Le soir, ils rejoignaient leurs femmes et leurs enfants qui, sur des chariots, escortaient les guerriers. Ce peuple des Huns, toujours en mouvement, n'avait pour empire que le vent et la poussière. Ils ignoraient les villes et les haltes. Les enfants étaient conçus en un lieu, naissaient en un autre, grandissaient partout et n'avaient pour souvenirs que la ligne d'horizon et les chariots des autres peuples qui fuyaient devant eux.

« Ceux-là, les Goths, les Wisigoths, venaient se briser sur le limes. Et les légions, celles de Dioclétien, de Constantin, de Valentinien, de Valens, les repoussaient, tuant comme on moissonne.

« Mais on n'arrête pas le vent, on n'endigue pas longtemps l'océan.

« Les Goths, les Wisigoths se jetaient dans les eaux du fleuve et la plupart s'y engloutissaient, mais quelques-uns réussissaient à le traverser et, sur l'autre berge, leur succès incitait à l'audace. On construisait des barques et des radeaux. On creusait des troncs d'arbres. On gonflait des outres faites avec la panse de chevaux ou de bœufs. On s'élançait dans les flots. On atteignait la rive de cet empire dont on rêvait. Là, derrière la muraille du limes, dans les rues des villes fortifiées, à Sabaria, et peut-être aussi à Sirmium, grandissait Martin, fils de soldat, portant le nom de Mars, dieu de la Guerre.

«Il a vu les casques et les épées, les aigles et les cuirasses martelées avant même de découvrir ce que c'est qu'un livre saint. Il a entendu les voix gutturales des chefs de troupe avant d'écouter le chuchotement des croyants en prière. Martin a assisté aux sacrifices païens. Il a vu son père plonger ses mains dans le sang du taureau égorgé, ou bien extraire le cœur des entrailles d'une brebis et le foie de celles d'un poulet. Peut-être Martin a-t-il aussi vu trancher le poing d'un prisonnier, crever les yeux d'un autre, Goth, Wisigoth, voire celui d'un guerrier hun aventuré trop loin des siens, livré par les Goths au tribun pour être interrogé! Qu'on sache enfin quel était ce peuple de cavaliers qui paraissaient naître de l'horizon, surgir du ventre de la terre…

Julius Galvinius avait dénoué ses bras, appuyé ses paumes sur le rebord du banc, prêt, semblait-il, à y prendre appui pour bondir.

Antonius s'interrompit, le visage en sueur, comme venant juste d'arriver de ces terres d'invasion, là où les barbares se glissaient dans l'Empire, en renversaient les murs, puis se répandaient jusqu'ici, en Narbonnaise, et là-bas jusqu'à Rome. Et que pouvait-on faire d'autre que prier, que tenter de les convaincre de croire au vrai Dieu ? Certains déjà, comme les Wisigoths, portaient la croix.

Julius parut d'abord ne pas remarquer que son fils s'était tu. Il garda les yeux fermés, puis, tout à coup, se redressa, fixant son fils, les rides autour de sa bouche creusées par un ricanement méprisant.

— Tu parles du ventre de la terre… Que sais-tu du ventre d'une femme, toi qui veux me raconter la vie d'un homme ? Oublies-tu que tout homme, qu'il soit hun, wisigoth ou gaulois, empereur ou esclave, et même ton Christos, est né du ventre d'une femme, qu'il a glissé tout gluant d'entre ses cuisses ? Tu baisses la tête…

Julius Galvinius se leva.

— Aurais-tu honte d'être né de ta mère ?

Il serra le poing, en menaça Antonius :

— Toi qui veux prier pour les hommes, ignores-tu que toute leur vie ils rêvent de mettre leur nez, leur bouche, leur visage là d'où ils sont venus au jour, et qu'ils flairent les femelles comme font les chiens avec les chiennes ? Vas-tu me parler de cela ?

Julius avait crié ces derniers mots, puis s'était mis à marcher de long en large sur la terrasse.

— Ou bien veux-tu faire comme Sulpice Sévère… ?

Il rit silencieusement, tout son visage exprimant le dédain.

Il avait été convié plusieurs fois, exposa-t-il, chez Sulpice Sévère, dans son domaine de Primuliacum.

Ermites ou prêtres venus d'Orient s'y pressaient.

— Là où tu tiens tant à aller, marmonna-t-il en secouant la tête.

Il y avait rencontré aussi des évêques, des diacres, et Paulin, le riche qui avait vendu tous ses biens, et Gallus le Gaulois. Sulpice lisait le livre qu'il avait écrit, racontant lui aussi la vie de Martin, les miracles que ce dernier avait accomplis. Martin, à l'entendre, était le meilleur disciple de Christos.

— Si tu connais sa vie…, l'interrompit Antonius d'une voix lasse, levant les mains en signe de résignation.

Julius Galvinius s'approcha de lui, le visage si près de celui de son fils que leurs mentons en vinrent à se frôler.

— Crois-tu que j'ai écouté ces prêcheurs d'une croyance d'esclaves ? s'exclama-t-il. Moi, j'aime les esclaves : je les couche dans mon lit, je m'enfonce dans leur ventre ! Sais-tu ce que je faisais pendant que Sulpice Sévère parlait ? Je regardais les jeunes femmes qui, pieds nus, leur corps gracile caressé par les voiles de leur tunique, nous servaient à boire et déposaient des coupes remplies de fruits près de nous. Quand elles se baissaient, je voyais leurs cuisses, leurs fesses, l'antre d'où nous venons.

Il poussa un grognement en dévisageant Antonius, comprenant que le mouvement de ses lèvres était celui de la prière.

— Tu veux que je t'écoute ? reprit-il. Alors parle-moi du désir qu'un homme de Dieu éprouve, et comment il le tue, et pourquoi. Peut-être ainsi me parleras-tu de toi, Antonius !

Julius s'éloigna vers l'entrée de la villa, puis, tout à coup, se retourna et lança :

— Ta secte est-elle celle des eunuques, des châtrés ! Voilà ce que tu dois me dire. Et les femmes qui prient Christos, celles qui s'enferment dans des cellules ou des grottes, ont-elles encore du sang qui coule entre leurs cuisses ?

Julius rit aux éclats, entourant sa poitrine de ses bras comme pour contenir ce violent accès de gaieté.

Puis il revint vers son fils en levant la main, et le défia du regard.

— Je te donne sept jours. Tu me raconteras la vie de ton saint homme, de ton homme de Dieu, de ce Martin dont on vante tant les exploits : guérisons, résurrections, si j'en crois Sulpice Sévère… mais c'est d'un avocat, d'un jongleur de mots !

Il posa son index tendu sur la poitrine d'Antonius.

— Dès que le soleil aura disparu derrière les cyprès, c'est moi qui parlerai. Toi sept jours, et moi six nuits. Puis nous déciderons, et je me soumettrai à ton jugement.

Il se dirigea de nouveau vers l'entrée de la villa.

— Nous commençons dès demain, précisa-t-il.

Il s'arrêta sur le seuil, tourna la tête vers Antonius.

— Veux-tu que je t'envoie mes deux jeunes esclaves pour t'aider à finir la nuit ?

Antonius s'était agenouillé, continuant de prier.

3.

Antonius s'est allongé sur les dalles de marbre de la terrasse.

Il sent sur ses épaules les rafales de pluie. Elle tombe obliquement, poussée par le vent qui s'est levé en même temps qu'arrivait l'orage. Depuis, les éclairs cisaillent l'horizon, éclairent de lueurs blanches les cyprès, et le tonnerre couvre de ses fracas le martèlement de l'averse. Elle redouble alors et flagelle Antonius.

Il écarte les bras. Que le ciel le crucifie ! Que la souffrance, le froid, la grêle déchirent son corps ! Qu'il partage ainsi un peu de la douleur du Christ et des martyrs, ceux qu'on clouait sur la croix, ceux que les dents des fauves lacéraient, ceux qu'on faisait griller sur des plaques de fer rougies, ceux dont on arrachait les yeux, les oreilles, la peau avec des pinces et des crochets. Ceux qui continuaient envers et contre tout de prier et refusaient de renoncer à leur foi !

Et son père imagine qu'il cédera ? Chaque tentation, chaque blasphème, chaque insulte, tout le mépris, la colère dont Julius Galvinius est capable le renforceront dans sa croyance dans le Christ. Il sera comme Martin, comme ces ermites d'Égypte, Pacôme, Antoine,

Jérôme, qui, reclus dans la fournaise des grottes ouvertes dans les falaises du désert, prient, se nourrissent de brins d'herbe et parfois, les jours fastes, d'une ou deux sauterelles. Que mon corps devienne aussi léger qu'une plume que Dieu fera voler jusqu'à Lui ! Ce qu'il va devoir affronter n'est rien, comparé à ce qu'acceptent pour leur foi les ermites et à ce qu'ont vécu les martyrs !

Depuis qu'en 313, à Milan, l'empereur Constantin a reconnu les chrétiens, le péril n'est plus que celui de la tentation du mal, du renoncement à la souffrance, du choix d'une vie de plaisirs. Quand on se vautre dans l'auge de la jouissance, qu'on mord dans des fruits juteux ou dans les lèvres d'une femme. Ou quand on succombe au désir de puissance, à l'instar de ces évêques aux vêtements brodés d'or, s'appuyant sur une crosse sertie de pierres précieuses et se comportant comme des consuls, les préfets d'une Église devenue sœur de l'administration impériale.

Antonius se redresse. Il avance à genoux vers la balustrade. La pluie et la grêle le frappent au visage, glissent sous sa tunique. Il cale son front contre l'arête acérée du marbre. Il pèse de toutes ses forces, frotte son front jusqu'à ce qu'il sente le sang couler de sa peau cisaillée. Il prie à mi-voix. Il offre cette douleur, ce sang à Dieu. Il ne succombera pas aux manœuvres des démons. Il invoquera Martin. Lui sut déjouer les pièges du Diable qui tant de fois essaya de le tromper, allant jusqu'à prendre l'apparence de Dieu.

Antonius se met à trembler, à claquer des dents.

Est-ce le froid qui lui colle à la peau comme cette tunique trempée ? Est-ce la peur de ne pas être assez perspicace pour reconnaître le Diable sous les dehors, les oripeaux dont il se travestira ? Il a pris le masque des empereurs Néron et Dioclétien. Il a persécuté sous leurs noms. Il a été l'inspirateur de Julien l'Apostat, celui qui voulut effacer l'œuvre de Constantin et proclamer que les croyances païennes étaient à nouveau celles de l'Empire.

Antonius plaque à nouveau son front contre l'arête de pierre.

Il tremble de plus en plus fort.

Et si le Diable était déjà entré dans cette maison ? S'il s'était donné le visage et la voix du père ?

Antonius se souvient de ce rictus de Julius Galvinius quand il parlait, de ses sarcasmes, de ses marques de mépris. Il lui semble que jamais auparavant son père ne s'est comporté ainsi. Pourquoi cette violence ? Et si les démons l'inspiraient, et si le Diable était en lui ? Et si c'était un combat qui s'engageait non pas entre père et fils, mais entre Dieu et Diable, un combat dont l'enjeu serait justement leurs deux âmes, celle du fils et celle du père !

Antonius prie pour chasser les démons.

Il faut que la vie de l'homme de Dieu, la vie de Martin, le saint homme, soit comme une croix brandie à la face du démon, à la face du père dont le Diable s'est emparé.

Aurai-je la force ? Ma foi sera-t-elle assez forte ? Que Dieu et Martin m'habitent ! Que l'exemple du Christ et les actes de Martin m'inspirent !

Il faut prier.

Bras en croix, mains accrochées à la balustrade, front appuyé au tranchant de la pierre, Antonius Galvinius prie tandis que la pluie s'arrête et que l'orage s'éloigne dans la nuit calmée.

4.

Antonius Galvanius se réveille en sursaut quand il sent sur sa nuque la chaleur d'une main qui l'effleure. Elle se retire, il a froid. Elle revient, plus insistante, et il penche la tête en avant comme pour s'offrir à elle. Par ce geste, il enfonce à nouveau l'arête de pierre dans son front sans plus éprouver de douleur, tant la douceur de cette main le comble.

Tout à coup, il frémit, se raidit. Se retourne avec vivacité.

Il voit dans la lumière du matin qui a envahi la terrasse l'une des jeunes esclaves de son père.

Il devrait baisser les yeux, ne pas regarder cette femme aux cheveux dénoués qui tombent en deux longues mèches noires sur ses seins dont il devine les mamelons sous le voile blanc, si fin, serré à la taille par une cordelette de fils dorés.

Antonius se signe. Il reste à genoux. L'esclave s'éloigne, la main cachant sa bouche comme pour s'interdire de crier. Elle s'arrête sur le seuil, murmure quelques mots retenus par ses doigts toujours posés sur ses lèvres.

Elle articule le mot «sang». Elle ajoute que le

maître, Julius Galvinius, attend son fils à l'intérieur de la maison. Elle passe ses doigts sur son visage et murmure à nouveau « sang ».

Antonius devine. Le sang a coulé de son front, a séché sur ses joues, le long de son cou ; il tend et balafre sa peau comme autant de cicatrices. C'est ce sang qui a fait reculer la jeune esclave, ce sang né de la souffrance désirée pour partager le sacrifice du Christ, ce sang qui vient de le sauver de la concupiscence.

Antonius se signe.

Comme il est peu résolu ! Comme il peut être facilement vaincu ! Comme il peut être surpris par le démon, ému et corrompu par la douceur de peau d'une femme !

C'est pour cela qu'il doit partir pour l'Orient, sur le tombeau du Christ. Choisir de s'enivrer de Dieu dans une grotte du désert, ou dans une cellule d'une de ces maisons retirées au milieu des forêts ou sur des îles, dans ces lieux de prière et d'isolement qu'on appelle monastères. C'est Martin qui a créé les premiers.

Lui a su fuir les tentations.

Lui a dit :

« Dans un pré, une partie avait été broutée par des bœufs, une autre avait même été fouillée par des porcs, le reste était couvert d'une verdure printanière, parsemée de fleurs de toutes les couleurs. Voilà les choix de vie. Les bêtes lourdes, ces bœufs à l'œil terne qui ont fait disparaître du pré toutes les fleurs, mais laissé une légère toison d'herbe, sont les symboles des mariés. L'autre partie du champ qu'ont fouillée les porcs, bêtes immondes, offre l'image de la fornication. Mais la troisième partie, qui n'a éprouvé aucun dommage, montre la gloire de la virginité. Elle est féconde en herbes luxuriantes. Elle promet une récolte exubérante de foin. Elle revêt une parure d'une beauté extraordinaire. Elle s'orne de fleurs éclatantes au rayonnement de pierres précieuses. Bienheureux spectacle et digne de Dieu : car rien n'est comparable à la virginité ! »

Antonius se redresse, entre à la suite de l'esclave aux cheveux noirs dans la maison. Il chancelle. Est-ce d'épuisement, après la nuit qu'il vient de passer sous l'averse et dans le vent glacial, perdant son sang, sans nourriture depuis la veille au matin ? Ou bien est-ce de respirer ces parfums, de voir dans l'exèdre, ce salon où il pénètre, les coupes de fruits, certains mordus, les amphores sur le goulot desquelles le vin, comme du sang, a séché, puis de découvrir son père, la tunique ouverte sur un torse osseux, jambes allongées, une esclave assise contre lui ?

Odeur et spectacle de fornication !

Le Diable est en eux, mais il se faufile aussi parmi ceux qui se proclament chrétiens, peut-être chez Sulpice Sévère qui, après la mort de sa femme, dans son domaine de Primuliacum, raconte la vie de Martin en compagnie de cette Bassula, sa jeune belle-mère, tous deux échangeant des regards appuyés : ceux de deux croyants partageant la même foi ou bien de deux complices ayant choisi de vivre comme des porcs ?

Julius Galvinius a dévisagé son fils. Il s'est soulevé en s'appuyant sur le coude droit tout en s'accrochant de la main gauche à l'épaule de la jeune esclave.

— Ton visage ensanglanté me rappelle celui des gladiateurs. Je croyais que les chrétiens condamnaient la cruauté ? Qu'ils dénonçaient les châtiments ou les jeux mortels infligés par les empereurs aux gens de ta secte ? Mais, en ces années-là, l'Empire était grand, craint du Jourdain au Rhin, du Danube à l'Océan, du limes de Bretagne à celui de Pannonie, et de Trèves à Jérusalem personne n'osait le défier. Ceux qui s'y risquaient avaient les poings tranchés. César l'a fait à quelques jours de marche d'ici, à Uxellodunum, et les Gaulois, dont nous sommes issus, sont devenus citoyens de Rome. En ces temps anciens, les peuples craignaient le châtiment des légions ; celles-ci étaient encore romaines et non peuplées de barbares.

Julius boit une longue rasade et l'esclave, en se penchant sur lui, ses seins contre son torse, lui essuie les lèvres.

— Veux-tu qu'elle te nettoie aussi ? lance Julius Galvinius. Ses mains, sa peau sont aussi douces que l'eau la plus pure.

Il a brutalement saisi le poignet de l'esclave et l'a glissé sous sa tunique.

— Alors, Antonius, martyr des temps cléments, chrétien qui en es réduit à te persécuter toi-même puisque les empereurs eux-mêmes sont devenus adeptes de Christos, quand me racontes-tu la vie de ce Martin ? C'est déjà le premier jour et tu ne feras pas de moi si facilement un croyant de ton dieu !

— Écoute-moi, dit Antonius.

5.

Antonius se dirige lentement vers la porte de l'exèdre opposée à celle par laquelle il est entré. Celle-ci donne sur le péristyle. Il s'arrête sur le seuil. Il aperçoit les silhouettes des esclaves qui vont et viennent sous les colonnades, remplissent des amphores à la fontaine située au centre de la cour intérieure. Le bruit de l'eau se mêle au jaillissement des rires en provenance des chambres situées sur le côté gauche du péristyle. Son père accueille toujours de nombreux invités, des femmes, des voyageurs qui se rendent de Burdigala à Tolosa. Il offre aux unes et aux autres les compagnons et les compagnes d'une nuit.

Comment ne pas vouloir quitter cette maison où l'on se vautre dans la fange et l'orgie ? Où l'on voue encore un culte aux dieux païens qui sont là, dans cette niche creusée au milieu d'un des murs du péristyle ?

Il faudrait avoir le courage d'aller briser leurs statues, celles d'Apollon et de Mars, celles de Jupiter et de Vénus. Il faudrait renverser les lampes à huile qui brûlent à leurs pieds.

Martin, lui, détruisait les sanctuaires des faux dieux. Il affrontait les païens qui le menaçaient de couteaux et de haches, lui lançaient des pierres, le frappaient à coups de bâton. Il allait vers eux, invoquant la parole de Dieu, aidé par les anges, accomplissant des miracles. Les païens se convertissaient. Et sur les ruines de ces sanctuaires Martin élevait des églises.

Voilà la route qu'il me faut suivre.

Antonius s'avance dans la cour. Il découvre dans l'eau de la vasque son visage maculé de sang.

— Si tu veux renoncer à notre joute…, lui lance Julius Galvinius dont la voix résonne entre les colonnades.

Antonius plonge son visage dans l'eau, détache les croûtes de sang de ses joues.

Il entend le rire de son père et celui de la jeune esclave aux cheveux noirs.

Partir maintenant, se réfugier dans l'une des grottes de la Montagne Noire, là où prient, solitaires, les chrétiens qui ont choisi de vivre en ermites.

Il se souvient de l'Évangile qui dit : « Lorsqu'on vous persécutera dans une ville, fuyez dans une autre. »

Mais personne ne le persécute ici. Dieu se borne à le soumettre à une épreuve. Dieu veut savoir si la foi de Son croyant est ferme et résolue. Dieu veut qu'il dispute des âmes au Diable.

Antonius revient sur ses pas. Des gouttes d'eau glissent sous sa tunique, le font frissonner.

Est-ce son père qui est couché là, dans l'exèdre, avec cette jeune esclave allongée à ses côtés, ou bien est-ce le Diable ?

Il se signe.

Il suffisait à Martin de cette croix pour exorciser ceux que les démons possédaient.

Mais Julius Galvinius caresse les seins de l'esclave et rit à nouveau :

— Tu ne veux pas te laisser tenter, Antonius ?

— Dans la ville de Sabaria, dans cette province de Pannonie où il est né, commence Antonius en s'asseyant face au vieillard, Martin, enfant de Dieu, a vécu au milieu d'hommes en armes, et son père était l'un d'eux. Ces soldats se rendaient sur une colline qui dominait la citadelle de Sabaria. Ils se rassemblaient au milieu des bosquets, ils vénéraient le dieu Baal, cette divinité barbare. Ils égorgeaient des enfants pour obtenir sa protection. Comme des porcs, ils mêlaient leurs corps à celui des femmes enlevées aux Goths et aux Wisigoths qui se trouvaient sur l'autre rive du Danube, ou bien qui attendaient devant le mur du limes qu'on les accepte dans l'Empire. Martin a su ce qu'était le courage de son père affrontant les cavaliers barbares, et il a vu ce qu'était l'orgie.

Antonius se tourne, tend le bras vers le péristyle, montre les chambres.

— L'orgie est ici !

Julius Galvinius peigne de ses cinq doigts les cheveux de l'esclave.

— Que sais-tu de ces plaisirs, toi ? le nargue-t-il. Viens nous rejoindre, cette nuit. Tu participeras à nos jeux, tu y apporteras ta jeunesse. Je sais que mes esclaves regrettent ma lassitude, car, vois-tu, le sommeil me prend souvent, Morphée me berce et il m'arrive de le préférer à Vénus. Viens, elles t'apprécieront.

Il prend l'esclave par la taille, la soulève un peu.

— Regarde ce fruit encore vert, acide. Si tu le goûtes, tu n'oublieras plus sa saveur et ton dieu sera réduit en cendres. Il ne te tourmentera plus.

Antonius ferme les yeux. C'est bien le Diable qui parle.

— Viendras-tu aider ton vieux père ? répète Julius Galvinius en s'esclaffant encore.

— Je suis chrétien, murmure Antonius.

Le vieillard secoue la tête.

— Parle-moi de ce que tu connais, alors, non de ce que tu refuses et ignores.

Antonius baisse la tête.

— Le père de Martin lui a appris le courage…, reprend-il.

Il ne souhaite pas regarder Julius Galvinius dont il imagine le visage courroucé, la colère enflammant ses yeux.

— … Il avait été un humble soldat, l'un de ceux que rien ne semble destiner au commandement. Mais, audacieux, téméraire même, il s'était élancé plusieurs fois parmi la foule des barbares, s'enfonçant dans leur multitude comme la proue d'un navire dans la vague océane. Il avait vaincu, et Dieu avait sans doute voulu le préserver pour qu'il donnât naissance à un fils qui serait un jour un saint homme. Ce père, ce païen avait ainsi gagné peu à peu les premiers rangs de l'armée, ceux où l'on porte les enseignes des légions. Il avait combattu sous les ordres des empereurs Valentinien et Valens qui, comme lui, n'avaient d'abord été que des soldats, puis qui s'étaient élevés jusqu'à la dignité impériale, choisis pour leur courage par leurs compagnons d'armes. Ce sont ces empereurs qui firent du père de Martin un centurion, puis un tribun militaire.

« À la tête de sa légion, il prit garnison à Sabaria. Dans cette ville, comme dans tout l'Empire, c'était encore le temps des martyrs, de ceux qui inspirent aujourd'hui chaque chrétien, et je suis l'un d'eux. Je souffre pour cet évêque Quirinus qu'on a traîné comme un animal capturé, lui, l'homme de foi, l'homme de Dieu, dans les rues de Sabaria, lui qu'on frappe avant de suspendre autour de son cou une meule, un bloc de granit qui lui écrase la poitrine. On le pousse dans le fleuve, dans les eaux noires du Sibar qui bordent les murs de la citadelle à Sabaria. Les chrétiens, ses frères, se sont approchés. Ils prient comme je prie à ce souvenir du martyr. Mais Quirinus ne disparaît pas dans les flots. Il surnage, il exhorte les chrétiens à se montrer fidèles à leur Dieu. Ceux-ci s'agenouillent malgré les coups qui pleuvent sur eux. Peut-être le père de Martin assiste-t-il à ces scènes ? Peut-être commande-t-il à ses légionnaires de frapper plus fort, de disperser les croyants, de les massacrer ? Mais quand enfin Quirinus est englouti dans les tourbillons du fleuve, ceux-ci se tiennent toujours là en prière, courageux et obstinés.

« Voilà ce que sont les chrétiens, voilà ce qu'ils ont subi avant que Constantin le Grand, à Milan, ne les accueille comme des citoyens valeureux, avant qu'il ne les cite en exemple et ne reconnaisse leur Dieu comme celui de l'Empire. Et tu sais qu'à sa mort, à midi, jour de la Pentecôte de l'an 337, Constantin reçut le baptême. Et son corps fut transporté dans l'église des Saints-Apôtres, à Constantinople, ville qu'il avait fondée.

« Martin a su cela puisque les chrétiens de Sabaria ont élevé une basilique à la gloire de Quirinus, et que le souvenir de ce martyr s'est répandu, qu'on célèbre son culte à Rome et jusqu'ici, dans notre Narbonnaise. »

Antonius se lève, joint les mains et dit :

— Je suis prêt à subir le sort de Quirinus. Comme Martin l'était.

Julius Galvinius bâille puis ricane.

— Ce sont les païens qu'on tue, maintenant ! remarque-t-il. Je croyais que, pour les chrétiens, chaque homme, quel qu'il soit, était une créature de Dieu !

Il se tourne, attire la jeune esclave contre lui.

— Laisse-moi, ordonne-t-il à Antonius. Tu as assez parlé. Je vais dormir jusqu'à la nuit. Prépare-toi à m'entendre. Prends des forces ! Je me sens aussi enragé que le vent des tempêtes...

6.

— Tu marmonnes comme une vieille édentée, se moque Julius Galvinius en s'approchant de son fils qui prie, agenouillé, devant l'une des fenêtres de l'exèdre.

Il tourne ainsi le dos à la pièce comme pour ne pas voir les deux jeunes esclaves qui, accroupies près de la cheminée, jettent dans le foyer des poignées de brindilles. Celles-ci s'embrasent aussitôt et les flammes dessinent sur les murs des serpents ondoyants.

— Tu joins les mains comme un mendiant qui implore ! insiste Julius.

Sa bouche est maculée par le jus des grains de raisin noir dont il fait crisser les pépins entre ses dents avant de les cracher dans l'âtre.

Tout à coup, il saisit Antonius par les épaules, le force à se lever.

Le contraste est grand entre ce vieillard décharné, mais aux gestes vifs et à la voix forte, et l'homme jeune qui se laisse secouer, entraîner vers le centre de la pièce, pousser sur le tabouret placé devant la cheminée, entre les deux esclaves.

Antonius n'oppose aucune résistance, il ne cesse

de sourire, comme si les sarcasmes dont son père continue de l'accabler le comblaient.

— Dire que je voulais faire de toi un soldat ! s'exclame Julius en lançant violemment vers les flammes la grappe de raisin qu'il tenait encore dans sa main.

Elle s'écrase devant la cheminée ; certains grains se détachent, roulent sur les dalles blanches, d'autres éclatent en dessinant des taches sombres, rouge sang.

— Aujourd'hui, expose Julius, un soldat valeureux peut devenir empereur. Dioclétien, Valentinien, Valens, Constantin, Galère, Théodose et même Julien, tous furent des combattants. Et que serait César sans ses guerres ? Mais toi – il crache en direction d'Antonius –, tu as choisi de renoncer au glaive. Alors, tu n'es rien.

Antonius redresse la tête.

— Je suis chrétien, murmure-t-il.

Julius Galvinius hausse les épaules, s'allonge sur l'un des lits qui occupent le fond de l'exèdre, de l'autre côté de la cheminée, et lance à son fils :

— Je hais ton dieu, celui qui a fait de toi une pleureuse alors que je t'ai vu chevaucher au galop, la nuque raide, mains derrière le dos, comme aimait à faire César quand il passait sur le front des légions. Tu n'avais pas dix ans. Puis j'ai dû quitter le domaine pour me battre contre les Alamans, les repousser dans leurs forêts, et quand je suis revenu, les femmes avaient fait de toi ce châtré !

Une moue de dégoût cerne sa bouche.

— Les vrais dieux les ont condamnées, reprend-il sourdement. Elles ont eu le châtiment que leur misérable besogne méritait. Elles sont mortes, mais elles t'ont empoisonné.

Tout son visage se crispe.

Il n'aime pas le mensonge, continue-t-il. Antonius et les chrétiens ne cessent d'invoquer le souvenir des martyrs alors qu'ils sont désormais les courtisans et les favoris des empereurs.

— On ne veut plus être tribun militaire, préfet ni consul. On choisit aujourd'hui d'être diacre, évêque, ermite.

Il secoue la tête.

— Mais ce que fait la main du chrétien, sa bouche le dément ! Voilà ta religion, Antonius, et tels sont tes frères !

Il se redresse. Les flammes qui éclairent son visage semblent naître de ses yeux.

— Constantin le Grand, celui que tu honores, était un homme aux traits et aux dehors si grossiers, avec son teint rougeaud, ses cheveux clairsemés, sa barbe rare, son nez busqué, qu'on l'appelait « Gros cou ».

Julius Galvinius lève et abaisse la main comme pour marteler chacun de ses arguments.

— Il s'est servi des chrétiens pour renforcer son pouvoir. Car il était obstiné, habile. Ce n'est pas la foi en Christos qui l'a poussé à reconnaître votre secte, mais le besoin de disposer d'hommes fidèles partout dans l'Empire. Les chrétiens et lui n'ont agi que comme des marchands échangeant des avantages. Mais il est resté d'abord un soldat qui se souciait peu de la vie des autres. Ses légionnaires ont égorgé des vaincus par milliers. Tu n'as jamais vu, Antonius, un homme à genoux qui redresse la tête pour dégager son cou afin que la lame tranche plus facilement. À ceux qui hésitent à offrir leur gorge, on empoigne les cheveux et on leur tire la tête en arrière. Voilà le courage d'un soldat ! Voilà ce qu'a fait le père de ce Martin, de ce « saint homme» dont tu veux t'inspirer. Crois-tu qu'on devient tribun militaire en respectant la vie? Et imagines-tu qu'on conserve le pouvoir en gardant les mains jointes?

Julius se met à arpenter la pièce. De temps à autre, il vient frôler des doigts le corps des esclaves, se penche, soulève leurs cheveux, caresse leurs seins, leurs cuisses. Elles gloussent, roucoulent. Il s'arrête et se plante devant Antonius:

— Ouvre les yeux! l'adjure-t-il.

Il pose les mains sur les épaules de son fils.

— Apprends qui fut vraiment Constantin. Sais-tu ce qu'a fait ce chrétien, celui auquel les gens de ta secte doivent de ne plus être crucifiés ou livrés aux fauves, mais d'être au contraire honorés, pourvus, promus?

Julius s'éloigne de quelques pas. Il s'immobilise au centre de la pièce, croise les bras, écarte les jambes comme s'il devait faire face à une poussée et s'apprêtait à y résister. Dans la pénombre, la silhouette du vieil homme amaigri paraît juvénile.

— C'était peu après que les évêques eurent tenu dans une ville d'Orient – Nicée, je crois – ce que vous appelez un concile, dit-il. La plupart d'entre eux y étaient rassemblés. Ils se sont écharpés comme des chiens pour savoir ce qu'était la vraie foi! Car vous vous disputez à propos de tout! Vous ne savez même pas quel Dieu vous priez!

Il ricane:

— Comment veux-tu que je comprenne quoi que ce soit à ces querelles de Juifs? Tous se disaient chrétiens, mais les uns se réclamaient d'un certain Arius, les autres le condamnaient pour hérésie et sacrilège!

Il ouvre les bras.

— Ceux-là l'ont emporté, tu le sais mieux que moi. Votre dieu est donc réputé avoir trois visages : il est à la fois Père, Fils et Esprit. Mais quelle importance, puisque vous continuez de vous déchirer ? Moi, si j'étais chrétien, je suivrais Arius qui proclamait un dieu unique dont tout procède. Mais toi, qu'en dis-tu ?

Antonius murmure qu'il croit à la sainte Trinité, au mystère de Dieu qui est Père, Fils, Verbe.

Julius hoche la tête.

— Il vous faut de l'eau trouble, à vous autres chrétiens ; ainsi, on ne voit pas vos hameçons, non plus que vos ambitions, vos haines, vos crimes ! Vous priez, les mains jointes sur vos lèvres, mais leurs doigts cachent vos dents aiguës et contiennent vos rugissements.

Julius se penche en avant ; il semble attendre une protestation d'Antonius, mais le visage de celui-ci dessine toujours le même sourire apitoyé.

— Constantin, Constantin, répète Julius, votre grand empereur ! Il s'est dit « évêque de l'extérieur », beau titre ! Il a condamné Arius, puis a soutenu les ariens. Il a changé de bannière et d'enseigne au gré de ses intérêts. Mais peut-être croyait-il davantage au dieu Baal qu'à Christos ? Mais oui, Antonius, Constantin a agi comme un Cananéen, adepte de ce dieu païen que tu réfutes.

Julius tend le bras, le doigt pointé sur Antonius.

— Quelques mois après le concile de Nicée, il a fait assassiner son propre fils, Crispus, pour satisfaire sa nouvelle épouse, Fausta. Elle avait accusé Crispus de vouloir la séduire et la posséder. Étranglé, Crispus ! Tout comme l'aurait ordonné Néron, ou Caligula, ou même César ! Mais alors, comment séparer le bon grain de l'ivraie ?

Julius chuchote à l'oreille d'Antonius comme pour lui confier un secret :

— Et puis la mère de Constantin, cette sainte femme d'Hélène qui s'en est allée à Jérusalem pour recueillir les morceaux de la Croix, a décidé qu'elle devait venger Crispus : elle a fait jeter Fausta dans de l'eau bouillante comme s'il s'agissait d'une volaille à cuire. À Rome ! Là où les chrétiens s'inclinent devant les reliques ! Ah, quelle sainte femme, cette Hélène ! Ah, quel grand empereur chrétien, ce Constantin !

Julius emplit sa bouche de grains de raisin qu'il écrase, et un jus mousseux lui couvre les lèvres, glisse sur son menton. Il crache.

— Mais je te l'accorde, reprend-il en s'essuyant avec la manche de sa tunique ; ce ne sont plus les chrétiens qu'on égorge, mais les païens.

Il se penche à nouveau vers son fils.

— Me dénonceras-tu parce que je continue d'honorer Jupiter et Vénus, Mars et Apollon ? Me livreras-tu au couteau d'un assassin, comme Constantin quand il a fait exécuter le philosophe Sopa tros qui avait refusé d'adorer ton Christos ? Et on a brûlé avec ce martyr – car il en fut, n'est-ce pas ? – des livres grecs. De quoi avez-vous donc peur, vous, les chrétiens ? Des forces de l'esprit ?

Julius Galvinius glisse son bras sous les aisselles d'une des esclaves afin qu'elle se redresse à ses côtés.

— Sulpice Sévère et Gallus ou Paulin me répètent pourtant que le mot «amour» est le premier que les chrétiens apprennent. Le Christ est amour, il enseigne l'amour…, ressassent-ils.

Il s'éloigne en enlaçant la jeune esclave.

— L'amour, moi, je le fais ! lance-t-il.

7.

Antonius ferme les yeux, écrase ses oreilles sous ses paumes. La tête enfoncée dans les épaules, il se recroqueville. Il ne veut pas voir. Il ne veut pas entendre. Il prie pour que son corps se dissolve, que Dieu l'emporte loin de cette pièce, de cette jeune femme, la seconde esclave.

Celle-ci s'est avancée vers lui, elle a noué ses mains derrière sa nuque et l'un des voiles qui l'enveloppent a glissé, ses épaules sont apparues, nues, et quand elle s'est étirée, soulevant un peu les coudes, se haussant sur la pointe des pieds, Antonius a vu des touffes de poils roux sous ses aisselles.

Alors il a serré si fort les paupières, afin d'effacer cette vision, qu'il a eu l'impression que tout son visage grimaçait, se déformait, que son maxillaire se soulevait, que ses globes oculaires, comme aspirés, allaient s'enfoncer au fond de ses orbites et qu'ainsi il ne verrait plus cette image du démon.

Mais la jeune femme s'est mise à parler si près de lui qu'Antonius a eu le sentiment que les mots qu'elle prononçait naissaient dans le creux de ses oreilles, dans sa poitrine, son ventre, et il a pressé sa tête entre ses mains.

Mais il continue de l'entendre, de la voir.

Il recule, heurte le tabouret, trébuche. Il écarte les bras pour recouvrer l'équilibre et sent tout à coup ce corps de femme contre le sien. Il entend sa voix qui se glisse en lui et murmure.

Elle dit qu'il doit la suivre, se coucher auprès d'elle, sinon le maître, Julius Galvinius, la fouettera.

— Je ferai ce que tu voudras, lui dit-elle, je suis obéissante. Si tu es généreux, protège-moi en t'allongeant à côté de moi. Le maître sera ainsi satisfait.

Antonius la repousse mais, en faisant ce geste, ses mains se posent sur les seins de la jeune femme. Et c'est comme s'il était entièrement entouré de flammes, tout son corps à vif, douloureux, tendu.

Il donne une poussée, crie, s'enfuit en direction de la terrasse.

Tout en dévalant l'escalier, il se souvient de cette nuit de son enfance où il s'est échappé de la chambre où son père l'avait enfermé en compagnie de deux jeunes esclaves.

Elles avaient commencé à le dévêtir, à le masser, à répandre sur son corps une huile parfumée. Il s'était d'abord abandonné, jambes écartées, se conformant à leur désir. Elles riaient lorsque leurs mains caressaient, légères, l'intérieur de ses cuisses. Puis, tout à coup, il avait entendu la voix de sa mère qui l'appelait : «Antonius, Antonius !» Il avait bousculé les deux jeunes filles et couru jusqu'à la terrasse, et, sans même chercher à retrouver sa mère à l'intérieur de la villa, il avait filé loin à travers la campagne. Comme cette nuit.

Antonius s'arrête, essoufflé d'avoir couru jusqu'au bout de l'allée. Il se retourne. La villa a déjà été englouties dans le brouillard de l'aube. Du côté de la rivière qui sépare le parc des champs cultivés, il entend des battements d'ailes.

Il tombe à genoux.

— Que Dieu m'emporte comme il a emporté ma mère !

C'est ici même, dans cette allée, que sa mère l'avait autrefois retrouvé. Il était déjà agenouillé, non parce qu'il priait – il ignorait encore tout de Dieu –, mais parce qu'il tremblait d'émotion au souvenir de ces caresses, de l'arôme de cette huile dont les jeunes filles lui avaient oint le corps.

Sa mère l'avait pris par la main et conduit jusqu'à la berge. Lui montrant l'eau, elle lui avait fait signe, le bras à peine levé, d'entrer dans les flots, de laisser le courant le laver, effacer jusqu'au souvenir de ce qu'il venait de vivre.

L'eau était glacée, mais Antonius avait éprouvé à son contact un sentiment de plénitude et de légèreté. Et il était revenu vers sa mère souriante. Elle lui dit qu'il était né une seconde fois, qu'il était comme neuf. Qu'il avait échappé aux tentations du démon, qu'il devait se réserver pour Dieu. Mais Celui-ci le laisserait toujours libre de choisir entre les deux routes.

Ils étaient rentrés à la villa, et, à partir de ce jour-là, chaque jour sa mère lui avait lu ou récité des paroles saintes, et ç'avait été comme si chaque mot qu'il entendait, chaque phrase qu'il apprenait, qu'il répétait à son tour, était la pièce d'une armure qui le protégerait des tentations.

Mais le combat n'était pas pour autant gagné.

Il se redresse, marche vers la rivière.

Le premier jour, sa mère lui avait expliqué que le mal prenait naissance au-dedans de soi :

— Il se forme par un effet de notre volonté toutes les fois que l'âme s'éloigne du bien… La responsabilité des maux dont tu souffres aujourd'hui ne retombe pas sur Dieu, qui a créé notre nature indépendante et libre, mais sur notre imprudence qui a choisi le pis au lieu du mieux, le mal au lieu du bien.

Ainsi avait parlé Grégoire de Nysse, un saint homme, évêque en Orient, conseiller de l'empereur.

Antonius avait alors à peine une dizaine d'années. Son père avait quitté peu après le domaine pour se rendre sur la frontière du Nord. Antonius avait ressenti ce départ comme un signe de ce Dieu dont il éprouvait la présence en lui, de plus en plus forte, même si, comme aujourd'hui encore alors qu'il entend le bruit de l'eau sans pouvoir discerner la rivière ensevelie sous les nappes de brouillard, il s'interrogeait souvent : «Comment puis-je être à l'image de Dieu, étant pétri de boue ?»

Cette nuit, le contact avec ce jeune corps de femme l'a troublé au point qu'il a dû fuir. Bien qu'il sache que «Dieu condamne tout désir charnel qui va au-delà du désir de procréation», il a senti le désir brûler en lui.

Il s'approche de la berge. Au bruit que font leurs ailes quand elles frôlent l'eau, il devine les oies sauvages qui prennent leur envol, écartant le brouillard comme à grands coups d'éventail.

Il dévale la berge, veut entrer dans l'eau pour y noyer toutes ces tentations, toutes ces paroles jetées contre lui, contre Dieu par Julius Galvinius qui parle, blasphème comme on lapide.

Son père a calomnié l'empereur Constantin alors que celui-ci avait choisi pour son propre fils, Crispus, un précepteur chrétien, Lactance, lequel avait écrit : « Dieu a suscité des Princes qui ont aboli l'empire criminel et sanglant des tyrans, qui ont pourvu au salut du genre humain en dissipant pour ainsi dire le nuage de cette sinistre époque et en accordant à tous les cœurs la joie et la douceur d'une paix sereine… Aujourd'hui, après les violents tourbillons de cette sombre tourmente, l'air a repris son calme, et la lumière tant désirée tout son éclat. »

Mais Julius Galvinius ne veut pas en entendre parler ! Il tient à faire renaître la « conspiration des impies ». Il lance ses mots comme autant de pierres. Il outrage Dieu.

Antonius pénètre dans la rivière. Saisi par le froid, il se plonge néanmoins tout entier dans l'eau comme au jour où sa mère le lava des tentations – comme au jour du baptême.

Il faut que cette eau le recouvre. Il y enfonce la tête. Il reste ainsi jusqu'à ce que le souffle vienne à lui manquer.

Il ne grelotte pas. Il remonte sur la berge, s'agenouille et murmure :

— Seigneur, si tu es mon Roi et mon Dieu, écoute ma prière : que mon âme ne défaille pas sous Ta discipline et que je ne défaille pas dans la confession de Tes miséricordes qui m'ont arraché à tous mes chemins de perversité.

Il s'allonge sur le sol, bras en croix, le visage enfoui dans les herbes couvertes de rosée.

Il ne faiblira pas. Aux mots jetés par Julius Galvinius il opposera l'armure de sa foi, l'exemple de Martin.

Il se souvient de ce passage de l'Évangile que sa mère lui avait récité lorsque Julius Galvinius, à son retour au domaine, orgueilleux de toutes les victoires remportées, les avait insultés, elle, la mère accusée d'avoir châtré son fils, et lui, Antonius, qui n'était plus qu'un homme sans vigueur, qu'un de ces chrétiens, un giton de Dieu !

Antonius murmure :

— Heureux serez-vous quand on vous insultera, qu'on vous persécutera et qu'on dira faussement contre vous toute sorte d'infamie à cause de moi. Soyez dans la joie et l'allégresse, car votre récompense sera grande dans les cieux : c'est bien ainsi qu'on a persécuté les prophètes, vos devanciers.

8.

Antonius Galvinius rentre dans la villa. Ses vêtements mouillés lui collent à la peau, mais il ne grelotte
pas malgré le vent froid qui s'est levé, dissipant le
brouillard, dévoilant le ciel bleu que fend un vol d'oiseaux migrateurs.

Depuis la terrasse, Antonius les suit des yeux. Ils se
dirigent vers l'horizon comme la pointe noire d'une
flèche. Lorsqu'ils disparaissent enfin, il se retourne,
aperçoit son père allongé dans l'exèdre.

Julius Galvinius somnole ; son avant-bras et sa main
pendent hors de sa couche. Les doigts osseux reposent
sur le marbre du sol, tels des rameaux rabougris que la
mort a déjà saisis.

Il faut prier pour cet homme, l'arracher au démon
qui s'est emparé de lui.

— L'âme est un oiseau, commence Antonius. Le
Diable l'emprisonne et lui crève les yeux.

Julius Galvinius serre le poing sans replier son bras.
Il grommelle : Antonius va-t-il lui seriner que Dieu
ouvre la cage et que l'âme s'envole ? Jadis, aucun
citoyen de Rome, aucun élève des Grecs, aucun lecteur
de Tacite ou de Celse, de Cicéron ou d'Aristote, de

Thucydide ou de Plutarque, n'aurait osé proférer de telles bêtises !

Il fait une grimace qui exprime son mépris et sa lassitude.

Antonius s'approche. Il parle d'Augustin, le grand évêque qui, dans ses écrits, raconte comment Dieu l'a appelé, a crié, a rompu sa surdité, comment Il a brillé et resplendi, et chassé sa cécité.

— L'âme ne connaît pas les saisons de la vie, poursuit Antonius. Dieu peut la sauver au dernier instant. Il en fut ainsi pour Constantin le Grand.

Antonius tire le tabouret, s'assied tout près de cette main dont la maigreur et la fragilité l'émeuvent.

— Martin était un enfant de douze ans quand Dieu lui a parlé, reprend-il. Des jours durant, dans l'un des chariots qui suivent les légions, il avait traversé la Pannonie, puis la Cisalpine. Son père chevauchait en tête des cohortes, ne se rendant jamais, le soir, hors de la halte, auprès des siens. C'était un homme aussi dur que le fer de son glaive, dont la lame était affûtée avant chaque bataille. La légion qu'il commandait devait prendre ses quartiers à Pavie, ville des bords du Tessin. Je crois voir cette vallée, les berges de cette rivière. Les pentes y sont couvertes de pins. La vigne est cultivée sur les sols les plus caillouteux, et, à l'automne, une couleur rousse et dorée recouvre la région. Le limes est loin. À Pavie, on oublie les incursions barbares et Martin court le long des ruelles qui conduisent à la campagne sans que murailles et tours de guet les interrompent. Il est comme un oiseau qui volette sans savoir encore ce qu'il cherche. Et c'est ainsi qu'il entre dans une église, qu'il entend des voix de croyants qui répètent :

Heureux ceux qui ont une âme de pauvre, car le royaume des Cieux leur appartient.

Heureux les doux, car ils possèdent la terre.

Heureux les affligés, car ils seront consolés.

Heureux les affamés et les assoiffés de justice, car ils seront rassasiés.

Heureux les miséricordieux, car ils obtiendront miséricorde.

Heureux les cœurs purs, car ils verront Dieu.

Heureux les artisans de paix, car ils seront appelés fils de Dieu.

Heureux les persécutés pour la justice, car le royaume des cieux est à eux.

Antonius s'interrompt. Il ne dira pas : «Heureux serez-vous quand on vous insultera.»

Il regarde son père dont la moue dédaigneuse déforme le bas du visage.

— Propos d'esclaves et de lâches ! maugrée Julius Galvinius qui se redresse en s'appuyant sur ses coudes. Ou bien habileté d'empereur qui enseigne la soumission pour mieux régner !

Il s'assied sur le lit, reprend :

— Quand on ne peut plus écraser les révoltes d'esclaves, quand on ne sait plus vaincre les barbares, alors il faut prêcher ainsi, faire du culte de Christos celui de l'Empire en espérant qu'esclaves et Wisigoths s'agenouilleront non plus pour tendre leur gorge au glaive du vainqueur, mais pour prier.

Il s'allonge à nouveau, sa main reposant à même le sol.

Antonius la considère. Elle lui semble crochue, ses doigts pointus, ses ongles acérés comme les serres d'un rapace.

L'homme jeune se lève. Il a une nouvelle fois envie d'abandonner, de quitter ce monde.

N'était-ce pas d'ailleurs à ce désir qu'obéissaient aussi ceux qui se réfugiaient dans les grottes de la Montagne Noire ou dans celles des falaises du désert? Antoine, Pacôme, Augustin n'avaient-ils pas cédé à cette tentation de l'isolement?

Martin lui-même, à Pavie, alors qu'il n'avait que douze ans, avait cherché à rejoindre les petites communautés qui s'étaient créées à l'écart de la cité, dans la vallée du Tessin.

Antonius fait quelques pas.

— Où vas-tu? lui lance Julius Galvinius. Tu te dérobes déjà?

Il prend appui sur son poing pour se soulever. D'un geste de l'autre main, il ordonne à son fils de rester.

— Autrefois, reprend-il, on crucifiait les esclaves révoltés. Crassus a dressé des milliers de croix sur la via Appia, jusqu'aux portes de Rome. Et Christos n'était lui aussi qu'un insoumis, c'est pour cela qu'il a connu le sort de Spartacus et des esclaves. Je regrette ce temps-là. Tes propos, tes prières répandent un brouillard menteur. La mort, elle, ne ment jamais.

Il se frappe la poitrine du poing.

— Elle est là, elle m'appelle!

— Le Christ est ressuscité! murmure Antonius.

Julius éclate de rire.

— Je n'entends pas! riposte-t-il.

Puis il ferme les yeux, l'air si las, tout à coup.

9.

Antonius ne bouge pas. Il a l'impression que deux mains appuient sur sa nuque, l'obligent à baisser la tête, à rester là, assis près de son père qui s'est assoupi. Une force veut le contraindre à écouter la respiration bruyante et saccadée de Julius Galvinius, ce souffle rauque qui paraît lui déchirer la poitrine et la gorge, et qui s'achève souvent sur une plainte aiguë, sifflante.

Mais le silence qui suit chaque expiration est insupportable.

Antonius se penche et guette. Il devine dans la pénombre le profil osseux, les pommettes saillantes, les tempes creusées, le cou décharné de son père.

Cette respiration difficile, heurtée, est la rumeur de la bataille qui se livre dans ce corps. Quant aux silences, ils annoncent le triomphe de la mort.

Enfin la poitrine se soulève. La bouche s'ouvre. Le visage exprime la douleur. Mais c'est la vie qui continue tant bien que mal de lutter.

Antonius se redresse. Ce bruit qui l'accablait l'apaise tout à coup. Et ce qu'il ressent le trouble.

Aurait-il peur de la mort, lui qui croit qu'elle est

une délivrance, le passage qui permet de rejoindre Dieu ?

Il s'agenouille, saisit la main de son père, si froide, sèche comme une branche morte. Il serre le poignet, soulève l'avant-bras, le repose le long du corps comme s'il s'agissait d'un membre déjà séparé.

Julius Galvinius geint, se tourne. Sa main s'agrippe à celle de son fils qui cherche à se dégager d'un mouvement lent. Mais la main résiste et Antonius renonce.

Il se souvient de cette main qui s'est tant de fois levée pour donner l'ordre qu'on lui inflige dix coups de fouet. Et c'étaient ces doigts-là qui comptaient les coups. Parfois même, ils s'abattaient sur sa joue, y laissant leurs marques rouges.

Il devait subir, comme aujourd'hui, parce qu'on obéit au père. Et qu'on ne le maudit pas, mais aspire à le sauver du mal par la prière.

Et c'est ce qu'a dû faire Martin enfant après avoir d'abord tenté d'éviter les soldats que son père avait envoyés à sa recherche. Ils avaient parcouru les ruelles de Pavie, puis avaient fait irruption dans l'église. Ils avaient frappé de la hampe de leur lance les chrétiens assemblés, criant qu'ils devaient retrouver Martin, fils du tribun. Ce n'était pas encore un homme, et ces fils de Juifs, ces christos, l'avaient détourné de ses devoirs de citoyen romain. Ils avaient menacé de saccager l'église, de briser l'autel, d'égorger les croyants après avoir violé les femmes. Puis ils étaient repartis, menaçants.

Quelqu'un leur avait-il chuchoté que Martin se rendait parfois hors de la ville, dans la vallée du Tessin ? Qu'on le voyait prier seul sous les pins parasols, qu'il avait peut-être, par la naissance, le tribun militaire pour père, mais qu'il avait choisi d'être fils de Dieu et attendait le baptême ? Ensuite sans doute rejoindrait-il les ermites, les maigres, les ascètes qui s'abîmaient dans la prière au fond de leurs grottes.

Les soldats avaient bien retrouvé Martin sous les arbres de la vallée. Ils l'avaient traîné, poignets attachés dans le dos, jambes entravées, comme on fait d'un esclave fugitif ou d'un déserteur. Et le père avait frappé le fils.

Pourquoi, avait-il hurlé, pourquoi Martin, au lieu de célébrer le dieu Mars, le dieu de son père, celui de la Guerre, ce dieu dont il portait le nom, s'agenouillait-il devant un Juif crucifié qu'on prétendait ressuscité ?

Est-ce qu'on avait jamais vu, au soir d'une bataille, les combattants tués se redresser, et leurs plaies, leurs gorges ouvertes, leurs poitrines crevées se refermer ? Qui pouvait croire, sinon des Juifs et des fils de Juifs, sinon des esclaves, des peuples soumis, des barbares, que la Mort, quand elle avait fait un prisonnier, le laissait repartir ?

Le tribun militaire avait de son poing fermé menacé son fils. Et Martin était resté immobile cependant que son père décrivait les vainqueurs dépouillant de leurs armes, de leurs cuirasses et de leurs casques les cadavres ennemis. Ils entassaient le butin sur des chariots et l'entrechoquement des lances et des glaives sur les cahots couvrait parfois les croassements des corbeaux ou le cri aigre des vautours.

Jamais l'un de ces corps nus abandonnés sur le champ de bataille n'avait repris vie. Les loups de Germanie et de Pannonie sortaient des forêts et se les disputaient. Là où le limes traversait étendues caillouteuses et déserts, c'étaient les chacals et les hyènes qui venaient les dépecer.

Le tribun avait ordonné à Martin de se soumettre à la loi romaine qui exigeait que les fils de vétérans – il était l'un d'eux par la gloire de son père – devinssent à leur tour soldats, qu'ils se saisissent du glaive et revêtissent l'armure, et ce, durant vingt ans.

Que Martin se prépare ! Quand il aurait quinze ans, alors il rejoindrait les légions, s'y montrerait le serviteur de l'empereur et du dieu Mars.

Martin a pensé s'enfuir pour éviter une vie sous les armes, comme beaucoup le faisaient. Il a vu ceux qu'on réussissait à reprendre, le dos lacéré par les coups de fouet qu'ils avaient essuyés. Et il a vu les mains de ceux qui préféraient se trancher les doigts afin de ne plus pouvoir tenir une arme.

Il sait que ce sont parfois les pères qui mutilent les fils pour leur éviter l'enrôlement. Certains – riches possesseurs de domaines, sénateurs, préfets – paient quatre-vingts pièces d'or à celui qui prendra la place de leur rejeton pour vingt ans.

Mais un tribun militaire ne dispose pas des cent vingt mille pièces d'or à quoi peuvent se monter les confortables revenus d'un sénateur. Au reste, le père de Martin le lui a dit : aurait-il les moyens de lui payer un remplaçant qu'il s'y refuserait. Le fils d'un tribun voué au dieu Mars doit être soldat comme le fut son géniteur.

Martin a écouté. Il a refusé la loi que cherchait à lui imposer son père. Il a décidé de se réfugier parmi ces chrétiens qui l'auraient volontiers accueilli, eux qui rejettent ce métier des armes où l'on ne sait que voler, violer, tuer. Mais, lorsqu'il a essayé de quitter la maison, son père s'est rué sur lui, usant de sa force, de son expérience et de sa brutalité de vétéran, saisissant les bras de Martin, les lui nouant dans le dos, et Martin, tête baissée, a renoncé à se débattre.

Le père le livre ainsi, enchaîné, aux légionnaires. Sa mère se tient sur le seuil et regarde son fils s'éloigner entre les soldats.

Martin ne se débat pas.

Dieu ne s'est pas opposé à la volonté du père. Il lui faut donc se soumettre. Nul ne peut percer les intentions du Très-Haut.

Les doigts de Julius Galvinius se sont desserrés. Il a replié son bras, posé sa main sur sa poitrine.

Il entrouvre les yeux et, l'espace de quelques instants, il paraît ne pas reconnaître Antonius, penché sur lui.

— Tu la guettais, hein ? murmure-t-il enfin. Tu espérais qu'elle me prenne ?

Il ricane, se frappe la poitrine : oui, la mort est bien là, qui lui ronge le corps.

— Mais je sais encore me battre ! ajoute-t-il.

Il se redresse, appelle ses esclaves d'une voix plus assurée, autoritaire, puis se tourne vers Antonius.

— Toi, prie donc ton dieu pour moi, laisse-t-il tomber d'un ton ironique et méprisant.

Deuxième partie

10.

— Père, notre père…, commence Antonius.

Il s'interrompt.

Il est agenouillé dans la petite pièce aux murs de boue séchée et au sol de terre battue qu'il occupe dans les bâtiments du domaine où vivent les esclaves. Il a choisi d'habiter là peu après son baptême, au lendemain de la mort de sa mère, alors que son père maudissait la disparue, se félicitait de son trépas, arpentant en compagnie de ses invités la colonnade du péristyle ou bien montrant les fresques qu'il avait fait peindre sur les murs de l'atrium.

Antonius s'était éloigné sous les sarcasmes de Julius Galvinius :

— Rejoins les tiens, vis avec les porcs ! avait lancé celui-ci avant de se tourner vers les femmes qui l'entouraient, criant fort que peut-être son fils préférait l'odeur des truies, qu'il n'aspirait qu'à se vautrer parmi elles, la tête entre leurs cuisses.

— Lave-toi le museau quand tu reviendras par ici ! avait-il ricané.

— Père, notre père…, reprend Antonius.

Mais il entend toutes ces voix, cris ou pleurs d'enfants, rires ou soupirs de femmes, hurlements et jurons d'hommes. La nuit, cette rumeur, ces gloussements étouffent la parole qui résonne en lui, qu'il voudrait seule écouter :

— Père, notre père…

Souvent, il quitte la pièce, fait quelques pas dans cette cour boueuse où des gorets viennent le flairer de leur groin. Des chiens aboient. Il discerne çà et là des silhouettes d'hommes et de femmes qui s'accouplent et forniquent comme des bêtes. Il ferme les yeux, rentre en tâtonnant. S'agenouille.

— Père, notre père…, répète-t-il.

Comment tenir longtemps à côtoyer ces animaux qui peuplent le monde ?

Dieu lui donnera·t-Il la force de défendre les murailles que le baptême et la foi ont élevées autour de lui ?

Il faut les défendre comme Martin a défendu les siennes à partir de ce jour où, poussé, houspillé, enchaîné par les soldats qui l'avaient arrêté dans la maison de son père, il était entré dans le camp des légions.

On a dénoué ses liens. On lui a flanqué des coups de hampe sur les mollets et les épaules pour qu'il se redresse, se présente en fils de vétéran devant le centurion et le dilectator, ces officiers qui allaient le commander, lui apprendre ce que c'était qu'être légionnaire.

Comment a-t-il pu entretenir en lui cette flamme alors qu'il n'était pas encore baptisé, qu'il avait seulement entrevu le visage de Dieu, retenu quelques mots des Évangiles ?

Mais ce sont ces paroles du Christ qu'il répète à chaque instant de la journée quand il doit courir, sauter, nager, apprendre le maniement des armes, pointer le glaive, genou replié, bras tendu, ou bien lancer le javelot, et marcher, marcher, traverser les fleuves, les cols enneigés, atteindre la Gaule, bâtir le camp, et marcher, marcher vers les forêts sombres des pays de gel et de neige.

Et vivre cela parmi des hommes sans foi.

... Qu'il entend comme j'entends les esclaves grogner de ce plaisir charnel qu'ils se donnent sans se soucier de ce qu'a dit Dieu...

Martin les côtoie, reçoit leurs ordres, s'assied près d'eux pour partager le grain bouilli.

On lui offre à boire. Il refuse. On veut l'entraîner vers ces chariots remplis de femmes qui suivent la légion en marche et dans lesquels, la nuit venue, se glissent les soldats. Il se dérobe.

On l'injurie. On se moque : qui est-il pour vivre ainsi dans la seule fatigue des journées de marche et d'exercice ?

On lui cherche querelle. Il ne répond pas. S'isole.

Il murmure les paroles de l'Évangile :

— « Heureux serez-vous quand on vous insultera, qu'on vous persécutera et qu'on dira faussement contre vous toute sorte d'infamie à cause de moi... »

Ainsi vit-il jour après jour, et on finit par l'accepter peu à peu tel qu'il veut être, silencieux et fraternel, remplaçant à son poste de garde celui qui le souhaite, portant le sac de celui dont les reins sont brisés par la fatigue, partageant son écuelle avec celui qui n'est jamais rassasié, donnant son vin, rompant son pain pour en offrir la moitié.

Qui es-tu ? lui demande-t-on, mi-ironique, mi-inquiet.

Il ne répond rien puisqu'il n'est encore qu'un homme qui marche vers Dieu et qu'on n'a pas encore plongé dans les eaux du baptême. Il est un catéchu-mène dont la bonté et la générosité désarment la haine, le mépris, la violence de ces Gaulois, de ces Illyriens, de ces barbares, Goths et Scythes, Wisigoths et Germains qui peuplent maintenant les légions de Rome.

Lui est fils de tribun militaire.

Maintenant qu'après tant de marches et d'exercices il a fait de son corps un assemblage de muscles et d'ins-tincts aussi efficace que celui d'une machine de guerre, on le désigne pour faire partie des Alae Scholares, la cavalerie de la garde impériale, celle qui chevauche autour de l'empereur, ces hommes que l'on voit de loin, portant un grand manteau d'épaisse laine blanche, la chlamyde. Il est cavalier de première classe, officier de la garde impériale.

— Père, notre père…, murmure Antonius en se remémorant.

Il a fallu que Martin résiste au plaisir que donne un corps aux muscles bandés comme la corde d'un arc. Il a fallu qu'il repousse l'orgueil de chevaucher parmi ces soldats au manteau blanc, ces *candidati* que l'on res-pecte et que l'on jalouse, qui touchent double solde et disposent d'un esclave qui affûte la lame de leur glaive, prépare leurs repas, nettoie leurs vêtements, monte leur tente, le soir, à l'étape. Et couche aux pieds de son maître comme un chien.

L'esclave est-il un animal qu'on frappe ou qu'on flatte, dont on peut abuser à loisir ?

Parfois, Antonius aperçoit, traversant la cour boueuse, le régisseur du domaine – l'œil et la main de Julius Galvinius – qui vient chercher une jeune vierge. Elle croupit dans cette puanteur de porcherie. Il la fera laver et parfumer. Il est comme un aide-cuisinier qui s'en va choisir et saisir une poule dans la basse-cour, puis la plume et la dore avant de la présenter, rôtie à point.

Voilà la tentation. Voilà ce que commande le comportement paternel.

Mais Martin, lui, demande à son esclave de s'asseoir. C'est lui qui va laver les pieds de cet homme. Qui va le servir. Qui va préparer son repas.

Il lui répète la parole du Christ qui, le soir, au moment où il s'attable, dit : « Je ne vous appelle plus esclave, car l'esclave ne sait pas ce que fait son maître, mais je vous ai appelé ami, parce que tout ce que j'ai entendu de mon Père, je vous l'ai fait connaître. »

Il partage sa solde avec l'esclave. Et la part qu'il conserve, il la distribue à ces hommes, à ces enfants et à ces femmes aux visages noirs de boue et de poussière qui se tiennent aux portes du camp, tendent la main, exhibent leurs côtes saillantes, leurs ventres caves, parce qu'ils ont faim et qu'ils grelottent.

Qui sont-ils?

Barbares vaincus, Gaulois errant dans un pays qui fut le leur et dont ils ne possèdent plus le sol, hier hommes libres, aujourd'hui esclaves affamés chassés de leurs terres, fuyant les grands domaines, les coups et le travail qui tue.

Martin se penche sur l'encolure de son cheval. Son manteau blanc, retenu sur l'épaule par une fibule, recouvre la croupe et les flancs de sa monture.

Il donne à celui qui tend la main. Il dit, répétant les mots de Paul, l'apôtre, que lui ont appris les chrétiens de Pavie : « Il n'y a plus ni Juifs, ni Grecs, ni esclaves, ni hommes libres. »

« Père, notre père… », prie Antonius.

Les voix des esclaves emplissent la cour et se mêlent aux aboiements des chiens, aux couinements des cochons.

Hommes, animaux…

C'est ainsi que le maître, son propre père, Julius Galvinius, considère ses esclaves auxquels il laisse la vie ou donne la mort à sa guise : un troupeau d'animaux à visages d'hommes.

— Père, notre père…, murmure Antonius.

Il n'a pas oublié ces paroles de l'évêque Grégoire de Nysse que sa mère lui a enseignées. Il les récite, agenouillé :

— « Celui qui a été fait à la ressemblance de Dieu et qui a reçu de Dieu pouvoir sur toutes les choses de la terre, qui donc pourrait le vendre ou l'acheter ?

L'esclave et le maître diffèrent-ils en quelque chose ?
Tous deux ne seront-ils pas, après la mort, réduits également en poussière et jugés par le même Dieu ? Toi,
dont cet homme est en tout l'égal, quel titre de supé-
riorité as-tu à invoquer, je te le demande, pour te croire
son maître ? » Père, notre père…

Antonius entend soudain un hurlement. C'est, par
là, une truie qu'on égorge ou une femme qu'on prend.

11.

Antonius s'arrête à quelques pas de son père qui lui tourne le dos, debout devant la cheminée de l'exèdre. Voûté, la tête enfoncée dans les épaules, Julius Galvinius croise les bras, semble ainsi vouloir retenir la chaleur de son corps, vieil oiseau dont les ailes blanches parfois frissonnent. D'un mouvement instinctif, il serre alors sa tunique pour mieux envelopper ses membres et son torse frêles.

Antonius tend la main. Il voudrait prendre son père contre lui, le réchauffer. Mais il hésite.

Le vieillard n'a jamais eu un geste d'amour. Le mot même le fait ricaner. Il a blasphémé, nié Dieu. Il a maudit la mère. Il a châtié, insulté, méprisé le fils.

Antonius baisse son bras. Cependant, le vieil homme l'émeut.

Il murmure :

— Père, notre père…

Il faut prier pour lui afin de sauver son âme.

Julius Galvinius se retourne, découvre son fils. Il se redresse en écartant les pans de sa tunique. Et c'est un grand rapace qui déploie ses ailes, menaçant.

D'un geste vif de la main gauche, comme on chasse un gêneur, il ordonne à Antonius de s'éloigner.

— Tu sens la porcherie, lui dit-il.

Son visage exprime le dégoût.

— Tu pues l'esclave ! continue-t-il. Avant de remettre les pieds ici, plonge-toi dans l'eau du caldarium et demande qu'on te récure, qu'on te frotte tout le corps. Je n'aime pas cette odeur de bête et de purin que tu portes sur toi.

Il ricane.

— Si tu tiens tant à frayer avec les esclaves, garçons ou filles, exige au préalable qu'ils se lavent et se parfument.

Il s'assied sur le tabouret, dos tourné à la cheminée.

— Mais peut-être vous autres chrétiens avez-vous besoin de renifler ce qui est sale, peut-être préférez-vous les bêtes aux humains ? On me dit que vous adorez les ânes et les bœufs, que vous vous roulez dans la fange, que vous choisissez de vous revêtir de haillons. Mendiants, esclaves, barbares d'Orient, Juifs : tels sont vos frères…

Il hausse les épaules.

— Détrompe-moi, si tu le peux !

Antonius murmure la phrase de Paul :

— « Il n'y a plus ni Juifs, ni Grecs, ni esclaves, ni hommes libres. »

Il va pour citer celle de Grégoire de Nysse : « L'esclave et le maître diffèrent-ils en quelque chose ? », quand Julius Galvinius bondit, hurle d'une voix aiguë :

— Vous avez détruit Rome !

Il marche à grands pas, si vif qu'on dirait qu'il

s'apprête à fondre sur une proie. Puis il se retourne vers Antonius.

Toute une partie de la nuit, dit-il, il a lu le livre de Sulpice Sévère qui raconte la vie de Martin.

— Mensonges, théâtre ! s'exclame-t-il.

Il se rassied, se penche en avant.

— Sulpice et toi, sans doute, prétendez que Martin n'a passé que quelques années sous les armes, qu'il s'y est conduit en saint homme, en ascète, en miséricordieux. Mais qui peut croire qu'un officier des Alea Scholares lavait les pieds de son esclave et le servait ?

Il s'esclaffe.

— Il faut ne jamais avoir marché, combattu, vécu avec une légion de Rome pour oser écrire et proférer une pareille ineptie ! Comme si l'on pouvait tenir son glaive d'une main et faire l'aumône de l'autre ! J'ai connu les Gaulois et les barbares enrôlés sous les enseignes de Rome. Je les ai commandés. Ils se battent comme des tigres ou des loups. Ils égorgent. Ils pillent. Ils boivent. Ils violent. Ils mutilent. Et tu imagines que Martin n'aurait pas participé à ces combats ? Crois-tu qu'il a fait partie de la garde impériale, qu'on l'a nommé officier pour le féliciter d'avoir vécu en chrétien, drapé dans son manteau blanc, à l'écart des massacres et des ripailles ?

Il lève les bras. Il ne condamne pas Martin, bien au contraire.

— Au moins, voilà un chrétien qui sait ce que sont les hommes, et qui, pendant toute une partie de sa vie, s'est conduit en Romain ! Combien d'années : quatre ou cinq lustres ? Mais peut-être n'était-il pas encore chrétien ?

Il secoue la tête.

— Peut-être a-t-il été de cette sorte de chrétiens qui prient avant de tuer, de ceux qui servent l'empereur en bons citoyens, en valeureux centurions ? Sais-tu qu'au temps de Marc Aurèle, il y a plus de quarante lustres de cela, la douzième légion, la Fulminata Melitensis, comptait déjà de nombreux chrétiens dans ses rangs ? Ils combattirent les barbares quades. Épuisés, mourant de soif, ils prièrent leur dieu, le tien, pour qu'il les abreuve d'une pluie salvatrice, et, revigorés, ils remportèrent la victoire.

Julius Galvinius s'interrompt.

— Ton Christos serait donc un étrange dieu qui a parfois favorisé les desseins de Rome alors même que les empereurs qui succèdent à Marc Aurèle crucifient, brûlent et empalent ses fidèles. Cela ne t'étonne pas ?

Il tend le bras vers Antonius.

— Et si ton dieu, tous les dieux n'existaient que dans la tête des hommes ?

Il soupire, laisse retomber son bras ; ses traits s'affaissent comme si une lassitude soudaine l'accablait.

— Constantin le Grand, lui, a écouté Dieu, commence à réfuter Antonius.

Julius Galvinius hausse les épaules. Son fils a-t-il oublié les crimes de Constantin ? Un chrétien, cet homme ? Plutôt un empereur qui s'ingénie à rassembler autour de lui les forces du moment. Les chrétiens existent ? Eh bien, utilisons-les !

Julius Galvinius se redresse difficilement.

— Je ne condamne pas Constantin, murmure-t-il, ni ceux de ta secte pour qui Christos n'est qu'un masque. Mais j'ai du mépris pour ceux – et tu me sembles être l'un d'eux – qui ajoutent foi aux mensonges. Le menteur est un homme habile ; le croyant, une bête !

Il traverse l'exèdre à pas lents, se dirige vers le péristyle, disparaît puis revient, montrant à Antonius plusieurs feuilles de parchemin.

— Tu m'as parlé du grand évêque Augustin…

Il hoche la tête.

— Sais-tu ce qu'écrit ce saint homme, ce chrétien dont tu t'inspires ?

Il se met à lire d'une voix grave :

— « On ne peut tuer des hommes à moins qu'on ne soit soldat ou qu'on ne remplisse une fonction publique, c'est-à-dire qu'on ne fasse pas cela pour soi, mais pour les autres et pour la cité, en vertu du pouvoir légitime qu'on a reçu. »

Il se penche vers son fils.

— Dis-moi s'il est un empereur qui condamnerait cette règle, et s'il est un soldat, se nommerait-il Martin, à qui elle ne conviendrait pas…

12.

— Soldat, Martin l'était au milieu des soldats…

Ainsi commence à parler Antonius.

Il ne regarde pas son père. Il imagine le sourire ironique et méprisant de Julius Galvinius.

— Mais, poursuit-il, sous la chlamyde d'épaisse
laine blanche, sous le masque de l'officier de la cavalerie impériale, il y avait un chrétien, soldat de l'empereur mais combattant du Christ.

Antonius parle d'une voix forte pour ne pas entendre les interruptions et les sarcasmes du vieil
homme.

— Il était alors en garnison à Samarobriva Ambianorum, qu'on nomme aussi Amiens. La ville dresse ses
murailles au bord d'un fleuve, au milieu d'une plaine
glacée balayée par le vent gris qui souffle du nord. Ce
vent pousse souvent des tourbillons d'une neige qui colle
à la peau et se transforme presque aussitôt en glace. Cette
année-là, toute l'eau, toute la terre étaient prises par le
gel. Le froid faisait éclater les pierres et du haut des murs
de la ville tombaient parfois des blocs descellés. Les
pauvres mouraient sous leurs haillons, mais nul ne se

souciait de leurs cadavres raidis par le froid, si maigres, si rabougris qu'ils ressemblaient à des branches d'arbre.

« Ceux qui survivaient mendiaient. Les réserves de grain s'épuisaient et l'on craignait de ne pouvoir creuser les sillons pour les semailles, dans cette terre couverte de glace, dure comme un sol de marbre, sur laquelle glissaient les sabots des chevaux.

« Les patrouilles de cavaliers au manteau blanc chevauchaient partout autour de la ville car il ne fallait pas que celle-ci tombât entre les mains des nuées de barbares qui, tout à coup, surgissaient de l'horizon et s'élançaient, rêvant de pillages et de viols face à cette ville qu'ils pensaient riche puisque l'empereur Valens y avait séjourné et y avait même élevé son fils Gratien à la dignité d'Auguste. En outre, qui tenait Samarobriva Ambianorum contrôlait la voie romaine qui, à travers la campagne ventée, gelée l'hiver, poussiéreuse l'été, conduisait jusqu'en Belgique ou vers les ports d'où l'on s'embarque pour la Bretagne.

« Le voici donc à la tête d'une douzaine de cavaliers, Martin, *circitor* des Alae Scholares. Son manteau blanc fendu sur le côté, retenu à l'épaule droite par une fibule, est relevé sur le bras gauche. Il suffit ainsi d'un geste pour tirer le glaive du fourreau. Au cours de ces dernières semaines, il a fallu plusieurs fois menacer ces bandes d'affamés, toujours insoumises, qui se regroupent en bagaudes, attaquent les patrouilles, pillent les chariots, viennent parfois jusqu'aux portes d'Amiens défier l'armée romaine, puis, tel un vol de corbeaux qu'un geste fait se lever, noir, au-dessus de la neige, s'enfuient dès qu'ils aperçoivent les blanches chlamydes des cavaliers de l'empereur. Ce jour-là, la patrouille que conduit Martin n'a connu que les morsures du vent qui glace et gerce le corps, les lèvres et les joues. Les doigts et les mollets sont tendus, raidis; on colle ses cuisses aux flancs de sa monture pour prendre un peu de sa chaleur. Le souffle qui sort des naseaux de celle-ci devient cette écharpe de fumée grise dont elle semble vouloir se débarrasser d'un mouvement inattendu de l'encolure.

« Martin se penche en avant, caresse le poil roux de son cheval. Lui aussi a souffert de cette longue randonnée dans la brume glacée. Il le flatte, le rassure. La porte de la ville n'est plus qu'à quelques dizaines de mètres. Les sabots des bêtes accrochent mieux ici au sol fait de gros galets qu'à la terre durcie. Martin est resté incliné sur l'encolure de sa monture.

« Tout à coup, cette voix plaintive, près de lui… Un homme nu semble être surgi de terre. Il tend les mains. Les gens qui pénètrent dans la ville paraissent ne pas le voir. Ses yeux brillent pourtant comme les deux dernières flammèches d'un feu qui va s'éteindre. Le froid de la prochaine nuit écrasera cet homme dans sa poigne inexorable. Il ne sera plus au matin qu'un corps mort, un simple ressaut de la terre. Peut-être les loups et les chiens errants auront-ils déjà lacéré ses membres, et les corbeaux, picoré son visage. Figure humaine, pourtant.

« L'homme écarte les bras. Il est en croix, laissant voir ainsi ses côtes saillantes, cette peau qui ne cache plus la forme d'aucun os, la faim qui la creuse, le froid qui la tend.

« Martin tire sur les rênes. Une voix résonne dans sa

poitrine, souvenir des paroles entendues dans l'église de Pavie : « Car j'ai eu faim et vous m'avez donné à manger, j'étais étranger et vous m'avez recueilli, j'étais nu et vous m'avez vêtu... »

« L'homme nu s'est approché de Martin qui a immobilisé sa monture. Le crucifié parle, mais ses paroles sont à peine audibles. Sans doute dit-il qu'il a faim, qu'il a froid, qu'il va mourir si on ne l'aide pas. Il implore, s'agenouille. Il est comme ces vaincus qui offrent leur gorge au glaive du soldat.

« Martin tire son glaive du fourreau cependant que de sa main droite il détache la fibule, soulève l'épaisse chlamyde blanche, et, d'un seul geste, de sa lame affûtée tranche le manteau par le milieu. L'homme nu se précipite, saisit la part d'étoffe qui a glissé le long du cheval. Il s'en enveloppe le corps et, comme s'il craignait qu'on ne lui reprenne ce don si inattendu, s'éloigne tandis que Martin raccroche ce qui reste de son manteau à la fibule. Puis il pénètre dans la ville à la tête de ses hommes dont il entend les quolibets et les rires. Certains lancent :

« — Que n'a-t-il tout donné ?

« Au camp, sous sa tente, Martin répond à son serviteur qui l'interroge en voyant le manteau partagé :

« — Rendez à César ce qui est à César, et à Dieu ce qui est à Dieu.

« Il s'allonge, ferme les yeux. Lui-même est encore coupé en deux, comme ce manteau blanc. Il appartient à César et à Dieu. Il faut qu'il choisisse, qu'il reçoive le baptême. Tout à coup, il a l'impression qu'une lueur illumine la nuit. Il voit s'avancer vers lui une silhouette vêtue de la moitié de sa chlamyde blanche. Tout auréolée de lumière, elle est suivie par une foule qui peu à peu sort de la pénombre. Ce sont des anges. L'homme au manteau est le Christ.

« — Martin, qui n'est encore que catéchumène, m'a couvert de ce vêtement, dit-il.

« Puis, ouvrant les bras, il ajoute :

« — Ce que vous aurez fait pour le plus humble des humbles, c'est pour moi que vous l'aurez fait.

« Martin se lève, s'agenouille et prie :

« — Que Ta volonté soit faite sur la terre comme au ciel… »

13.

Antonius baisse la tête. Le souffle lui manque. Il a l'impression qu'il vient de parcourir sans halte une plaine gelée. Il a froid, mais c'est d'émotion qu'il tremble. Peut-être une nuit le Seigneur lui apparaîtra-t-Il comme Il est apparu à Martin ?

Il donnerait sa vie pour cela.

Il craint que ses jambes ne le soutiennent plus. Il s'appuie des épaules au mur qui fait face à la cheminée. Il sait que son père est assis sur le tabouret, dos au foyer.

Depuis quelques instants, Julius Galvinius se tait alors qu'il n'a cessé de s'esclaffer tout au long du récit.

Peut-être l'exemple de Martin l'a-t-il illuminé ?

On dit qu'il a suffi à des paralytiques, à des aveugles, à des muets de toucher, de lécher le sol sur lequel avait marché Martin pour se dresser, agiles, pour voir, parler et se convertir.

Peut-être Julius Galvinius…

Antonius répète dans un murmure :

— Que Ta volonté soit faite sur la terre comme au ciel.

Il lève les yeux.

Il ne voit d'abord dans la pénombre qu'une masse noire qui semble entourée de flammes. Puis, peu à peu, il distingue mieux les traits figés. Paupières mi-closes, lèvres jointes, Julius Galvinius paraît indifférent. Penché en avant, les avant-bras posés sur les cuisses, son corps donne la même sensation d'immobilité marmoréenne. Les mains cachées dans les plis de sa tunique, il ressemble à ces prédateurs qui, avant de bondir, rentrent leurs griffes, boules noires auprès desquelles on passe sans pouvoir imaginer qu'ils vont jaillir, serres tendues, prêts à égorger, à lacérer, à engloutir.

— Ainsi, Martin a partagé son manteau, commence le vieil homme.

Seules ses lèvres ont bougé, mais à peine. Le ton est dépassionné, rassurant comme peut l'être un piège.

— Ainsi, il a vu Dieu, continue Julius Galvinius. Et Dieu lui a parlé, Dieu l'a remercié pour cette aumône ! La moitié d'une chlamyde de laine blanche…

Antonius devine que son père se redresse insensiblement.

— Et cela te suffit ?

La voix se fait plus aiguë.

— Une aumône, une vision, et voilà un soldat qui devient un saint homme !

Tout à coup, Julius Galvinius éclate de rire, se lève, marche à grands pas vers Antonius.

— Je peux te parler d'un homme qui vivait lui aussi comme un ascète, lui dit-il. Ni viande à ses repas, ni femme dans son lit, fût-elle son épouse. Et pas de vin pour voiler les pensées noires, mais des livres attribués à Homère et des traités de Platon, et des nuits passées à écrire, ou à converser avec des hommes sages, des philosophes venus d'Athènes, de Rhodes, d'Alexandrie, avec les meilleurs médecins de Jérusalem ou d'Antioche, et, parmi eux, Oribase, le plus savant, connaissant chaque fibre du corps humain, capable de faire renaître un malade donné pour mort. Mais lui, personne ne l'a pris pour Dieu !

Julius Galvinius s'arrête.

Il avance ses lèvres dans une mimique de mépris. Son visage est tout proche de celui d'Antonius. On dirait qu'il va lui cracher à la face. Mais il recule, tourne le dos à son fils, marche de long en large devant la cheminée. À chaque fois qu'il passe devant le foyer, il s'arrête un bref instant pour contempler les flammes qui paraissent alors lui envelopper tout le corps.

— Je te parle d'un homme qui portait la barbe des philosophes païens, je te parle de l'empereur Julien, de celui que les évêques de ta secte appellent Julien l'Apostat parce qu'il aurait renié la foi chrétienne, la foi de ceux qui ont assassiné tous les membres de sa famille. Apostat ! Alors qu'il a protégé des évêques persécutés par l'empereur Constance pour s'être montrés fidèles aux conclusions du concile de Nicée ! Ainsi cet Hilaire de Poitiers qui sera un proche de Martin, aidé par Julien et le condamnant pourtant...

Julius Galvinius s'approche à nouveau de son fils.

— Cet homme, même son souvenir vous inquiète. Vous avez brûlé les trois livres qu'il a consacrés aux Galiléens, à ta secte...

Index levé, le vieillard tend le bras vers Antonius.

— C'est pourtant Julien qui devrait être votre saint homme ! Les empereurs chrétiens, Constantin, Constance II, entre autres, ont massacré leurs proches et jusqu'à leurs propres fils. Constance qui fait fermer les temples païens, qui interdit la magie, les sacrifices, la superstition, la divination, qui persécute tous ceux qui refusent de s'agenouiller devant Christos, Constance fait assassiner ses oncles, ses cousins, ses frères. Et il ne laisse sauf que Julien parce qu'il ne le craint pas, qu'il imagine que cet homme jeune, ce lecteur qui vit comme un ermite, qui refuse les signes de la puissance, qui ne prend pas parti dans vos querelles d'évêques et dans vos disputes de conciles, ne constitue pas un rival.

Il ricane :

— Nicéens, ariens, qui pourrait trouver son chemin en écoutant les uns et les autres ? Parmi eux, Constance, lui, choisit au gré de ses intérêts. Voilà un empereur chrétien qui a du sang jusqu'aux coudes, et cultive la haine des autres au nom de l'amour ! Que dis-tu de cela ?

Il touche la poitrine d'Antonius du bout de son index, appuie.

— Julien ne choisit que la liberté laissée à chacun d'aimer le dieu qu'il veut. Mais il est vrai qu'il écrit contre les Galiléens, qu'il paie au nom de Rome la reconstruction du Temple de Jérusalem. Qu'il honore *sol invictus*, Hélios roi, qu'il fait égorger des taureaux à la gloire de Mithra et nourrit ses soldats de la bonne viande des animaux sacrifiés. Lui aussi, comme ton Martin, entend des voix, a des visions. Il voit le génie de l'Empire s'avancer vers lui dans la lumière éblouissante d'un soleil nocturne. Lui aussi prie, mais les dieux de l'Olympe et du Capitole. Il converse avec eux. Il reste plusieurs heures immobile, en extase. Que dis-tu de cela ? Que Julien est également un saint homme et que les dieux qui lui parlent existent aussi bien ?

Julius Galvinius a un geste de mépris.

— Il le faudrait ! Mais vous autres, Galiléens, n'êtes pas des chercheurs de liberté et de vérité. Vous n'aimez que votre mensonge…

Il s'éloigne, tourne le dos à Antonius, contemple les flammes.

— Julien, lui, vous a combattus, avec des livres et non pas avec des persécuteurs. Mais vous préférez l'empereur Constance II, qui fait décapiter les siens, à celui qui écrit contre les Galiléens et rétablit les cultes païens, qui honore Cybèle, mère des dieux, et que les légions acclament parce qu'il remporte victoire sur victoire contre les Alamans, les Burgondes, les Huns, les Vandales, les Francs, les Sarmates. Et parce qu'il a semblé, quand les soldats l'ont fait Auguste, à Lutèce, le soulevant, debout sur un bouclier, capable de sauver l'Empire…

Julius Galvinius hausse les épaules.

— Mais qui se souvient de ses victoires, comment il réussit à refouler les Alamans et les Francs au-delà du Rhin, comment il pénétra dans les forêts et vainquit à Worms…

Il s'interrompt, crache dans l'âtre, reprend :

— Crois-tu que les dieux honorés par un tel homme ne valent pas celui que priaient Constantin et Constance II, les empereurs chrétiens ?

— Je te parlais seulement de Martin, répond à mi-voix Antonius.

Julius Galvinius lui fait face.

— Et moi, je t'ai rappelé le souvenir d'un empereur qui respectait toutes les croyances, ton dieu comme ceux d'Athènes et de Rome, et même celui des Juifs dont le vôtre n'est qu'un bâtard sans forces, un dieu d'abdication. Pour qui vous affublez la lâcheté du nom d'amour…

Antonius se signe. Ne dit-on pas que la croix fait fuir le Diable et ses démons ? Mais Julius Galvinius reprend avec encore plus de hargne :

— Ce Martin que tu exaltes, à Worms, à la veille de la bataille, a refusé de combattre au nom de son dieu. Comment appelles-tu un homme qui abandonne, face aux barbares, son empereur et ses soldats ?

Galvinius fait quelques pas et lance comme on crache :

— Un lâche ! un chrétien !

14.

Antonius se sent les joues brûlantes, comme si Julius Galvinius l'avait giflé. Il a l'impression qu'une plaie s'est ouverte dans sa poitrine, là où son père a posé l'extrémité de son doigt. Mais c'est tout son corps qui est douloureux. Les paroles entendues, subies, ont été autant de clous enfoncés dans sa chair.

Il joint les mains, murmure :

— Seigneur, ne parviendrai-je donc jamais à faire entendre Ta voix, à faire reconnaître la vérité sainte de la vie de Martin ?

Il voudrait s'agenouiller, prier, mais il sent que Julius Galvinius est à l'affût, qu'il guette un signe de faiblesse ou de doute.

Peut-être faut-il toujours que ceux qui portent la parole de Dieu soient crucifiés, comme le fut le Christ ? Peut-être est-ce la souffrance acceptée qui donne au verbe la force qui entraîne, celle qui renverse les murailles de l'erreur et du mensonge ?

— Lâches, les chrétiens ? proteste-t-il d'une voix forte.

Comment Julius Galvinius, qui a lu Tacite et Plutarque, et Sulpice Sévère, et Ammien Marcellin, le plus récent de tous les historiens, peut-il prononcer de telles paroles sacrilèges ?

Antonius regarde son père qui demeure impassible. Il n'ose lui dire : « Quel démon parle par ta bouche ? »

— Lâches, les chrétiens ? répète-t-il.

Le Christ a gravi le calvaire. Il a été le premier des martyrs. Et qui ne sait que, dépecés, brûlés, crucifiés, lacérés, mutilés, égorgés, livrés le corps pantelant et sanglant aux bêtes fauves, les chrétiens ont suivi l'exemple du Christ, subissant la souffrance, dans l'arène ou les fosses, sans renoncer à leur foi ?

Antonius parle et ses plaies se referment, sa douleur s'efface.

Il dit :

— Ils sont innombrables, ceux qui sont morts dans la joie, ceux qui ont clamé avant d'avoir le cou tranché : « Je te rends grâces, Seigneur Jésus, de m'avoir accordé la libération de ce siècle ! » Et il y a aussi ceux qui, même s'ils ne sont pas morts sous la torture ou le glaive, ont offert leur vie sans un mouvement d'hésitation.

Antonius s'avance vers Julius Galvinius, et, reprenant le fil de son récit :

— Ainsi a agi Martin. Il était à Worms quand l'empereur Julien a décidé de livrer bataille contre les barbares. À la veille des combats, l'empereur a fait dresser une tribune. Il se tient entre deux tables sur lesquelles ont été entassées des pièces d'or et d'argent. Les cavaliers de la garde impériale sont alignés derrière leurs enseignes ; les centurions et les tribuns représentent les légions. Julien lève les bras. Parce qu'il est celui qui respecte les traditions, il dit qu'il va appeler par leur nom chacun des soldats de la cavalerie impériale, puis chaque centurion, chaque tribun, chaque porte-enseigne, chaque vétéran. Qu'ils s'avancent afin qu'il offre à chacun l'une de ces pièces d'or ou d'argent, ce donativum par lequel il témoigne sa fierté et sa confiance à cette armée qui a vaincu les barbares et qui demain les mettra en fuite, puisque ceux-ci ont osé sortir de leurs forêts et sont venus camper sous les murs de Worms. Les cris rauques des soldats s'élèvent et ne retombent qu'au moment où le tribun militaire lance le premier nom. Le soldat s'avance et s'immobilise devant l'empereur qui lui tend son donativum.

« Voici le tour de Martin. Il marche lentement vers la tribune. À chaque pas, la détermination qui l'habite depuis qu'il a appris l'intention de l'empereur se fait plus forte. Il doit refuser ce donativum qui l'engagerait à continuer d'être partagé entre Dieu et César. Maintenant qu'il a vu Dieu et reçu le baptême, il ne doit plus être que le soldat du Christ. Mais c'est aussi, il le sait, son cou qu'il offre à la lame. Il s'incline devant l'empereur, mais ne tend pas la main pour recevoir la pièce d'or. Il affronte le regard de Julien.

— Jusqu'ici, dit-il, j'ai été à ton service, César. Permets-moi maintenant d'être au service de Dieu. Que celui qui a l'intention de batailler accepte ton donativum. Moi je suis soldat du Christ ; je n'ai plus le droit de combattre.

« La voix ferme résonne dans le silence de la clairière où les soldats sont assemblés. Martin perçoit l'étonnement et la crainte de ces hommes qui savent que l'empereur peut, d'un geste, ordonner qu'on tranche la tête de celui qui le défie devant les troupes. Cependant, Martin n'a jamais éprouvé une telle sensation de paix et de sérénité. Il a choisi d'être du côté de Dieu. C'est là son camp. Il n'en connaît plus d'autre. Il a obéi à son Seigneur. Les yeux de Julien le fixent, mais Martin ne baisse pas la tête.

«— Tu te caches derrière ton Dieu…, commence l'empereur.

«La fureur fait trembler sa voix.

«— Tu as vu les guerriers barbares, et l'éclat de leurs armes t'a aveuglé, poursuit-il. Tu sais que, demain, nous les attaquerons. Tu crains d'avoir à te battre, toi, officier de ma garde, toi, fils de vétéran !

«Julien tend le bras.

«— Honte sur toi que la peur a envahi et qui te sers de ta foi comme d'un bouclier ! Tu ne nous feras pas croire, à nous qui allons croiser le fer, que c'est par fidélité à ton dieu que tu te dérobes à ton devoir, que tu te parjures !

«Julien fait un pas en avant, menaçant. Peut-être va-t-il donner l'ordre d'exécuter Martin au pied même de cette tribune ?

«— Tu es traître à ton empereur, traître à ton serment et traître à Rome ! continue Julien. Tu es lâche !

«Une rumeur hostile s'élève des rangs des soldats. Peut-être ses compagnons vont-ils se jeter sur Martin, le percer de leurs glaives ?

«— Que Ta volonté soit faite, murmure d'abord Martin.

«Puis, tout à coup, d'autres mots lui viennent à la bouche :

«— Si l'on impute mon attitude à la lâcheté et non

à la foi, dit-il, je me tiendrai demain sans armes devant les lignes, et au nom de mon Seigneur Jésus, sans bouclier, sans casque, je marcherai vers les lignes ennemies qui s'ouvriront devant moi. Le signe de la croix sera ma seule arme et ma seule cuirasse.

« C'est à nouveau un silence étonné.

« — Qu'il tienne parole ! crie Julien après un instant d'hésitation. Qu'on l'emprisonne et qu'il soit, demain matin, exposé sans armes aux barbares.

« Deux centurions se précipitent, empoignent les bras de Martin, l'entraînent hors de la clairière, le poussent sous une tente qui lui tiendra lieu de prison. Des hommes en armes y monteront la garde.

« Martin est seul, l'esprit en paix. Il s'agenouille et prie. Le froid pénètre sous la toile avec la nuit qui tombe et s'épaissit.

« — Que Ta volonté, Seigneur, soit faite sur la terre comme au ciel, répète-t-il.

« Il est dans la main de Dieu. Il s'est soumis à Sa souveraine puissance. Il ne pouvait choisir un autre chemin, prononcer d'autres mots. Dieu l'a guidé. Dieu lui a dicté ce qu'il devait dire. Voilà pourquoi il attend sans impatience et sans peur.

« Il écoute les bruits du camp. Les armes s'entrechoquent. Les centurions hurlent leurs ordres. Au loin, des chevaux hennissent. Ce doit être déjà l'aube. Il n'a pas dormi et la nuit a passé aussi vite qu'un javelot lancé à toute volée. On ouvre la tente. On lui commande de sortir. Le soleil levant l'éblouit.

« — Merci, mon Dieu, pour ce ciel immaculé, cette liberté de l'air, cette joie qui emplit le corps comme une eau fraîche quand on a soif.

« Un centurion s'approche. Il est tête nue, sans bouclier ni cuirasse.

« — Tu sauves ta vie, lui souffla-t-il.

« Il explique que les barbares ont envoyé des émissaires pour négocier la paix. Ils ne veulent pas combattre, mais se rendre à l'empereur. Ils sont prêts à livrer leurs armes et leurs bagages.

« — La fortune est avec toi, commente le centurion.

« Martin se signe.

« — Ma vie appartient à Dieu, dit-il. »

15.

Antonius s'arrête à quelques pas du lit où Julius Galvinius vient de s'allonger.

Il attend que son père l'invite à nouveau à prendre place en face de lui, sur l'autre lit.

Il a été étonné quand ce dernier, au lieu de lui répondre, de l'injurier, même, ou d'exprimer son dédain, peut-être sa haine, lui a montré, le bras à peine levé, la table basse placée entre les lits, sur laquelle les esclaves achevaient de déposer les coupes, les plats garnis de poissons, les amphores, les fruits.

Le geste de Julius Galvinius était las, mais il a pu paraître presque affectueux et Antonius en a été ému. Mais il a aussi redouté un piège. Le Diable est expert en artifices. Il sait si bien se parer des habits de la vertu, et même de l'amour !

Antonius a donc hésité, puis a emboîté le pas au vieillard.

Celui-ci a dû s'arrêter au milieu de l'exèdre. Tout à coup, il a paru ne plus pouvoir respirer. Il a porté ses deux mains à sa gorge comme pour tenter de desserrer un vêtement trop étroit, gênant, et a écarté les pans de sa tunique, laissant voir sa poitrine maigre, les os dessinant sous la peau blanchâtre les nervures de la mort.

Il s'est penché en avant et Antonius a fait mine de s'élancer, craignant qu'il ne tombe, mais les esclaves se sont précipitées avant lui et, soutenant le vieillard, l'ont aidé à gagner l'un des lits, à s'y coucher.

Julius Galvinius a alors été saisi par une quinte de toux qui l'a forcé à se redresser, la poitrine concave, les mains croisées sur ses épaules comme pour tenter de les rapprocher, de retenir ce souffle ténu qui se dérobait.

Puis il a recommencé à respirer calmement, mais son visage était livide, ses yeux mi-clos.

Antonius a eu l'impression que son père avait oublié sa présence et, pour cette raison, s'est immobilisé.

Mais voici que le vieil homme murmure quelques mots, puis effleure l'échine d'une des esclaves, et celle-ci se tourne alors vers Antonius, lui montre le second lit.

Il s'y installe.

Il suit des yeux les doigts effilés de l'esclave. Les ongles nacrés séparent à petits gestes vifs les écailles et les arêtes de la chair des poissons. Elle se tourne vers lui. Il voit la courbe de ses épaules et, quand elle lui présente le plat, il devine la forme de ses seins. Il voudrait se lever, courir s'agenouiller sur la terre battue de sa chambre. Il est sûr maintenant d'être tombé dans un traquenard. Le Diable se cache toujours derrière le visage et la voix de Julius Galvinius.

— On assure, commence ce dernier en souriant, que le poisson est votre signe de reconnaissance, à vous autres chrétiens. Mais c'était aux temps anciens, quand les empereurs se défiaient de vous et que l'Empire régnait sur le monde.

Il parle lentement, s'arrêtant pour mâchonner, la voix voilée d'amertume.

— Aujourd'hui, les enseignes des légions arborent le chrisme, le signe de Jésus-Christ, votre dieu.

Il hausse les épaules, lève les bras d'un air las.

— Pourquoi pas, si cela donnait la victoire, mais Rome était plus forte et plus fière quand on sacrifiait à la gloire d'Apollon et à celle de Mithra !

Il fait un geste pour empêcher Antonius de répondre.

— Je t'ai écouté, poursuit-il. Vous excellez dans l'art du mensonge, vous autres, vous transformez un soldat qui déserte en héros de Rome, puis ce serait grâce à lui que les barbares auraient refusé de combattre et sollicité la paix...

Il laisse retomber son menton sur sa poitrine.

S'il en avait encore la force, dit-il, il rirait jusqu'à ce que sa poitrine éclate, mais, cette nuit, il doit se montrer avare de son souffle.

— Si ton dieu, pour sauver la vie de Martin, a fait capituler les barbares, peux-tu me dire quels dieux ont permis à Jules César de conquérir la Gaule, d'obtenir que de la Bretagne au Rhin tant de tribus gauloises se soient soumises, lui envoient des parlementaires, comme les Alamans l'ont fait avec Julien à Worms, et lui livrent leurs armes, leurs chariots, les femmes et les enfants de leurs chefs en otage ? Les dieux de Rome ont si bien guidé César, l'ont si bien aidé à vaincre, à conquérir, à assimiler, que nous-mêmes ne connaissons même plus la langue de nos aïeux !

Galvinius demande à une esclave de lui emplir une

coupe de vin, puis, quand elle la lui présente, il attire la jeune femme, la retient contre lui, glisse sa main gauche entre les plis des voiles qui couvrent à peine ce jeune corps. Il boit lentement. Antonius a fermé les yeux.

— Et tu voudrais que je vénère ton dieu pour une bataille qui n'a pas eu lieu, alors que Rome, durant quarante lustres, en a livré et gagné des centaines de l'Euphrate au Rhin, du Danube à l'océan ? En sorte que partout régnaient les dieux de Rome et d'Athènes…

Sa voix tremble mais reste faible, comme si le souffle en effet lui manquait.

Il continue, parlant plus bas encore, s'interrompant souvent pour boire ou mâchonner un peu de poisson. Il a repoussé l'esclave qui reste agenouillée près de lui ; ses cheveux défaits couvrent les formes douces et amples de son dos.

— Selon ta secte, Julien était apostat. Mais il a vaincu les barbares ! Baptisés, ses successeurs, Théodose, Attale, sont des chrétiens. Gloire à eux, diras-tu ? Mais des empereurs vaincus par des barbares, Goths et Wisigoths, qui portent eux aussi la croix !

Il secoue la tête.

— Ton Christ triomphe sur les ruines de Rome et sur le cadavre de l'Empire !

Il grimace. Il énumère les défaites, Rome pillée, les barbares déferlant comme un fleuve boueux, en crue, sur toute la Gaule, et jusqu'ici, dans ce domaine, en Narbonnaise.

— Comment pourrais-je, moi, Julius Galvinius, reconnaître un dieu qui détruit l'Empire du monde, efface jusqu'au souvenir d'Homère et de Platon, d'Aristote et de Marc Aurèle, de Thucydide et de

Plutarque, et les remplace par les écrits d'un Sulpice Sévère ou d'un Hilaire de Poitiers ?

Son corps est secoué d'une quinte qu'il tente de transformer en rire.

— Et, au lieu des disputes entre les philosophes grecs, reprend-il, nous entendons les évêques se chamailler comme de vieilles femmes pour savoir s'il faut suivre Arius et son dieu à un seul visage, ou bien Hilaire et sa trinité. Ariens contre nicéens ! Quelle belle querelle !

Il se soulève, s'appuie sur son coude droit, se penche vers Martin.

— Je préférais Platon et Aristote. Qui les connaît encore aujourd'hui ? On écoute Hilaire de Poitiers dont je sais qu'il fut le maître de ce Martin dont tu me vantes le courage. Mais ce même Martin n'est qu'un soldat qui s'est dérobé au combat, un barbare qui ne savait pas le grec ! Il est vrai qu'Hilaire a dit et écrit : « La foi solide rejette les faux problèmes de la philosophie. »

De ce geste de la main gauche qui lui est coutumier, par lequel il semble vouloir chasser un insecte, Julius Galvinius indique à Antonius qu'il souhaite à présent rester seul.

— Rejoins ta couche d'esclave, murmure-t-il.

Il a parlé sans hargne.

Au moment où le jeune homme se lève, son père se redresse à son tour.

— On ne peut juger les dieux, dit-il, l'index tendu. Qui les a vus, qui les connaît, sinon en rêve ? L'empereur Julien a parlé avec les siens, qui étaient les dieux de Rome. Martin a eu la vision de son seigneur.

Je n'ai rencontré ni les uns ni l'autre. Mais – sa voix se fait plus forte – on juge les dieux à l'action et à la qualité des hommes qui les prient. Souviens-toi de cela, Antonius : les hommes, les hommes, toujours les hommes !

Il se recroqueville cependant qu'une nouvelle quinte lui déchire la poitrine.

Troisième partie

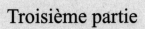

Troisième partie

16.

Les yeux baissés, Antonius traverse à grands pas, aussi vite qu'il peut, le péristyle.

Il ne regarde que le sol pavé de marbre de la cour intérieure. Il ne veut entendre que le bruit de l'eau qui jaillit de la fontaine.

Mais il perçoit, il devine couinements, rires, éclats de voix et roucoulements, tout ce remuement des corps que, malgré lui, il imagine mêlés. Cette débauche se déroule dans les chambres situées sur le côté gauche de la colonnade.

Il lui faut s'en éloigner.

— Les hommes…, a dit et répété Julius Galvinius.

Mais qu'est-ce qu'un homme si sa bouche n'est qu'un groin, un mufle avide de plaisir ? Si ses mains ne sont que des pattes cherchant à retenir prisonnier un autre corps, comme font les chiens ?

Antonius parcourt maintenant les salles qui entourent l'atrium.

Des lampes à huile éclairent les fresques qu'il ne veut pas regarder. Mais il les connaît. Souvent il les a détaillées, naguère, quand l'adolescence l'avait envahi lui aussi de désir. Ces formes opulentes de femmes, le rose de leur peau, leur chair pulpeuse, leurs cuisses écartées entre lesquelles se glissaient des faunes en rut, le fascinaient.

Homme ? Il était la proie du démon !

Il parvient enfin aux bâtiments réservés aux esclaves. L'odeur de fange et de sueur le saisit. Mais, cette nuit, le silence règne, à peine troublé çà et là par une toux ou un aboiement.

Il entre dans la pièce dont il a fait sa chambre, sa cellule, sa grotte plutôt.

— Les hommes, souviens-toi des hommes…, a insisté Julius Galvinius.

Antonius s'agenouille sur la terre battue, sent les pierres acérées meurtrir sa chair. La douleur qu'il éprouve est comme le courant d'un fleuve qui entraîne les bois morts d'autant plus vite qu'il est fort.

Le flot purificateur de la souffrance nettoie l'homme, digne alors du Dieu qui l'a fait à l'image de Jésus-Christ.

Ce ne sont ni le marbre ni la boue du sol de la pièce où il vit, ni la laine fine ou les haillons dont il enveloppe son corps, ni la richesse qu'il possède ou la pauvreté qui le tenaille, qui font l'homme. Il n'est qu'un animal plus vil même qu'un goret s'il en vient à oublier que Dieu l'a fait pour qu'il cherche à s'élever jusqu'à Lui.

Alors il connaît la joie.

C'est elle, Antonius le sait, qui habita Martin.

Celui-ci chevauche le long de la voie romaine qui conduit de Worms à Lutèce, puis à Poitiers, l'une des plus grandes villes de Gaule.

Il ne ressent aucune fatigue, malgré la poussière et la chaleur. La nuit, il attache son cheval à un arbre, puis se couche sur l'herbe épaisse et moelleuse. Souvent, il cherche un sol plus dur, de la terre caillouteuse, pour se souvenir que la misère comme la douceur sont également de ce monde.

Avant de quitter le camp, il a vu des enfants barbares que les soldats arrachaient à leurs mères pour les garder auprès d'eux comme esclaves, serviteurs et otages.

Il s'est avancé pour s'interposer, mais le tribun de la garde impériale lui a intimé l'ordre de partir aussitôt. Dans sa grande clémence, le César Julien lui accordait la vie sauve, puisque les barbares avaient été vaincus sans combat ; mais il ne tolérerait aucun autre défi.

Que Martin remercie Julien le Juste et s'éloigne avec ce qui lui appartient : son arme, ses vêtements, sa monture.

Les soldats se sont écartés sur son passage. Quelques-uns l'ont insulté, d'autres ont ricané, mais la plupart se sont tus, le suivant d'un regard étonné. Certains, le plus souvent des Goths ou des Wisigoths enrôlés dans les rangs des légions, se sont même signés.

Le Christ est désormais présent partout où il y a des hommes.

C'est cette certitude qui a été la première joie de Martin.

Puis il y a eu ces journées radieuses, cette terre qui s'est d'abord ouverte aux semailles et qui est maintenant prête pour les moissons.

Fini le gel. Les blés sont mûrs.

Les paysans le saluent, mais la plupart se détournent quand il leur répond par un signe de croix. Souvent, dans la campagne, une tour, un pin planté en plein champ, une construction massive vers laquelle se dirigent, portant une statue, des hommes et des femmes qui psalmodient, rappellent que les faux dieux, les divinités païennes règnent encore, que les Gaulois les honorent. Il faudra leur apporter la Parole, combattre leurs croyances, détruire leurs temples, leurs sanctuaires, leurs idoles, déraciner ces arbres qu'ils imaginent sacrés.

Martin, soldat du Christ, est engagé dans cette bataille. C'est pour cela qu'il se rend à Poitiers, auprès d'Hilaire.

Plusieurs fois, alors qu'il montait la garde autour de la tente de Julien, il a entendu les proches de César évoquer la personnalité de cet évêque.

L'empereur Constance II, massacreur de sa propre famille, rival de Julien, persécutait Hilaire et s'apprêtait à l'exiler, condamnant en lui l'évêque gaulois qui refusait de se soumettre aux préceptes d'Arius en restant fidèle aux conclusions du concile de Nicée, à un Dieu en trois personnes.

Martin avait entendu Julien rire de ces querelles, puis souligner qu'Hilaire, quoi qu'on pensât de son Dieu, était un homme de courage, fidèle à sa foi, et qu'il accueillait ceux que Constantin persécutait.

Choisir le chrétien qui aime et non celui qui tue, avait pensé Martin.

Il chevauche donc vers Poitiers.

Voilà douze jours qu'il a pris la route. Il longe maintenant le grand fleuve Loire.

Sa joie ici est encore plus vive, mais elle est aussi plus douce, en harmonie avec ces berges, ces collines couvertes de vignes, la grâce de ce paysage apaisé.

Il passe la porte de la ville. Nul ne prête attention à lui. Entre les maisons bâties en pierre blanche, la foule est dense, bruyante, animée. Au bout d'une des rues s'élèvent les murs d'un immense amphithéâtre. Les jeux cruels continuent-ils ici, ou bien Hilaire et les chrétiens ont-ils réussi à interdire les combats de gladiateurs, ainsi que l'ont exigé de nouveaux règlements impériaux ? L'amphithéâtre est silencieux, Martin le contourne et découvre, non loin, l'église accolée à une maison basse.

Là doit résider Hilaire, évêque de Poitiers.

Il entre. Le murmure des voix dans la pénombre ressemble à celui de l'eau qui jaillit d'une source. Les fidèles sont agenouillés, l'autel éclairé par des lampes à huile.

L'homme qui officie n'est autre qu'Hilaire.

Martin s'agenouille près de lui, qui ne semble pas surpris.

— Je suis venu jusqu'à toi, chuchote Martin. J'étais soldat dans l'armée de Julien. Je suis chrétien dans celle du Christ.

— J'attendais quelqu'un, puisque je dois partir, lui répond Hilaire. C'est donc toi.

17.

Antonius Galvinius marche aux côtés de son père entre les massifs de lauriers-roses, dans cette allée qui conduit jusqu'à la rangée de cyprès, au bout du jardin.

Il observe le vieil homme à la dérobée.

Celui-ci avance lentement, le buste penché en avant, les mains derrière le dos. Sa respiration est apaisée. Il ne tousse plus. Cependant, il s'arrête souvent comme pour reprendre souffle. Il regarde alors autour de lui en se redressant quelque peu.

Antonius a l'impression que son père l'a écouté avec bienveillance.

Peut-être cette journée d'octobre, douce et dorée comme un fruit mûr juste avant qu'il ne se détache de la branche, peut-être ces senteurs de pomme et de raisin pressé qui donnent à l'air une saveur sucrée font-elles découvrir à Julius Galvinius la beauté de la création, la grandeur de Dieu ?

Antonius a la conviction qu'il ne doit pas laisser échapper ce moment propice, qu'il lui faut parler encore. Il attend que son père se remette à marcher, puis reprend le fil de son récit.

— À Poitiers…, dit-il.

Il ferme les yeux. Il oublie les lauriers et jusqu'à la présence de Julius Galvinius.

Il voit Martin assis dans la chambre aux murs blancs qu'occupe Hilaire dans la maisonnette attenante à l'église.

L'évêque de Poitiers s'appuie des deux mains à l'écritoire. C'est un homme grand et maigre, un peu voûté. Martin pense qu'il suffirait du coup d'épaule d'un barbare ou d'un centurion pour le jeter à terre. Mais la voix d'Hilaire est forte, ses gestes sont vifs. Émane de lui un sentiment de puissance et de courage.

Il s'approche de Martin. Il voudrait lui confier, dit-il, une charge de diacre dans l'évêché. Lui-même va devoir quitter Poitiers. On l'a condamné à l'exil. Les évêques favorables aux idées d'Arius se sont ligués contre lui. Mais c'est une épreuve bienvenue. Il faut obéir à ce que Dieu choisit.

Antonius s'interrompt, se tourne vers Julius Galvinius dont il sent le regard peser sur lui. Il hésite à poursuivre. Il craint encore l'une de ces colères subites de son père, cette violence qui l'aveugle, l'emporte, qui est le tourbillon du Diable.

Mais le vieil homme sourit, hoche la tête, semble ainsi inviter son fils à poursuivre.

Peut-être les démons ont-ils abandonné leur proie ?

— Martin a refusé toutes les charges, reprend Antonius à voix basse. Aux sollicitations d'Hilaire il a dû répondre en substance qu'il n'était qu'un soldat qui ne connaissait pas le grec et pouvait à peine lire le latin. Depuis l'âge de quinze ans, il a porté le casque et la chlamyde. Il a marché et chevauché par tous les temps, sous l'averse et le feu solaire. Mais il n'a pas lu un seul livre.

« Martin se lève, se dirige vers l'écritoire. Il caresse du plat de la main le manuscrit couvert d'une écriture serrée, puis se tourne vers Hilaire. Il n'est qu'un ignorant, lui dit-il. Dans ses écrits, l'évêque commente l'Évangile de Matthieu, évoque la Trinité ou Constantin le Grand. Lui, se contente de prier. Maintenant qu'il a déposé le casque et le glaive, il souhaite se réfugier loin des hommes, au cœur d'une forêt ou en plein désert, ou bien s'enfoncer dans une grotte afin de s'y consumer dans l'amour de Dieu.

« — Je ne sais que prier, répète-t-il.

« Hilaire l'invite à se rasseoir et s'installe près de lui, sur ce banc étroit qui fait face à l'écritoire. Il serre les mains de Martin dans les siennes. Il lui fait observer que tant d'hommes lisent le grec et le latin, que tant connaissent les pensées des philosophes, que tant ont l'esprit agile et sont capables de jongler avec les idées… Hilaire se tait quelques instants. Quand il reprend, sa voix tremble.

« — Mais si peu d'hommes sont habités par la foi ! Car la vérité de Dieu ne se laisse pas emprisonner dans la philosophie. Elle doit être la chair du croyant. Elle est prière et émotion. Elle est corps et parole autant qu'esprit. Seuls ceux qui la vivent ainsi sont les soldats du Christ. Eux seuls sont capables de combattre pour lui.

« Il se lève, invite Martin à s'agenouiller, lui impose

les mains au-dessus de la tête. Il déclare que Martin combattra le Diable comme un soldat, qu'il l'extirpera de ceux qui se sont laissé posséder par lui. Qu'il apprendra les prières des exorcistes et saura comment toucher les corps en proie au démon afin de les en libérer.

«Mais il existe, ajoute l'évêque, un autre ennemi aussi sournois que le Diable et allié à lui. Il s'appelle l'ignorance de Dieu, le refus du baptême, la dévotion aux fausses divinités, l'accomplissement de sacrifices aux anciens dieux de Rome.

«Hilaire appuie maintenant si fort ses mains que Martin est contraint d'incliner la tête et de se soumettre.

«— Ta tâche est de les combattre! s'exclame l'évêque.

«Puis il baisse la voix et laisse échapper dans un murmure:

«— Allez, va enseigner toutes les nations, baptise-les au nom du Père, du Fils et du Saint-Esprit!»

Antonius trébuche. Il a marché en aveugle.

Il se tourne. Son père n'est plus à ses côtés.

Il l'aperçoit loin en arrière, assis sur un banc de pierre, caressant d'un mouvement lent ses lèvres d'un bouquet de fleurs de laurier qu'il porte de temps à autre à ses narines pour se griser de leur arôme.

18.

Antonius revient sur ses pas. En s'approchant de Julius Galvinius, il a l'impression que l'homme assis sur le banc, ses fleurs à la main, n'est plus celui qui marchait tout à l'heure à ses côtés dans l'allée.

L'expression bienveillante de son visage s'est effacée. La bouche à demi dissimulée par les pétales qu'il respire, les yeux mi-clos, est cerclée de rides profondes, méprisantes.

Antonius s'arrête. Il a été victime d'une feinte du Diable qui, maintenant que le ciel doré s'est assombri, que des nuages aux reflets gris et rouges couvrent peu à peu la campagne, dessinant une large bande noirâtre au-dessus des cyprès, a refait son apparition, entouré de ses démons.

Il n'a pas réussi à exorciser Julius Galvinius, à libérer le corps de son père de l'emprise infernale. L'évocation de la vie de Martin n'a pas suffi.

Antonius se signe cependant que le vieillard hausse nerveusement les épaules.

Il tend les fleurs de laurier à Antonius, puis, son fils ne bronchant pas, les lance de manière qu'elles viennent lui frapper le visage.

Il se lève, tourne le dos au jeune homme et se dirige vers la villa.

— Je n'ai pas pris la peine de t'écouter, grommelle-t-il. Tu ne m'apprends rien que je n'aie déjà entendu ou lu.

Il arrache une corolle d'un laurier, la hume, puis hoche la tête.

— Quand toi, Hilaire, Martin et tous ceux de votre secte prenez la parole, c'est en ignorant le plaisir. Qui d'entre vous chante le simple parfum d'une fleur ? Celui des lauriers enivre parce qu'il est sucré, entêtant. Mais vous ne connaissez pas l'ivresse, ni celle du raisonnement ni celle des corps. Martin, que veut-il ? Ignorer le monde, s'enfouir dans la prière au fond d'une grotte, dans l'épaisseur d'une forêt ou la touffeur du désert.

Julius Galvinius s'arrête et ricane :

— Quel singulier hommage à votre dieu, qui aurait donc créé les hommes et les arbres, les fleurs, l'océan, les femmes pour qu'on les ignore, qu'on n'aspire qu'à mourir !

Il lève les bras au-dessus de sa tête. Les plis de sa tunique retombent sur ses épaules, laissant apparaître la maigreur sèche de ses bras.

— Souffrir, vivre en ermite, en ascète, afin de transformer son corps le plus rapidement possible en bois mort : voilà le précepte de votre religion !

Il porte les mains à sa poitrine creuse, à son cou flasque.

— Stupide ! Comme si la peau ne se transformait pas assez vite en enveloppe fripée, comme si la souffrance n'était pas toujours à l'affût en nous, prête à sortir ses griffes !

Il attend qu'Antonius l'ait rejoint, et le dévisage longuement.

— Tu étais naguère un jeune garçon vigoureux au torse musclé, aux bras noueux. Tu n'es plus qu'un homme aussi efflanqué que moi. Et tout cela à cause de quoi ? Pour avoir rejeté l'enseignement des Grecs, préféré les pleurs et la douleur à la pensée !

Tout à coup, menton en avant, lèvres pincées, son visage se crispe.

— Ce n'est pas d'amour qu'est faite votre croyance, mais de haine pour le plaisir, d'aversion pour la vie et l'esprit de l'homme. Donc aussi pour la grandeur de Rome, héritière d'Athènes.

Il agrippe le bras d'Antonius, le serre.

— Je suis à tes yeux le Diable, je le sais ! Tu me crains parce que je suis libre dans ma tête autant que dans mon corps. Vous, vous ne voulez que des esclaves soumis. Ce que vous appelez démon, c'est l'esprit de liberté. Vous voulez tout plier à votre loi.

Il lâche le bras de son fils.

— Au temps où Rome était fière, puissante et libre, on n'aurait pas accordé à ton Martin l'honneur de mourir dans l'arène en gladiateur ! On l'aurait égorgé ou étranglé dans une cave, puis on aurait livré son cadavre aux fauves. Mais Rome est vaincue, souillée, et mon fils Antonius Galvinius se repaît de la vie de ce soldat inculte. Mon propre fils est chrétien !

Il s'immobilise au bas des marches qui conduisent à la terrasse.

— Heureusement, la mort m'attend, murmure-t-il. Bientôt je ne verrai ni n'entendrai plus rien.

19.

Couché, Antonius frissonne. Une pluie drue tombe depuis la fin de l'après-midi. Il l'écoute battre l'auvent, gargouiller dans les caniveaux qui entourent la cour boueuse, entre les bâtiments où logent les esclaves.

Tout à coup, il lui semble entendre une voix forte qui dit :

— Où que tu ailles et quoi que tu tentes, tu trouveras le Diable devant toi !

Il connaît cette phrase. Il se lève. Il a froid. Il ouvre la porte. Aussitôt l'averse le frappe au visage cependant que la voix, plus distinctement encore, répète les mêmes mots :

— Où que tu ailles et quoi que tu tentes, tu trouveras le Diable devant toi !

Il fait quelques pas, cherchant à voir malgré l'obscurité épaisse qui baigne la cour.

Des ombres courent d'un bâtiment à l'autre. Hommes ou chiens, femmes, démons ou gorets ? Comment savoir ?

Il reste immobile sous la pluie.

Et se souvient.

Martin a quitté Poitiers peu après Hilaire. Il a traversé la Gaule, remontant le cours des fleuves jusqu'à ce qu'un pont lui permette de les franchir. À chaque pas, il s'est accusé d'avoir abandonné la communauté des chrétiens de Poitiers qu'Hilaire lui avait confiée, le chargeant de traquer le Diable, d'exorciser ces malheureux que l'on voyait souvent à la porte de l'église, gesticulant, se contorsionnant sur le sol, poussant des cris aigus, une bave rosâtre couvrant leur bouche.

Il avait récité les prières, imposé les mains, maintenu les membres immobiles, et parfois le possédé se calmait, pleurant souvent, ou bien s'enfuyant en se tenant la tête.

Mais Martin a eu le sentiment qu'il avait mieux à faire. Ne fallait-il pas enseigner toutes les nations et les baptiser au nom du Père, du Fils et du Saint-Esprit ?

Une nuit, Martin s'est dressé d'un bond, abandonnant le banc sur lequel il dormait, protégé seulement par une mince étoffe de laine râpeuse.

Une voix s'adressait à lui.

Elle lui ordonnait d'aller enseigner et baptiser les siens, son père et sa mère, qui vivaient à nouveau à Sabaria, dans la ville de son enfance, en Pannonie.

Martin s'est hâté de prendre la route et il a rêvé tout en marchant aux murailles de Sabaria, aux ruelles de la cité, aux collines du voisinage, ainsi qu'à la route qui longe le Danube, là où se dresse le limes.

Il a avancé le plus vite qu'il a pu, imaginant que son exemple suffirait à convertir ses parents et qu'il saurait aussi parler à tous les habitants de Sabaria, aux paysans de Pannonie.

Il serait leur apôtre.

Il a traversé des fleuves, gravi des monts, vu se lever le soleil au-dessus de Lugdunum[1], et il a parcouru les rues de cette ville où résonnaient le battement des forges, le grincement des rouets et celui, rythmé, des métiers à tisser.

Il est entré dans l'amphithéâtre envahi par les hautes herbes. Les gradins étaient déserts, mais il a imaginé les hurlements de la foule quand pénétraient dans l'arène les chrétiens promis au martyre, puis les lions et les taureaux qui enfonçaient leurs crocs ou leurs cornes dans les corps de Pothin, d'Irénée, de Blandine…

Il s'est agenouillé et a prié.

Puis il a repris sa route, s'enfonçant dans les vallées que surplombaient les cimes des Alpes. Il s'est arrêté plus souvent pour reprendre souffle, tantôt parce que la voie pavée s'élevait vers un col, tantôt parce que les sanctuaires païens se faisaient plus nombreux. Il a vu de longues colonnes de paysans portant statues et

---

1. Lyon

135

offrandes à l'intention de ces divinités d'avant le Christ. Et il a fait le serment d'arracher à leur nuit ces hommes, ces femmes et ces enfants afin de leur révéler la Lumière, d'ouvrir les yeux à chacun de ces aveugles.

Il a essayé de parler à certains alors qu'ils s'apprêtaient à égorger un taureau, mais on l'a chassé en lui lançant des pierres. Le moment n'était pas encore venu.

Il a enfin atteint le dernier col et découvert, au pied de l'autre versant, la plaine et le fleuve sur lesquels glissaient des bancs de brouillard.

Il a levé la tête et aperçu une colonne érigée près de la route, au sommet de laquelle se dressait, immense, une statue de Jupiter. Il lui faudrait l'abattre.

Le vent soufflait fort, balayant le col, et Martin a vu s'avancer, comme poussés par les bourrasques, des hommes immenses au torse enveloppé de peaux d'ours. L'un d'eux portait sur son épaule une grande hache.

Martin a aussitôt éprouvé un profond sentiment de paix, comme si toute trace de fatigue due à l'ascension du col avait disparu. Il s'est senti dispos, heureux. C'était là l'épreuve que Dieu plaçait sur son chemin. Il devait s'en remettre à la volonté divine. Il devait montrer qu'il ne craignait pas les hommes, puisqu'il était croyant.

Il a donc souri en voyant s'approcher ces pillards, ces détrousseurs, ces rançonneurs, ces déserteurs en maraude qui formaient des bandes de rapaces guettant voyageurs et marchands.

Ceux-là l'ont entouré. Leurs visages étaient couturés, mutilés. Les uns étaient borgnes, d'autres avaient le nez ou les oreilles coupés. Ils grognaient plus qu'ils ne parlaient, tendant leurs poignes pour arracher le sac et le manteau de Martin. Mais, avant même qu'ils ne s'en soient emparés, Martin les leur a offerts. Ils ont paru stupéfiés par son attitude.

Ils se sont approchés encore davantage, leurs trognes contre son visage, pressant son corps frêle entre leurs épaules puissantes.

Peut-être attendaient-ils que Martin les implore, s'agenouille, demande grâce, crie pitié ?

Il a simplement dit :

— Je prie pour vous.

Il s'est signé et les a laissés le malmener.

Il a eu le sentiment d'être comme une pièce de bois qu'aucune tempête ne peut entraîner par le fond, qui flotte toujours à la crête des vagues les plus hautes.

Il était dans la main de Dieu.

Si la mort devait frapper, elle était la bienvenue, et Dieu reconnaîtrait ce soldat qu'Il appelait auprès de Lui.

Au contraire, si sa vie devait se poursuivre, cela signifierait que Dieu voulait qu'il continue à combattre pour Lui.

Tout à coup, sur un ordre de celui qui portait la hache, les hommes se sont écartés. Martin a vu se dresser au-dessus de sa tête le tranchant de la lame et il a cherché des yeux ceux de la brute qui s'apprêtait à le tuer.

Il a murmuré : «Je te pardonne», et le fait d'avoir prononcé ces simples mots a fait naître en lui une joie intense. Il a eu le sentiment que tout son visage, tout son corps souriaient. Il a remercié Dieu de lui avoir donné le courage d'attendre la mort sans crainte.

Mais la hache ne s'est pas abattue.

L'un des hommes a retenu le bras de celui qui voulait frapper. Ses compagnons l'ont repoussé et Martin l'a vu s'éloigner en maugréant, sa hache sur l'épaule, haute silhouette qui a disparu peu après derrière des éboulis.

On a lié les poignets de Martin et on l'a confié à la garde d'un homme jeune dont la barbe dissimulait mal une balafre qui lui sillonnait la joue de l'oreille jusqu'à la bouche. Il s'est assis en face de Martin, à l'abri du vent, au bord d'un petit lac dont l'eau noire reflétait le mouvement des nuages.

— Qui es-tu ? a-t-il demandé en se penchant vers le prisonnier.

Sa voix et ses traits exprimaient une curiosité anxieuse. Son visage était si proche de celui de Martin qu'il semblait vouloir le flairer.

— La plupart des hommes supplient et tremblent, a-t-il poursuivi. Il suffit de leur montrer la hache pour qu'ils offrent tout ce qu'ils possèdent. Ils proposent même leurs femmes et leurs filles ! Toi…

Il s'est reculé comme s'il avait peur tout à coup de cette singulière victime.

— Je suis chrétien, a murmuré Martin. Je veux l'amour entre les hommes.

Il a tendu ses poignets afin que l'homme le détache. Il n'a pas douté un seul instant que celui-ci allait s'exécuter. Et l'homme, en effet, après une courte hésitation, a dénoué ses liens.

138

Martin a souri, sûr que Dieu l'avait soumis à cette épreuve et laissé en vie pour qu'il apporte la Parole à cet homme.

— Je suis chrétien et tu es mon frère, a-t-il dit.

L'homme a secoué la tête tout en ne le quittant pas des yeux.

— Dieu m'a remis entre vos mains, a poursuivi Martin, mais Il m'a protégé. Il m'a confié à toi pour que je dise la bonne nouvelle. Écoute-moi !

Martin a parlé jusqu'à ce que la nuit tombe, puis, un orage ayant éclaté, l'homme l'a entraîné dans une grotte où il a allumé un feu.

Tout en soufflant sur les flammes qui naissaient difficilement, il n'a cessé de regarder Martin comme s'il cherchait dans ses yeux, sur son visage, une réponse aux questions qu'il se posait.

Quand le feu a commencé à crépiter, il s'est installé aux côtés de Martin, les genoux serrés entre ses bras.

— Parle encore, a-t-il dit d'une voix presque suppliante.

Martin lui a posé une main sur l'épaule. Il avait l'impression que cet homme, comme tous ceux qui n'avaient pas encore rencontré la foi en Jésus-Christ, était un enfant qu'il fallait guider.

«Maintenant, enseignez toutes les nations, baptisez-les au nom du Père, du Fils et du Saint-Esprit», avait dit le Christ aux apôtres, et Martin avait songé à toutes les campagnes parcourues, aux collines et aux montagnes gravies, aux villes traversées depuis qu'il avait quitté Poitiers.

Les chrétiens étaient comme des bouquets d'arbres en fleurs dans une vaste étendue d'herbes sauvages.

C'était cette situation-là que, à la mesure des forces que Dieu lui donnerait, Martin voulait changer.

Que s'effrondrent les temples et les sanctuaires païens, que soient renversées ces colonnes élevées à la gloire de Jupiter, de Mars ou d'Apollon ! Et que s'étende partout une forêt de croix.

Martin s'est signé et l'homme s'est à nouveau penché vers lui.

— Apprends-moi, a-t-il imploré.

Martin lui a saisi les mains. Dieu l'avait donc emporté ! Il a invité l'homme à s'agenouiller près de lui et à répéter les mots de la prière : « Notre Père qui es aux cieux… »

Puis, quand l'aube s'est levée, il a demandé à l'homme de le conduire jusqu'au lac.

L'épais brouillard enveloppant les sommets dissimulait les blocs et les pavés de la voie, mais quand Martin et l'homme eurent atteint les berges du lac, la lumière avait commencé à percer sans qu'on vît encore le soleil, si bien qu'une poussière argentée semblait s'être répandue dans l'air.

— Ce jour, tu deviens mon frère en Jésus-Christ, a dit Martin en prenant de l'eau glacée dans ses paumes et en en aspergeant l'homme.

Et ils se sont à nouveau agenouillés côte à côte.

Le vent s'est levé et a commencé à chasser le brouillard.

L'homme a accompagné Martin jusqu'à l'endroit où la route rejoint la plaine. Puis, en le voyant s'éloigner, remonter vers le col, celui-ci a éprouvé une joie intense.

Il avait la certitude que Dieu l'avait choisi, qu'il entretenait avec Lui un lien particulier. Ne lui était-Il pas apparu à Amiens après que Martin avait partagé son manteau ? Et, aujourd'hui, ne venait-Il pas de lui révéler la force qui lui avait été donnée pour enseigner et baptiser ?

Martin a remercié le Très-Haut et a eu l'impression que toute la fatigue des jours de doute s'était en lui dissipée. Ses jambes étaient légères, son souffle ample, la faim et la soif ne le tenaillaient pas.

Il s'est dirigé à vive allure vers la Pannonie, entre des rangées de peupliers, à travers une campagne ordonnée où s'élevaient de place en place des tombeaux de consuls, de tribuns et même d'empereurs. Il a souffert des manifestations de cette mémoire païenne qu'il faudrait effacer afin que se dressent à la place les monuments à la gloire des martyrs chrétiens.

Parfois, il lui est arrivé de découvrir une petite église pareille à une source de fraîcheur. Quelques chrétiens y priaient dans la pénombre.

À Pavie, il s'est fait reconnaître et les plus anciens de la communauté se sont souvenus de cet enfant de dix ans qui priait avec eux et rêvait de vivre en ermite, seul entre terre et ciel.

Après avoir quitté Pavie, il a vu venir à lui, sur la route, un homme de haute stature qui marchait à grands pas, le port altier.

L'homme s'est placé de telle sorte qu'il a forcé Martin à s'arrêter. Il le dominait de la tête, le dévisageait avec suffisance et même un certain mépris.

— Où vas-tu ? lui a-t-il demandé.

La voix était impérieuse, sèche comme un fouet qui claque.

Martin n'a pas baissé les yeux.

Seul Dieu pouvait lui donner un ordre.

Il a répondu qu'il se rendait là où le Seigneur l'appelait.

L'homme a ricané, le corps agité d'un brusque tremblement, puis il s'est mis à crier, le visage déformé par la colère :

— Où que tu ailles et quoi que tu tentes, tu trouveras le Diable devant toi !

20.

Julius Galvinius s'assied sur le muret qui entoure la cour carrée de l'atrium.

Il ramène d'un geste lent du bras droit les pans de sa tunique sur ses jambes. Il a froid.

Il lève les yeux, ignore Antonius, debout près de lui, regarde par l'ouverture du toit les nuages bas que le vent parfois effiloche. Il pleut. L'averse glisse sur les tuiles et s'écoule avec un martèlement sourd dans la vasque du bassin, au centre de la cour. Puis l'eau se répand, s'enfonce dans les canalisations, et on dirait que, sous les dalles de marbre, la terre gronde.

Julius Galvinius tourne enfin la tête vers Antonius ; ses lèvres dessinent une moue qui exprime le doute et l'ironie.

— Ainsi donc, dit-il, sur une route de Cisalpine, Martin a rencontré un homme…

Il rit silencieusement, hoche la tête.

— Le Diable en personne, incarné comme votre dieu !

Il se lève, marche autour de la cour tout en parlant d'une voix de plus en plus forte pour dominer le bruit de la pluie et le grondement de l'eau qui se déverse du bassin.

— Votre religion a tout du combat de gladiateurs : Dieu contre Diable !

Il ricane. Il ne comprend pas, ajoute-t-il : si Dieu est tout-puissant, si Dieu est tout amour, pourquoi ne triomphe-t-il pas définitivement du Diable et n'instaure-t-il pas l'empire du Bien après avoir terrassé le Mal ?

Il croise les bras, s'arrête de l'autre côté de la cour et montre à Antonius une niche abritant une statue de César en dieu Mars.

— Mais, reprend-il, peut-être votre dieu souhaite-t-il distraire le peuple en lui offrant, comme les empereurs, des combats dans l'arène ? Le Juif contre le Nubien. Le Blanc contre le Noir. Martin contre le Diable…

Il bat des mains, et le claquement de ses paumes résonne sous la galerie, s'amplifie jusqu'à étouffer la rumeur de l'eau.

Le poing fermé, il tend vers le sol son pouce renversé.

— Le Diable doit être mis à mort, simule-t-il avant de retourner sa main, pouce levé : mais Christos le fait renaître, et les jeux recommencent !

Il applaudit à nouveau, heurtant ses paumes avec violence.

— Qui peut croire à cette fable ? Quand on traînait hors de l'arène le corps d'un gladiateur vaincu, il laissait sur le sable, bien visibles, les traces de son sang. Les chrétiens tuent aussi mais étendent, sur le sang qu'ils versent, le grand manteau de leurs mensonges.

144

Antonius vient vers lui. Il invoque le choix que Dieu laisse à chaque homme de lutter contre le Diable ou de se soumettre à sa loi.

Julius s'assied à nouveau sur le muret et, d'un geste las, invite son fils à poursuivre :

— Va, raconte-moi la fin du combat !

Antonius hésite, puis commence à parler d'abord d'une voix basse, mal assurée, avant de se reprendre et de hausser le ton.

— Martin ne s'est pas dérobé. Il a cité un verset de l'Écriture : « Le Seigneur est mon soutien. Je ne craindrai pas ce que peut me faire un homme. » Il a fait le signe de croix et l'homme s'est enfui.

— Le Diable, le Diable, le gladiateur noir ! gronde Julius Galvinius.

Il se lève, s'indigne : comment son fils peut-il ajouter foi à de tels récits ? Ce n'est pas du Christ ou du Diable qu'il s'agit, mais simplement d'hommes et des luttes qui les opposent, aussi cruelles qu'un combat de gladiateurs. Le Juif contre le Nubien : quels que soient les mots qu'on emploie, c'est toujours le même affrontement entre ambitions rivales. Antonius ne sait-il pas que les évêques se dressent aussi les uns contre les autres comme des armées ennemies ? Les uns suivent les préceptes d'Arius, les autres, fidèles au concile de Nicée, y sont opposés. Guerres de soldats mitrés ! Comme autrefois, l'empereur choisira de laisser égorger celui-ci ou celui-là, l'un occupera la place du Juif et l'autre celle du Nubien, ou vice versa, au gré des intérêts de l'Empire.

Julius Galvinius revient vers Antonius à pas plus vifs et le nargue : son fils ignore-t-il que l'on raconte que

Martin a quitté Poitiers chargé par l'évêque d'une mission ? Qu'il devait rencontrer en Cisalpine ou en Pannonie l'empereur Constance II afin de lui arracher la grâce d'Hilaire, de mettre fin à l'exil de ce dernier et de laisser tomber les ariens ? Mais Constance s'y est refusé. Comment faire avaler cet échec aux croyants ? On a fait s'avancer le Diable sur une route de Cisalpine, et on a donné à Martin le trophée du vainqueur !

Julius Galvinius prend son fils par l'épaule, mais son geste est dépourvu de tendresse, et le jeune homme s'écarte vivement comme s'il craignait que son père le retienne captif, voire le fasse mettre à mort.

— Je ne suis pas le Diable ! proteste le vieillard en s'esclaffant.

Il fait quelques pas, revient vers Antonius.

— Mais tu as raison d'avoir peur, marmonne-t-il. Le Diable s'enfuit, mais les hommes tuent. Et les morts ne ressuscitent pas.

Antonius ferme les yeux et murmure :

— Le Seigneur est mon soutien. Je ne craindrai pas ce que peut me faire un homme.

21.

Martin marche de l'aube au milieu de la nuit, puis s'allonge dans un fossé ou sous un arbre, jusqu'à ce que le froid ou le vent le réveille.

Quand l'averse se fait trop violente, il se recroqueville dans le creux d'un rocher.

Parfois, il quitte la route, gravit rapidement, à en perdre le souffle, le flanc d'un mont au sommet duquel la croix d'une chapelle l'appelle. Il se recueille dans la pénombre et remercie Dieu. Il est sûr de ne plus rien craindre des hommes, puisqu'il a choisi d'être le soldat du Christ et de ne livrer bataille que pour la foi.

Les chrétiens de cette communauté perdue au milieu de l'océan païen l'ont aperçu et se rassemblent autour de lui. On lui apporte des fruits, du pain. Il remercie, mais refuse. Il se nourrit des baies qu'il peut cueillir au bord de la route.

Dieu et la prière font oublier la faim et la soif.

On l'accompagne jusqu'à la voie qui, droite et pavée, conduit au-delà de l'Italie vers l'Illyrie, la Pannonie, le Danube, son pays, sa ville. Ses parents.

Il est à nouveau seul sur la route, avançant courbé contre les rafales de pluie, ou bien enveloppé par une touffeur qui fait trembler l'horizon. Bientôt, dans l'air brûlant qui vibre, Martin aperçoit les murailles de la citadelle de Sabaria.

Il marche plus vite et reconnaît, surgissant du fond de son enfance, la porte de la cité, ses ruelles.

Il interroge les soldats qu'il croise, les boutiquiers qui l'interpellent. On lui montre une maison basse au bout d'une sombre impasse.

C'est là que sont ses parents.

Le tribun tourne à peine la tête, quand la mère pousse un cri et vient serrer son fils contre elle. Elle lui caresse les joues, repousse ses cheveux en arrière pour reconnaître le visage hâve aux yeux brillants. Elle l'interroge à voix basse.

Tout à coup, le tribun se lève, hurle que ce fils a trahi son père et l'empereur, qu'il a couvert de honte son nom, qu'il s'est parjuré, qu'il a refusé de combattre les barbares, renié les divinités protectrices de l'Empire. Il a choisi d'adorer le dieu des Juifs, des Goths et des Wisigoths, des peuples qui se sont jetés sur Rome comme des bandes de rapaces, et maintenant l'armée elle-même est en leur pouvoir, ils ont élu des empereurs qui, devenus leurs esclaves, ont adopté le dieu de la secte.

Mais lui, vétéran de l'armée romaine, ne renoncera jamais à Jupiter et à Mars, à Apollon et à Cybèle.

Il montre dans une niche les statues de ces dieux.

Que le fils qui a oublié ses origines quitte la maison du père ! vocifère-t-il.

Martin se laisse repousser. Il entend sa mère lui chuchoter :

— Je suis avec toi.

Il s'agenouille dans la rue même et murmure :

— Le Seigneur est mon soutien, Dieu est mon père…

Puis il s'éloigne à pas lents, écrasé comme s'il portait la Croix.

Martin erre dans Sabaria. Il dort où il peut, sous un porche, à même le sol.

Des chiens viennent le flairer, lui lécher les mains.

Des soldats, le troisième jour, l'entourent : qui est-il ? Chrétien. D'où vient-il ? Il a traversé les fleuves et les Alpes, il arrive de Gaule, mais il est né ici même, à Sabaria.

Le Diable parfois se prétend chrétien, objecte un homme en l'empoignant par les épaules et en le secouant ; et certains qui se proclament chrétiens sont comme des serpents qui répandent leur venin.

Quel est ton évêque ? Ici nos pères se nomment Valence et Urbace. Et toi ? Les reconnais-tu ? L'empereur Constance, qui est à Sirmium, les accueille à sa cour. Et le tien, d'évêque ? Tu ne l'as pas nommé…

L'homme le secoue à nouveau.

— Je crois au Père, au Fils et au Saint-Esprit, répond Martin. Telle est la vraie foi, celle de mon évêque, Hilaire de Poitiers.

L'homme le pousse contre un mur, s'écarte de lui, le désigne, bras tendu, à la petite foule qui entoure Martin.

— Vous l'avez entendu ? crie-t-il. La langue de cet homme est un poignard. Il parle ? Il frappe au nom du Diable ! Hilaire a été condamné, exilé. Mais il a envoyé ici ce reptile pour tuer les fidèles du Dieu unique. Il veut répandre le mensonge parmi nous. Qu'on le chasse !

L'homme se saisit d'une branche et en cingle les épaules de Martin qui tente de se protéger le visage.

On le bouscule, on le lapide.

Des soldats, les pans de leurs chlamydes rejetés en arrière, le frappent à grands coups de verges en l'insultant et en le reconduisant ainsi jusqu'à l'une des portes de la cité.

Lorsqu'il tente de s'arrêter, les coups redoublent.

Il ne peut croiser le regard de ses persécuteurs dont les yeux se dérobent et qui hurlent plus fort leurs injures quand il s'évertue à leur parler pour les arracher à leur hérésie. Car, tout en se voulant chrétiens, ils servent des évêques et un empereur qui utilisent et répandent les erreurs d'Arius pour mieux assurer leur propre pouvoir.

Mais, chaque fois que Martin clame sa foi dans le Père, le Fils et le Saint-Esprit, les coups se font plus violents. Puis on lui lance encore des pierres pour qu'il s'éloigne au plus vite des murs de la citadelle.

Il marche à nouveau sur cette route qu'il a parcourue, il y a quelques jours seulement, plein de force et d'espérance. Maintenant son dos est endolori, ses jambes lourdes. Il est contraint de s'arrêter souvent, s'asseyant sur les talus qui bordent la voie. Le froid le saisit. Il tremble par ces nuits claires où il lui semble entendre encore les cris qui l'ont poursuivi tout au long des ruelles de Sabaria.

Il s'agenouille et prie. Dieu a voulu qu'il découvre que la haine est le visage du Diable, qu'on peut ainsi reconnaître les démons alors même qu'ils prennent le nom de chrétiens. Celui qui n'aime pas ne peut être un soldat du Christ. Celui qui frappe, qui humilie, qui tue, n'est plus que l'arme du Diable, même s'il feint de prier.

Il se sent tout à coup apaisé et lève la tête vers le ciel constellé.

Dieu a voulu qu'il mesure la violence de l'hérésie. Dieu a voulu qu'il entende la voix de sa mère lui dire : « Je suis avec toi. » Dieu a voulu qu'il se souvienne de l'Évangile qui dit : « Si l'on vous chasse d'une ville, fuyez dans une autre. »

Il n'attend pas le lever du jour pour reprendre la route. Il doit se laisser guider, accepter ce qui survient. Et prier.

Il atteint Milan, pénètre dans la ville. Il cherche l'église, y entre, mais, dès qu'il s'approche de l'autel et s'agenouille, il sent qu'on l'épie, qu'ici aussi, comme à Sabaria, ce n'est pas l'amour qui règne, mais la haine. Le Diable a rongé le cœur de ces chrétiens. Il n'est pas surpris quand, à nouveau, des soldats l'entourent, le frappent, le chassent hors de la cité. Ils obéissent, disent-ils, à l'évêque Auxence, lui aussi fidèle aux principes d'Arius.

Mais quelle est cette foi qui a besoin des verges et

du glaive pour régner ? Quel est cet évêque qui s'en remet à des soldats de l'empereur pour faire respecter la loi du Christ auquel il prétend croire ?

Malgré les coups qu'on lui assène, et sans chercher à se protéger, Martin répète ces questions qui rendent les soldats furieux. On le frappe sur la bouche pour qu'il se taise. On lui martèle les yeux à coups de poing pour que ses paupières se ferment et qu'il ne puisse plus croiser le regard de ses bourreaux. On le jette, pantelant, dans un fossé hors de la ville.

Il reste immobile, le corps douloureux. Comme devait être celui du Christ quand il gravissait le Calvaire. C'est cette souffrance de la Parole refusée que Dieu entend sans doute lui faire connaître.

Martin se lève. Puisque les temps ne sont pas venus, il marche avec la volonté de donner à sa foi une force plus grande, dans la solitude, jusqu'au jour où Dieu jugera qu'il peut et doit de nouveau se tourner vers les autres.

Il est heureux quand il découvre le bord de la mer et, à l'horizon, cet îlot rocheux pareil à une grosse pierre couverte d'herbes et hérissée de quelques arbustes.

Ce sera sa grotte, son désert, son ermitage.

Un pêcheur l'y conduit en compagnie d'un jeune prêtre que l'évêque Auxence a chassé de Milan pour être resté fidèle aux principes du concile de Nicée.

Sur cette île de Gallinara d'où l'on aperçoit la côte méditerranéenne, ils sont seuls au milieu des oiseaux.

On prie entre mer et ciel. On se nourrit d'herbes.

On se sent comme épuré dans ce corps qui se dessèche sous les ardeurs du soleil et dans une diète extrême.

On se sent si léger qu'on a l'impression que le vent, quand il se lève et jette les paquets de mer contre les rochers, va vous emporter. On est si faible que l'on s'allonge sur le sol, bras en croix, pour rester accroché à la terre.

Un jour que le vent a cessé, Martin ne se relève pas. Son corps est en sueur. C'est à peine s'il peut bouger, se traîner jusqu'à l'anfractuosité, pas même une grotte, où il vit.

Peut-être le suc d'une de ces herbes ou de ces racines dont il se nourrit – l'hellébore ? – l'a-t-il empoisonné ? Peut-être est-ce Dieu qui lui tend la main pour l'entraîner hors du monde, marquant ainsi le terme de son calvaire ?

Si cela doit être, que cela soit !

Il prie, incapable de se lever durant plusieurs jours, son corps brûlant couvert de gouttelettes glacées.

Il est serein. Il attend. Il ne veut ni vivre ni gagner l'autre monde. Il n'aspire qu'à se soumettre à la volonté de Dieu et à Le servir.

Un matin, alors qu'il ne percevait plus, depuis le début de sa maladie, qu'un sifflement aigu masquant tous les autres sons, il entend le bruit du ressac, le pépiement des oiseaux, leurs battements d'ailes, enfin cette voix du pêcheur qui leur rend parfois visite.

Martin se lève. Il chancelle un peu, mais se sent à même de marcher jusqu'à la grève. La barque du pêcheur est tirée sur les galets de la crique dont l'eau aux reflets verts est si transparente qu'on peut suivre sur le fond le mouvement alangui des algues.

C'est l'aube. Le pêcheur s'avance dans la lumière naissante qu'accompagne un souffle de brise. Il dit qu'on l'a chargé d'apporter une nouvelle.

Martin n'écoute plus les autres mots. Il sait que l'épreuve se termine. Dieu a jugé. Dieu veut qu'il combatte pour Lui ici-bas.

— L'évêque de Poitiers, Hilaire, est rentré d'exil ! répète le pêcheur.

Il prononce ces mots comme s'il n'en comprenait pas le sens, et paraît étonné quand Martin, le prenant aux épaules, le serre contre lui et murmure :

— Le voyage a pris fin. Je pars avec toi.

Quatrième partie

22.

Martin lève les yeux. Il fait encore quelques pas, mais il lui semble qu'au-delà des temples et des basiliques qui alignent leurs colonnes le long du forum de Rome, une rouge muraille ferme l'horizon. On dirait le socle immense d'une haute tour qui s'élance vers le ciel.

Il s'arrête.

Dans l'ombre de la muraille, il distingue peu à peu la foule qui se presse sous les porches, s'engouffre dans ce Colisée où des milliers de martyrs ont jadis péri. Les cris retentissent encore. Les hommes ne se battent plus entre eux, gladiateurs voués à la mort, mais affrontent des bêtes sauvages, lions et panthères importés d'Afrique, ours et molosses furieux ramenés des forêts germaniques. Le sang coule encore, rappelant celui des martyrs.

Martin ne bouge plus. Il a l'impression que ses jambes sont si douloureuses et lourdes qu'elles ne vont plus le porter. Il contemple le Colisée. Il lui semble que c'est bien le sang humain qui en a teinté les briques, qu'il déborde hors de l'amphithéâtre et se répand dans tout Rome.

Il se retourne.

Est-ce la fatigue de la marche ? Depuis qu'il a quitté l'île de Gallinara et s'est dirigé vers la capitale impériale, empruntant la via Aurelia, il n'a fait halte que quelques minutes chaque jour. Il voulait arriver à temps pour retrouver là Hilaire, revenu de son exil d'Orient.

Mais ç'a été comme si l'esprit malin semait à plaisir les obstacles sur sa route. Là, un éboulement. Ici, des chrétiens l'avaient entraîné vers leur église pour lui faire part de leur désarroi : qui fallait-il suivre ? Hilaire, dont d'aucuns disaient qu'il prêchait la juste et seule foi, ou bien ces autres évêques qui venaient, escortés de soldats de la garde impériale, et qui maudissaient Hilaire, assurant qu'il avait quitté son exil sans y avoir été autorisé ?

— Toi qui parais sage, avaient-ils demandé à Martin, toi qui es plus maigre que le plus pauvre d'entre les pauvres, toi qui ne portes que des haillons, toi dont le regard éblouit comme le soleil, dis-nous ce qu'il en est et pourquoi les chrétiens s'entre-tuent ; pourquoi l'empereur doit-il faire entendre sa voix et choisir la foi qui lui convient ?

L'un des chrétiens ainsi rencontrés avait répété que la voix du Christ ne pouvait être mêlée à une autre ni recouverte par celle de l'empereur, quel qu'il fût.

— L'évêque ne doit pas être le consul de l'empereur, avait-il conclu.

Martin avait approuvé ces propos et dit qu'Hilaire de Poitiers, dont il connaissait les vertus, était fidèle au Père, au Fils et au Saint-Esprit, et qu'il fallait donc le suivre. Lui-même entendait gagner Rome pour l'y retrouver.

Mais, lorsqu'il était entré dans la ville, l'inquiétude l'avait saisi. Il avait dû se faufiler dans la foule qui emplissait les ruelles sombres et fétides. Il avait dû côtoyer ces femmes et ces jeunes gens qui proposaient leur corps aux passants. Il avait entendu les voix tentatrices l'inviter à entrer dans ces échoppes où l'on conviait à boire du vin, à jouer et à forniquer. Enfin il avait découvert ce Colisée, rappel et annonce de ces jours de fin du monde où l'homme tue l'homme, où les fidèles du Christ sont cloués sur la croix et livrés aux bêtes fauves. Et où la foule à ce spectacle applaudit.

Martin a senti grandir en lui la certitude que l'Antéchrist, l'esprit malin, le Diable attendait là son heure, qu'il allait dominer la terre entière, peut-être après que Néron serait revenu, aurait régné, rétabli l'empire des idoles, persécuté tous ceux qui priaient le Crucifié. Et l'Antéchrist se présenterait peut-être lui-même comme le Christ. Il tromperait la plupart des hommes. Il ordonnerait à tous de se faire circoncire selon l'ancienne loi. Et ce n'est qu'au moment où il serait à l'apogée de son règne, ayant même tué Néron et étant devenu l'empereur unique du monde, que le Christ réapparaîtrait et le terrasserait.

Martin a contourné le Colisée, il s'est écarté de cette foule bruyante et avinée, et, s'éloignant le plus vite possible, il est entré dans une modeste église située hors les murs de Rome.

Il y a interrogé des chrétiens. Ceux-ci avaient vu Hilaire, revenu de son exil de Phrygie, mais l'évêque n'avait passé que quelques jours à Rome et avait décidé de regagner au plus tôt son diocèse.

Martin a écouté, puis incliné la tête avec humilité.

Dieu a sans doute voulu qu'il vînt jusqu'ici pour y découvrir la force de l'Antéchrist, la grandeur orgueilleuse des temples païens, la fureur joyeuse de la foule quand elle voit couler le sang, et pour y mesurer aussi la profondeur de la déchirure qui partage la chrétienté.

Tel est le sens des épreuves qu'il a eu à affronter depuis son départ de Poitiers.

Le Diable est partout présent, l'esprit malin s'est glissé dans l'âme des chrétiens, les démons ont pris l'apparence du Christ et les païens continuent d'adorer leurs idoles en plein cœur de Rome, la ville de l'apôtre Pierre.

Martin s'est remis en marche.

Il faut convertir. Il faut réunir. Il faut cicatriser les plaies que s'infligent à eux-mêmes les chrétiens : «Afin de préserver la santé de ce corps que nous formons dans le Christ Jésus», a dit Clément, évêque de Rome.

23.

Martin voit d'abord les yeux et le sourire d'Hilaire.

L'évêque se dresse au milieu des fidèles rassemblés sur le parvis de l'église de Poitiers.

Il ouvre les bras. Martin s'avance vers cette croix qui l'accueille et le protège. Il a l'impression que son corps se dégage de cette poussière des chemins qui lui colle à la peau depuis qu'il a quitté Rome, et qu'il renaît.

Les fidèles commencent à chanter, à réciter des psaumes.

Martin s'avance vers l'évêque qui le dévisage longuement, puis murmure :

— Tu as été persécuté, tu as souffert. Mais tu as appris, et nous voici réunis.

Il montre les fidèles.

— Ces temps sont tourmentés. Les chrétiens se déchirent. Les fidèles d'Arius sont habités par le Diable. Ils refusent la Trinité. Ils sont les esclaves de l'empereur. Comme font les barbares, Goths, Wisigoths, Vandales, ils prient un Dieu, sans mystère, aussi froid qu'une idole païenne. Il faut donc que les vrais chrétiens se rassemblent.

Martin écoute. Au contact de cette foule qui chante et qui prie, il éprouve un sentiment de joie profonde et il a en même temps l'impression que cette rumeur, que ces regards, que cette attente qu'il lit dans tous ces yeux tournés vers Hilaire et vers lui, l'empêchent de s'offrir à Dieu.

S'il veut trouver la force d'arracher les païens à leurs idoles, de donner l'exemple de ce que peuvent être la générosité et la puissance du Très-Haut, il doit se retirer au désert, prier seul comme un ermite, afin que pas une de ses pensées ne soit détournée de son but : aimer Dieu et se soumettre à Lui.

Tout à coup, il se sent accablé comme si toute la fatigue et la poussière de la route l'ensevelissaient jusqu'à l'étouffer.

Il a besoin de l'air vif de la prière solitaire. Il se souvient avec nostalgie de l'île de Gallinara, de son silence seulement rythmé par la respiration du ressac et le chant des oiseaux. De la mort qui l'a pourtant frôlé, glissant en lui le poison des herbes vénéneuses, il ne conserve qu'un souvenir apaisé et reconnaissant. Il s'était abandonné entre les mains de Dieu et Celui-ci avait décidé de le maintenir présent au monde. Et la mort s'en était allée.

Martin regarde la foule assemblée : est-ce vivre que de ne pouvoir s'isoler dans la prière ? Comment pourra-t-il écouter Dieu si toutes ces voix humaines résonnent en lui ?

Il ferme les yeux. Il a le sentiment de ne plus être qu'une étoffe dont on se dispute les brins.

Il ne peut laisser Hilaire dans l'ignorance de ce qu'il ressent. Il doit confesser à l'évêque de Poitiers son désir de se consacrer à Dieu à la façon d'un ermite. C'est de cette manière-là qu'il sera au service du Seigneur Jésus-Christ, qu'il pourra le mieux intercéder pour les hommes, et Dieu l'écoutera.

Il répète chaque jour à Hilaire que Dieu l'appelle au désert, qu'il souffre de ne pouvoir Lui obéir, d'être à chaque instant distrait de la prière par les tâches de diacre, puis d'abbé que l'évêque lui a confiées.

Hilaire l'écoute. Il hoche la tête, lui montre ces possédés, ces païens qu'il faut exorciser, convertir.

Martin obéit et, lorsqu'il agit, il oublie la souffrance qu'il porte en lui.

Il se signe, impose les mains sur la tête d'un de ces malheureux que le démon habite et fait trembler.

Ils sont tendus comme une corde, et il a l'impression qu'il doit les empoigner pour les arracher aux griffes du Diable. Certains tout à coup se convulsent, bondissent, paraissent même être projetés en l'air sous l'étroite nef. Ils y demeurent ainsi suspendus, parfois la tête en bas, hurlants. Les jupes des femmes restent collées à leurs jambes. Puis, une fois libérés de l'emprise démoniaque, ils retombent lourdement sur le sol. En sueur, certains sanglotent. Tous récitent des prières avant de quitter l'église, la tête baissée, le corps endolori.

Martin les regarde s'éloigner. Il remercie Dieu de lui avoir accordé le pouvoir de chasser les démons de ces corps et de ces esprits, mais sa joie a tôt fait de se dissiper, submergée par la tristesse. Il n'aspire plus qu'à s'allonger sur le sol, bras en croix, pour oublier tout ce qui l'entoure et prier.

Il gagne une petite pièce attenante à l'église. Les portes battent. On le réclame. Il est diacre. Il est prêtre. Comment peut-il se dérober? Il sent pourtant que ses forces l'abandonnent. Il doit communier avec Jésus-Christ dans la solitude, et comment le pourrait-il ici?

Tout à coup, il devine une présence. Il se retourne, Hilaire l'observe puis s'approche.

— Tu veux partir? demande-t-il.

— Je veux prier dans le silence, isolé de ce monde, pour entendre la voix de Dieu, murmure Martin.

— Va donc, lui dit l'évêque.

Martin a quitté Poitiers.

Il suit depuis le matin la rive droite du Clain, étroite rivière qui serpente entre des collines boisées. Il n'entend que le murmure de l'eau et celui de la brise qui froisse les feuilles des frênes et des noisetiers, des saules et des peupliers.

Il marche lentement, apaisé par la douceur vert tendre du paysage. Des oiseaux, frôlant la surface de l'eau, semblent l'accompagner, et, au fur et à mesure que le soleil s'élève, la vallée paraît s'élargir, protégeant dans un large écrin le collier d'or du Clain.

Martin s'arrête. Il découvre au centre d'une vaste étendue les ruines d'une villa. Les pans de murs, les fûts de colonnes, les toits de tuiles sont en partie recouverts par une végétation sauvage qui ensevelit aussi les arbres fruitiers de ce qui devait être un domaine gaulois. Puis, un jour, les Goths, les Wisigoths, les Van-

164

dales, les Alamans sont apparus au sommet des collines et ont fondu sur la villa, ses habitants, son jardin, ses récoltes, comme d'insatiables rapaces.

Martin fait quelques pas au milieu des blocs descellés.

Sur l'un d'eux, peut-être le socle d'une stèle funéraire, il lit un nom : Lucoteius. Il s'assied par terre face à cette pierre que le lierre emprisonne.

Il regarde le ciel, écoute le silence. Ici sera son ermitage. Martin s'allonge sur l'herbe si dense que le sol lui en paraît plus moelleux qu'aucun des lieux où il a dormi depuis des mois.

Ici sa voix peut être entendue de Dieu. Ici il va prier.

Il va vivre au bord du Clain, dans ces ruines, en un lieu-dit qu'on appellera Ligugé.

Il a exploré ce qui subsiste des bâtiments. Là, en écartant les ronces, il a mis au jour quelques marches conduisant à une cave qu'entourent de petites pièces. Le sol est sec, fait de cailloux soigneusement tassés les uns contre les autres. Sans doute conservait-on ici le grain. Ce sera sa chapelle. Il dormira dans l'une des chambres contiguës.

Il est comme dans une grotte, à l'instar de ces ermites du désert qui se nourrissent de quelques baies et d'herbes. Il mènera la même vie qu'eux.

Il s'agenouille et prie. Puis il sommeille quelques instants, et prie à nouveau. Quand il quitte sa « basilique », qu'il gravit les quelques marches, la lumière l'éblouit, le grand air l'étourdit. Il marche vers les arbres, cueille des fruits picorés ou desséchés, puis s'en retourne dans la pénombre de sa grotte.

Un jour – il ne sait combien de temps s'est écoulé depuis son arrivée –, il découvre des hommes qui l'attendent, debout, les mains jointes. Ils s'avancent vers lui, murmurent qu'ils veulent vivre à ses côtés, dans le même silence, afin de prier à son exemple, de créer autour de lui une communauté de croyants éloignés du monde, mais qui uniront leurs voix pour s'adresser à Dieu. Et elles seront plus fortes d'être ainsi assemblées comme les épis dans une gerbe.

Ainsi font en Orient ceux qu'on appelle les moines.

Martin baisse la tête. Puisque ces chrétiens ont trouvé le chemin qu'il a suivi, que la volonté du Seigneur soit faite !

Ils seront « frères ». Ils se retrouveront parfois pour prier en commun. Ils défricheront l'étendue qui entoure les ruines. Autour de l'ancienne villa gauloise dont la cave à grain est devenue basilique, certains construiront des abris de pierres sèches et plates, sortes de petites ruches dans lesquelles ils vivront.

Leur nombre augmente peu à peu sans que jamais le silence des lieux soit troublé.

Ceux qui viennent ici ne veulent que rencontrer Dieu et s'agglutiner les uns aux autres comme des abeilles égarées loin de la ruche. Ils sont catéchumènes. Ils suivent l'enseignement de Martin, fait non de mots, mais d'exemples à suivre.

Ils espèrent le baptême.

Martin observe l'un d'eux : Demetrius, un homme jeune au corps efflanqué, qui attend le baptême comme un prisonnier sa mise en liberté. Il récite des psaumes, prie, dort sur la terre nue. Il écoute, les yeux brillants, les épaules parfois agitées de tremblements, comme saisi d'une brusque fièvre.

Martin tente de le rassurer, de le calmer. Il l'accueillera parmi les chrétiens dans trois jours, lui dit-il. Que Demetrius se prépare, qu'il purifie son corps et son esprit !

Dans trois jours, répète Martin.

Il doit partir pour Poitiers où Hilaire l'appelle, sans doute pour extirper du corps des possédés le Diable qui s'y agrippe.

En s'éloignant de Ligugé, alors qu'il n'a pas encore franchi la première colline, Martin se retourne et s'arrête.

Il distingue dans l'aube naissante les cabanes des moines, les ruines de la villa. Puis, entre les arbres maintenant dégagés des hautes herbes et des ronces, la silhouette de Demetrius qui, agenouillé, prie.

24.

Martin s'enfonce à grands pas dans le brouillard qui recouvre la vallée du Clain. Il a hâte de retrouver la solitude et le silence de Ligugé qu'il n'a cependant quitté que depuis trois jours. Mais il a tant prié pour les possédés, les païens rassemblés par Hilaire dans l'église de Poitiers, qu'il se sent épuisé.

Il a le sentiment de s'être vidé de tout son sang, de toutes ses forces, d'être mutilé, comme si le fait de n'avoir pu prier dans la solitude et le silence l'avait privé de la part la plus vitale de lui-même.

Il marche donc à vive allure, mais l'humidité glacée qui l'enveloppe l'oppresse. Il respire difficilement. Il a froid. Parfois, il a l'impression de s'enliser dans un marécage. Il cherche des repères autour de lui. Mais le brouillard a enseveli la rivière, les berges et jusqu'aux collines.

Martin ne distingue qu'à peine le chemin que les épaisses volutes engloutissent. Il s'arrête souvent pour reprendre souffle ; aussitôt, son visage et tout son corps sont couverts d'une sueur froide qui le fait grelotter. Il repart, gravit les côtes, s'arrête à nouveau. Il lui semble distinguer, dans l'épaisseur brumeuse qui parfois se déchire, les ruines de la villa et les abris des moines. Il approche de Ligugé.

Puis tout est à nouveau masqué. Il reconnaît pourtant le chemin qui descend. Il se souvient de cette déclivité, de cette courbe. Il n'est plus qu'à quelques enjambées de la basilique où il va enfin pouvoir prier, habité par la seule pensée de Dieu.

Tout à coup, Martin s'immobilise. Il entend des chants et des prières de deuil auxquels se mêlent des sanglots, des lamentations.

Il avance vers ces voix et, brusquement, heurte l'un des moines au visage creusé par la tristesse et le désarroi. Ce frère saisit les mains de Martin et répète d'une voix hachée :

— Demetrius est mort ! Demetrius s'en est allé.

Martin reçoit le coup au creux du ventre et se plie, il crie de douleur.

Demetrius, auquel il avait promis le baptême, a été pris par la mort avant d'avoir pu recevoir la lumière.

Dieu, que veux-Tu ? Dieu, pourquoi châtier cet homme si jeune qui ne voulait vivre que par et pour Toi ? Dieu, pourquoi me punis-Tu ? Me reproches-Tu d'avoir quitté l'ermitage avant d'avoir baptisé Demetrius ?

Martin baisse la tête. C'est le mystère, le privilège du Seigneur, en Sa toute-puissance, de décider. Et même de faire souffrir, s'Il le veut.

Martin entre dans la petite pièce proche de la basilique où l'on a porté la dépouille de Demetrius.

Les frères sont rassemblés autour du corps déjà rigide et qui, dans sa raideur osseuse, paraît encore plus décharné.

Martin s'approche, touche le front de Demetrius. Il est tout surpris : il croyait rencontrer le froid de la pierre, or il lui semble que la vie est encore là sous ses doigts.

Peut-être Dieu veut-Il seulement l'éprouver, savoir s'il est capable d'espérer ?

Martin se retourne.

Il souhaite qu'on le laisse seul, dit-il. Il perçoit l'étonnement inquiet et douloureux des moines qui n'osent protester mais dont le regard s'accroche au corps figé de Demetrius.

— Partez tous, répète Martin, et priez dans la basilique !

Il pousse la porte derrière eux, puis s'en revient au chevet de Demetrius.

Il faut croire.

Se laisser pénétrer par l'entière confiance en l'Esprit-Saint.

Il faut que ce qu'il porte en lui, cette foi, cette soumission à Dieu, cette espérance passent dans ce corps raidi.

Martin s'allonge sur Demetrius.

Contre sa peau, contre ses membres, il sent la peau et les membres de Demetrius.

Il s'abandonne à Dieu, L'appelle. Il Le supplie de sauver cet homme jeune d'une mort hors de l'Église. Il faut que Demetrius recouvre la vie pour recevoir le baptême.

Il faut lui réinsuffler la vie.

Martin pose ses lèvres sur celles de Demetrius.

Que le souffle de Dieu entre en lui !

Il reste ainsi couché sur le défunt avec la sensation de ne plus faire qu'un avec ce corps, de se confondre entièrement avec lui, et, peu à peu, la certitude que, Dieu l'ayant laissé en vie, lui, Martin, va rendre la vie à Demetrius.

Ce sera comme une renaissance. Une résurrection.

Alors qu'il a oublié le temps passé dans cette posture, il lui semble que le corps de Demetrius vient de tressaillir.

Martin se soulève un peu. Demetrius bouge les paupières. Exhale un soupir. Rouvre les yeux.

Martin se dresse et c'est comme si toute sa poitrine se dilatait : il pousse un cri ! il prie ! il chante !

Dieu l'a mis à l'épreuve. Dieu a pris la mesure de sa foi et de son espérance. Dieu a ressuscité Demetrius.

Les moines rentrent. Demetrius est vivant. La joie emplit la pièce.

Dieu a voulu que cet homme soit sauvé afin qu'il puisse être baptisé.

Martin le marque du signe de la croix, impose ses mains sur sa tête et, entouré des moines, le conduit jusqu'au bassin consacré où Demetrius, encore chancelant, entre à pas lents.

Par trois fois, l'eau le purifie, puis Martin verse de l'huile sanctifiée sur sa tête et le marque à nouveau du signe de la croix. Enfin il l'embrasse, lui offre un mélange de lait et de miel ainsi qu'une coupe pleine d'eau.

— Tu es chrétien, murmure-t-il en l'aidant à revêtir une tunique blanche.

On chante.

Demetrius raconte ce qu'il a vécu. Il a été conduit, dit-il, jusqu'à un tribunal qui l'a rejeté dans les ténèbres, puis des anges sont apparus, évoquant les prières que Martin récitait, et la sentence a été rapportée, Demetrius reconduit vers la vie.

— J'avais froid, dit-il, mais, peu à peu, j'ai senti qu'un souffle chaud pénétrait mon corps. Et j'ai vu la lumière en même temps que le visage de Martin contre le mien.

Il lui saisit les mains, les baise.

Les moines louent à leur tour Martin pour sa foi, son pouvoir.

Il a ressuscité un mort. Dieu l'a choisi ! Martin peut intercéder auprès de Lui, il sera entendu. Quelqu'un crie :

— Martin faiseur de miracles !

On l'entoure, on le touche.

Martin s'écarte. Il veut être seul pour remercier Dieu et L'écouter.

Il s'éloigne, maigre silhouette que la pénombre efface.

25.

Antonius Galvinius tremble.

Il lui semble qu'à l'instant où il a cessé de parler, son corps s'est trouvé enveloppé par un vent humide : ce souffle froid qui glisse sur les dalles de l'exèdre, saisit les jambes, courbe les flammes du foyer, puis s'en va tourbillonner autour des colonnes du péristyle.

Il pleut. L'averse martèle les tuiles qui couvrent la colonnade.

Antonius ferme les yeux, se penche en avant, se recroqueville, le dos rond, les coudes posés sur les genoux, le visage caché dans ses paumes comme s'il cherchait à se protéger, à retenir encore cette image de Martin qui lui a fait oublier la présence de Julius Galvinius.

Il ne veut ni voir ni entendre son père. Mais celui-ci s'est déjà levé, s'est approché de la terrasse, a marmonné qu'il faudrait que ce dieu empêche la grêle de tomber et de saccager le vignoble.

Qu'Antonius prie donc son seigneur tout-puissant, capable de ressusciter les morts à sa guise ! s'exclame Julius Galvinius en se tournant vers lui.

Puis il hoche la tête et ajoute d'une voix basse, presque accablée :

173

— Antonius, tu es plus crédule qu'une jeune vierge !

Il s'éloigne vers le péristyle, lance des ordres pour qu'on continue de vendanger malgré l'orage, malgré ce dieu hostile dont Antonius Galvinius se veut le fidèle mais qui, pourtant, n'accorde pas même une accalmie.

Le jeune homme écrase ses paumes contre ses oreilles, plisse ses paupières : ne plus entendre, ne plus voir Julius Galvinius, retourner auprès de Martin à l'époque où il marche dans la campagne vallonnée des abords de Ligugé…

C'est un après-midi ensoleillé d'automne, quand les feuilles ne jonchent pas encore les chemins. La nature est apaisée ; une sorte de tendresse et de douceur imprègnent le paysage. L'air sent le fruit mûr.

Et puis ces pleurs, ces lamentations, ces supplications, ces femmes qui surgissent d'un chemin, bras levés, s'arrachant les cheveux par touffes, invoquant les dieux et se jetant aux pieds de Martin. Et des hommes arrivent à leur tour, qui implorent.

Ils savent, disent-ils, que Martin a ressuscité un mort, qu'il est faiseur de miracles, magicien, grand prêtre, qu'il parle aux dieux et que ceux-ci l'écoutent. Ils ajoutent qu'ils ne sont pas chrétiens, comme lui, mais le corps qui est couché, mort, dans la chambre, là-bas, est celui d'un enfant, d'un petit d'esclaves.

— Il s'est pendu ! geint l'une des femmes.

Elle se griffe le visage jusqu'à ce que le sang coule. Elle dit qu'on a battu l'enfant, qu'on ne l'a jamais aimé.

D'autres femmes sanglotent, gémissent, entraînent Martin vers cette villa de Lupucinius qui dresse ses blanches colonnes au milieu des vignes et des vergers.

— Un enfant si malheureux qu'il a choisi de mourir, chuchote un homme à l'oreille de Martin. Est-ce juste ? Est-ce que ton dieu, puisqu'il est bon, qu'il est amour – c'est ce que disent ses fidèles –, peut accepter cela ? Et toi qui lui parles, qu'il écoute, toi auquel il a donné le pouvoir de sauver, de guérir, comment ne te pencherais-tu pas sur le corps de cet enfant ?

Martin se laisse pousser par la foule. Il est à la fois ému et inquiet.

Quelle est la volonté de Dieu ?

Le Seigneur veut-Il une nouvelle fois l'entendre ? Veut-Il une nouvelle fois lui conférer le pouvoir de ramener à la vie celui qu'elle a quitté ?

Martin entre dans le domaine. On lui montre la cabane où repose le corps du jeune esclave.

Il voit des femmes qui se frappent la tête contre les murs en pleurant.

Martin ouvre les bras, ferme les yeux.

Qu'on le laisse seul, dit-il, et qu'on fasse silence.

Il pénètre dans cette pièce exiguë, découvre le corps d'enfant livide, avec cette marque rouge autour du cou.

Il fera comme il a fait avec Demetrius. Il sera celui par qui passe le souffle du Seigneur.

Il s'allonge sur le corps de l'enfant, pose ses lèvres sur cette étroite bouche blanchie.

Que la respiration qui le fait vivre devienne celle du jeune mort !

Il oublie le temps qui s'écoule. Il oublie son propre corps. Il n'est plus que prière.

Tout à coup, les lèvres de l'enfant rosissent. Il geint. Martin s'écarte. Le jeune esclave rouvre les yeux, essaie de se soulever. Martin lui tend la main et l'enfant la serre comme si cette présence lui était naturelle, familière.

Ils vont ainsi, main dans la main, jusqu'à la foule qui, lorsqu'elle les aperçoit, crie, chante, danse, se précipite pour toucher Martin, embrasser les pans de sa tunique, en arracher des fils pour les serrer ensuite contre soi comme autant de reliques, de talismans.

Martin se sent épuisé. D'un geste, il demande qu'on le laisse reprendre seul sa marche par cette journée d'automne où Dieu le guide, où Dieu a fait de lui Son intermédiaire.

Il en éprouve une joie mêlée d'angoisse : saura-t-il toujours comprendre les desseins de Dieu ?

Saura-t-il être digne de la confiance que le Seigneur lui accorde et de la renommée que les résurrections de Demetrius et de l'enfant esclave viennent de lui apporter ?

Il rentre à Ligugé.

Les moines sortent de leurs abris, lui font un cortège silencieux, mais Martin lit l'admiration et la vénération dans leurs yeux.

— Je ne suis rien, leur murmure-t-il, je ne suis qu'un grain de poussière dans la paume de Dieu.

Antonius Galvinius sursaute. La main de son père appuie sur sa nuque. Il se redresse, rouvre les yeux,

176

tourne la tête. Le vieillard se pince la lèvre inférieure entre le pouce et l'index de la main droite. Il fronce les sourcils, son visage exprimant un doute mêlé de mépris, peut-être aussi de compassion.

— Tu es comme une jeune vierge qui n'a même jamais vu un étalon, le membre écarlate, chevaucher une jument. Une jeune vierge crédule !

Il hausse les épaules, retire sa main gauche de la nuque d'Antonius.

— Et tu es mon fils ! murmure-t-il avec accablement.

Il tire Antonius par le bras, le force à se lever, l'entraîne dans le péristyle. De gros grêlons rebondissent en crépitant sur le marbre de la colonnade et s'entassent dans les caniveaux.

Julius Galvinius scrute le ciel, s'avance vers le milieu de la cour, tête levée, affrontant la grêle comme pour défier les dieux. Puis il se dirige vers la bibliothèque, une petite pièce située à l'angle du péristyle. Une esclave le frictionne cependant qu'il s'étend sur un lit. Désignant les livres qui s'alignent sur les rayonnages, il s'exclame :

— Je t'ai écouté, et qu'ai-je appris que je ne sache déjà ?

Il écarte l'esclave d'un geste brutal, se relève, s'approche d'Antonius, le repousse rudement vers le lit.

— Tu ne vas pas te boucher les oreilles et fermer les yeux, comme font souvent les chrétiens quand on refuse de croire à leurs fables ?

Du plat de sa main placée devant le visage d'Antonius, il l'empêche de répondre :

— Tout est déjà dans ces livres ! décrète-t-il.

Il marche de long en large. Martin, poursuit-il, n'est pas le premier guérisseur à ranimer un homme qui paraissait mort. Les païens de Narbonnaise ont leurs prêtres, leurs magiciens, leurs devins capables d'accomplir toutes sortes de miracles. Ils connaissent les herbes. Ils purgent à l'hellébore.

Julius Galvinius s'interrompt, puis explique :

— Oui, Antonius, la plante vénéneuse que Martin, selon toi, a avalé dans l'île de Gallinara, qui ne la connaît ? Ceux qui la mâchent pour se purger les sangs, on les entend parler avec les dieux. Ils marchent pieds nus sur les braises sans ressentir aucune douleur et on peut leur trancher la main sans qu'ils cessent de sourire. Qui les habite : ton dieu ?

Julius Galvinius ricane. Du bout des doigts, il effleure les volumes. Il possède les soixante-dix livres, toute la collection médicale d'Oribase, le médecin grec que l'empereur Julien rencontra à Athènes et entraîna en Gaule, puis à Trèves. Il s'empare d'un des volumes, le pose sur les genoux d'Antonius.

— Puisque tu sais le grec, lis ! Tu y verras comment on soigne et tu y découvriras qu'il n'est nul besoin de croire en ton dieu pour faire se réveiller quelqu'un que l'on croit mort.

Julius Galvinius se rassied sur le lit.

Martin, reprend-il, a peut-être rencontré Oribase à Trèves. Peu importe qu'il n'ait pas été capable de lire ces traités de médecine. Tout soldat des Alae Scholares, ces cavaliers formant l'escorte de l'empereur Julien, savait soigner et portait avec lui les instruments de la médecine. Ils se pansaient entre eux. Des médecins étaient affectés à leurs unités. Comment eux qui côtoyaient leurs camarades blessés sur les champs de bataille n'auraient-ils pas su tout tenter pour les arracher à la mort ?

— Ton saint homme n'est qu'un guérisseur et, comme tous les sorciers, habile à cacher les secrets de son art sous des incantations, des prières ou des imprécations !

Julius se lève à nouveau.

— Peut-être même suffit-il, pour être guérisseur, exorciste ou sorcier, de se croire le dépositaire du pouvoir des dieux ?

Il s'approche d'Antonius.

— Je te demande seulement de réfléchir au lieu de t'abandonner à la croyance. Sois fidèle aux Grecs plutôt qu'aux Orientaux !

Julius Galvinius se penche vers son fils. Il semble souffrir, se tient les reins à pleines mains. La peau de son visage creusé de rides est grisâtre.

— Quand la mort approche, qu'on l'entrevoit dans la pénombre, qu'elle s'insinue dans votre corps et emprisonne déjà partiellement vos membres…

Il s'interrompt, se redresse, soupire.

— … le dos est raide et douloureux, les jambes brûlantes et lourdes, les pieds comme percés d'épines…

Il reste un long moment silencieux, puis, d'une voix qui s'astreint à la patience du pédagogue :

— Oui, quand la mort s'est déjà emparée d'une partie de vous-même ou bien qu'elle a frappé l'un de vos proches, on cherche un guérisseur faiseur de miracles.

179

On veut qu'il ne se contente pas de soigner le corps, mais qu'il consulte et interprète les oracles, qu'il invoque les puissances supérieures, les divinités. On espère qu'il libérera, qu'il rendra la vie. On le veut si fort qu'on en vient à croire ce qu'il dit, comme si tout se passait en rêve. On veut à tout prix qu'il parle, qu'il dise qu'il va ressusciter les morts, rendre la vue aux aveugles, l'agilité aux paralytiques, la parole aux muets. Et s'il réussit une seule fois, on le croira toujours.

Le vieillard s'éloigne en direction du péristyle. La pluie n'a pas cessé.

— Il n'y a pas un seul dieu, pas un dieu unique, ajoute-t-il. La meilleure preuve en est que les guérisseurs, les sorciers, les magiciens, les prêtres qui chassent les démons par le geste et la parole sont innombrables depuis l'origine des hommes.

Julius Galvinius se retourne et plante son regard dans celui de son fils.

— Martin n'est que l'un d'eux, dit-il. Ton dieu n'est qu'un parmi tous les autres.

26.

Antonius Galvinius ferme les yeux, croise les bras, agrippe ses épaules, enserre son torse comme pour se protéger derrière un bouclier ou bien s'empêcher de se vendre à ce démon qui s'exprime par la voix de son père.

Le vieillard le harcèle, décoche ses mots comme autant de flèches ou de cailloux, approchant ses catapultes, avançant ses béliers, dressant ses tours de siège, creusant des sapes pour que la croyance de son fils dans le Seigneur se fissure et s'effondre.

Antonius secoue violemment la tête et murmure :

— Je t'en prie, mon Dieu, conserve intacte la ferveur de ma foi !

L'espace de quelques instants, il a l'impression qu'une sourde rumeur l'envahit, que le sang martèle ses tempes, qu'il n'entend plus Julius Galvinius et qu'il a réussi à repousser l'assaut des paroles paternelles.

Il s'immobilise et dit :

— Je tiens loin de ma foi ce que je ne comprends pas.

Aussitôt se fait entendre ce rire joyeux, comme une grêle de traits tombant sur lui par surprise, le prenant à revers.

Il lui faut à nouveau se défendre, affronter Julius Galvinius qui s'étonne de la stratégie de ce dieu réputé tout-puissant qui laisse ses évêques rouer de coups le pauvre Martin, le chasser de Sabaria et de Milan. Comment expliquer cela?

— Tous ont reçu le baptême, tous sont frères, fidèles d'un dieu d'amour, et les voilà qui s'entrégorgent comme des chiens enragés!

Antonius rouvre les yeux. Son père se tient en face de lui, la tête légèrement penchée sur l'épaule gauche. Il sourit et marmonne:

— Des hommes, rien que des hommes semblables à tous les autres, qui n'aspirent qu'à établir un pouvoir, puis gouverner leur empire. Et qui se servent de leur foi comme d'une arme.

Il hausse les épaules.

— Les enseignes changent, mais les raisons de la guerre entre les hommes sont toujours les mêmes…

— C'est le combat pour la vérité de la foi! l'interrompt Antonius.

Les mots lui reviennent, ceux de l'Évangile tels que Matthieu les reçut:

— «N'allez pas croire que je suis venu apporter la paix sur la terre, récite-t-il. Je ne suis pas venu apporter la paix, mais le glaive. Car je suis venu opposer l'homme à son père, la fille à sa mère, et la bru à sa belle-mère. Et vous aurez pour ennemis les gens de votre maison…»

Le rire de Julius Galvinius éclate à nouveau, puis, brusquement, sa colère.

Il empoigne Antonius, le secoue: où est alors la différence entre la foi en Jésus-Christ et celle que l'on voue à Jupiter ? Où, la différence entre la persécution d'un chrétien et celle d'un païen ? Et les crimes de Constantin, qu'est-ce qui les rend meilleurs que ceux de Néron ou de Caligula ?

Antonius se dégage d'un mouvement des épaules.

Il faut savoir fuir : il quitte la bibliothèque, s'arrête au milieu de la cour. Le vent est tombé. La pluie, maintenant fine, tombe verticale.

— Mon Dieu, clame Antonius Galvinius d'une voix audible, j'ai le plus grand respect pour Tes mystères !

Il se signe, puis se retourne vers la bibliothèque. Son père se tient sur le seuil, à l'abri de la pluie.

— Si Dieu a voulu que Martin soit évêque, dit Antonius, c'est qu'Il a voulu que la juste foi l'emporte.

Il s'approche du vieillard. Il doit le faire taire, repousser cet ennemi, chasser ce démon, dire ce qui est advenu.

Il ferme à nouveau les yeux et reprend son récit.

Il faut trois jours de marche pour aller de Ligugé à Tours. Quand il quitte son ermitage, un matin de plein été de l'an 371, Martin ignore que le Seigneur et les fidèles lui tendent un piège. Car Dieu laisse les hommes user de subterfuges quand il s'agit de choisir le meilleur serviteur de Son royaume.

Martin sait seulement qu'Hilaire, l'évêque de Poitiers, son maître, est mort et que Lidoire, évêque de Tours, est lui aussi décédé. Et qu'ainsi le pays de Loire se trouve sans berger. Des fidèles se sont déjà présentés à Ligugé. Ils se sont agenouillés. Ils ont saisi les bords de la tunique de laine grossière que revêt Martin.

— Guide-nous, lui ont-ils dit, deviens notre évêque !

Il les a écartés, les a repoussés en posant ses mains sur leur front.

Il est ermite, a-t-il répété. Il entend prier dans la solitude, et quand Dieu l'appelle, c'est pour guérir des corps ou des âmes.

— Tu as ressuscité Demetrius et le jeune esclave ! lui a-t-on répondu. Tu es le seul dont le nom soit éclairé par une lumière pure. Nous te voulons pour évêque !

Il n'a plus reçu de fidèles. Il s'est enfermé. Il a prié. Il a cherché à chasser cette voix qui murmure que Dieu l'a peut-être choisi et qu'on ne saurait se dérober à la tâche la plus rude, celle dont précisément Martin ne veut pas assumer la charge parce qu'il préfère le recueillement à la lutte de chaque jour pour guider des âmes.

Mais il a entendu des cris. On a poussé sa porte. Un homme s'est jeté sur le sol à ses pieds. Il se lamente et pleure. Il se nomme Rusticus. Martin le reconnaît : c'est l'un des chrétiens de Tours, un homme puissant qui fait élever des églises à l'emplacement des sanctuaires païens de son domaine. Rusticus implore en serrant les jambes de Martin entre ses bras.

Sa femme est malade, explique-t-il, médecins et guérisseurs se révèlent également impuissants à la guérir.

— Je suis venu vers toi que Dieu a choisi pour redonner la vie.

Rusticus est agité de tremblements.

— Tu ne peux m'abandonner ! répète-t-il.

— Allons, finit par consentir Martin.

Rusticus se redresse aussitôt, tout joyeux, et le précède sur le chemin qui longe la rive gauche de la Loire.

Il faut trois jours de marche pour aller de Ligugé à Tours. Mais à peine a-t-il fait quelques pas hors de l'ermitage qu'une foule d'hommes et de femmes entoure Martin.

C'est sans doute un piège.

On l'entraîne vers Tours. Les femmes en jupe de laine portent un chaperon qui leur couvre la tête et les épaules. Elles marchent ensemble à l'écart des hommes qui, vêtus de la blouse et des braies gauloises, les précèdent. Quelques notables, embarrassés dans leur longue toge, suivent Martin. Peu à peu, comme la foule grossit, une rumeur s'élève.

Martin s'arrête un instant pour distinguer les mots que chacun répète :

— Voici Martin que nous allons désigner comme notre évêque en l'église de Tours ! Voici l'homme des miracles que nous avons choisi pour succéder à Lidoire !

On le pousse, on l'oblige à avancer alors qu'il voudrait s'enfuir, regagner sa cellule de Ligugé. Il a été dupe de la comédie de Rusticus. À présent, il est prisonnier, contraint d'entrer dans l'église de Tours.

Jadis, à peine sorti de l'enfance, on l'a forcé à devenir soldat de l'empereur. Voici qu'aujourd'hui, on le veut évêque de cette armée de fidèles qui se serrent autour de lui, expliquant qu'ils ont convoqué les prélats du voisinage puisque, selon la règle, «celui qui doit gouverner le diocèse sera choisi par les évêques voisins en présence du peuple et en sera jugé digne par les suffrages du peuple ».

— Nous te voulons, Martin, comme notre évêque de Tours ! crie-t-on autour de lui.

Les évêques s'avancent, guidés par celui d'Angers, Defensor.

Il y a du mépris dans le regard de ces prélats qui s'arrêtent à quelques pas de Martin et le dévisagent. Qui est-il au juste, cet ancien soldat ? ce magicien, ce guérisseur que la rumeur du peuple présente comme un faiseur de miracles ? lui qui ne sait pas le grec, dont la mine est si pitoyable, avec sa barbe hirsute, ses longs cheveux embroussaillés, ses hardes sales, lui dont l'apparence est plutôt celle d'un mendiant, d'un errant ? Faire de cet homme-là l'évêque de Tours ?

Main levée, Defensor parle à la foule pour tenter d'apaiser les protestations. Mais des cris fusent çà et là, des femmes gesticulent.

Quelqu'un s'avance.

— On vous connaît, dit-il, bras tendu vers les évêques, vous n'avez de souci que pour les vêtements et les parfums ! Vous ne voulez pas marcher dans un soulier avachi ! Vos cheveux sont bouclés et portent l'empreinte du fer à friser ! Vos doigts scintillent de bagues ! Et vous n'osez pas poser vos pieds sur le sol de crainte de vous enfoncer dans la boue des chemins où piétinent les autres chrétiens ! Nous voulons Martin pour évêque !

L'homme s'approche des prélats, les dévisage, puis se tourne vers la foule et lance :

— Crosse d'or, évêque de bois ! Crosse de bois, évêque d'or !

Martin baisse la tête. Il voudrait se dérober. Il ne veut

pas de ce fardeau épiscopal qu'il craint de ne pouvoir porter. Il est moine, ermite. Dieu lui a peut-être donné le don de guérir, mais il n'est pas l'un de ces préfets d'Église à l'image de Defensor, celui d'Angers, il n'a rien de commun avec ces personnages revêtus de tuniques dorées.

Mais comment échapper maintenant à ce piège tendu par la foule des chrétiens, comment quitter cette nef, cette ville de Tours ?

Il hésite. S'il a cru ce fabulateur de Rusticus qui a inventé la maladie de sa femme pour l'attirer hors de l'ermitage de Ligugé, c'est que Dieu l'a rendu aveugle, c'est que Dieu a voulu qu'il soit ici, élu par le peuple contre la volonté des évêques de la région.

Il lui faut donc se soumettre.

Un brouhaha fait de chants, de protestations, de prières emplit l'église. On cherche le jeune clerc qui doit lire, au cours de la cérémonie, des versets du psautier placé sur un pupitre proche de l'autel.

Mais le clerc n'apparaît pas. Peut-être est-il retenu par la foule qui se défie du clergé hostile à Martin ?

Quelqu'un bondit vers le pupitre, se saisit du psautier, l'ouvre sans hésiter et le brouhaha cesse aussitôt.

L'homme lit d'une voix forte :

— « Par la bouche des enfants et des nourrissons, tu t'es rendu gloire à cause de tes ennemis, pour détruire l'ennemi et son *défenseur*. »

Il se tourne vers l'évêque d'Angers et répète avec insistance les derniers mots :

— « Pour détruire l'ennemi et son *défenseur*. »

La foule crie, remercie Dieu pour ce signe qu'Il vient de lui lancer, cependant que l'évêque d'Angers, Defensor, recule comme si lui aussi était frappé par cette lecture, ce choix de Dieu.

On acclame Martin. Il est évêque de Tours par la volonté de Dieu.

Antonius rouvre les yeux.

Appuyé de l'épaule au cadre de la porte de la bibliothèque, son père sourit avec commisération.

Le jeune homme voudrait s'éloigner ; il devine déjà que Julius Galvinius va le blesser.

— Et le psautier s'est ouvert à la juste page ! commence le vieillard.

Il s'approche d'Antonius et rit, dévoilant ses petites dents jaunies et ébréchées.

— Et l'homme, poursuit-il, a choisi, lu, toujours guidé par la seule fortune, le verset qui condamnait le méchant évêque d'Angers, Defensor.

Julius Galvinius pose la main sur l'épaule de son fils.

— Et tu crois et tu récites cette fable !

Il secoue la tête et rentre dans la bibliothèque.

— Il faut que Rome et l'Empire ne soient plus que ruines pour qu'Antonius, citoyen romain, héritier de la gens Galvinius, soit aussi crédule que le plus inculte des barbares !

Cinquième partie

27.

Antonius Galvinius baisse la tête.

Drue, la pluie glacée qui tombe à nouveau glisse le long de sa nuque. Il frissonne.

Il voudrait ne plus entendre la voix paternelle. Mais ses mots crépitent comme de gros grêlons dont il ne peut se protéger.

— Une farce ! crie Julius Galvinius.

La voix domine le martèlement sourd des gouttes sur les tuiles de l'atrium.

Antonius s'éloigne. Les mots le poursuivent, portés par les rafales du vent qui s'est levé, tourbillonnant autour des colonnes, projetant la pluie contre les dalles avec violence, soulevant sa tunique dont les plis lui emprisonnent les jambes.

Il hésite. Il devrait courir et s'enfuir, mais préfère écouter.

— Une farce ! reprend Julius Galvinus qui s'est avancé sur le seuil de la bibliothèque. L'élection de Martin à l'évêché de Tours est plus comique que celle d'un tribun de la plèbe à Rome au temps de l'empereur Néron.

Il ricane :

— Lire un verset choisi d'avance, cela vaut-il mieux que sonder les entrailles d'un animal sacrifié ? Au moins, à Rome, on votait, même si les électeurs étaient achetés !

Il fait un pas vers Antonius, puis s'arrête pour rester protégé par l'auvent.

— Les chrétiens n'ont gardé de Rome que le pire. Ils ont détruit la puissance de l'Empire, condamné les vertus guerrières, mais conservé les masques du théâtre. Les évêques sont des préfets sans le glaive. Et qui ne peuvent donc conquérir et garder le pouvoir qu'en mariant l'illusion et le mensonge. Ils embrassent pour mieux étouffer !

Il rentre dans la bibliothèque, se retourne.

— Je préfère les hommes qui ont le courage d'étrangler leurs ennemis au Tullianum.

Antonius ouvre la bouche, mais les mots ne viennent pas. Comment répondre au démon ?

Il traverse à grands pas la cour qui le sépare des bâtiments des esclaves. Là, au moins, il ne voit ni n'entend plus Julius Galvinius. Il retrouve sa cellule au sol de terre battue. Il a froid, tremble, se recroqueville. Il appuie son front contre le mur nu et humide, pareil à ceux entre lesquels Martin a choisi de vivre.

Pourtant, sitôt après son élection à l'évêché de Tours, avec tous les égards et prévenances que l'on doit à un prélat, les diacres ont guidé Martin à travers les grandes salles du palais épiscopal, là où résidait et recevait Lidoire, son prédécesseur.

Ils lui ont montré les coffres emplis de vaisselle d'argent, les tentures, et, sur les dalles de granit, les tapis de laine d'Orient.

Ils ont ouvert les armoires, glissé leurs mains dans les vêtements sacerdotaux afin d'en faire ressortir les broderies d'or et d'argent.

Au terme de cette visite et de cet inventaire, ils invitent Martin à s'asseoir dans l'un des grands fauteuils de bois et de cuir ouvragés, et sont surpris de son refus.

Ils l'interrogent : tout cela ne lui convient-il pas ? Dans laquelle de ces salles a-t-il choisi d'accueillir ses visiteurs, les évêques des villes voisines, les propriétaires des domaines des bords de Loire, les envoyés de l'empereur, et le comte Avitanus, le plus redouté des nobles de la région de Tours ?

Martin regarde autour de lui.

— Je ne suis qu'un moine, murmure-t-il.

Il s'éloigne à pas lents, sans se soucier des chuchotements de ceux qui l'entourent, le suivent, lui remontrent qu'il est évêque, qu'il a maintenant de nouveaux devoirs, que, pour la plus grande gloire du Seigneur, pour asseoir son autorité sur les fidèles, sa puissance face au glaive des guerriers romains ou barbares et à l'ignorance des païens, il lui faut conférer le plus grand éclat à sa charge épiscopale.

— Ma seule force, répond-il en continuant d'avancer, c'est ma foi ; mon seul pouvoir, celui que Dieu m'accorde.

Il s'arrête après avoir traversé la nef de l'église, s'être signé et incliné devant l'autel.

— Je n'ai besoin que d'une mince couverture, leur dit-il, d'un tabouret et surtout de silence et de solitude.

Il choisit une cellule attenante à l'église, aux murs blanchis et au sol de terre battue.

— C'est ici que vivra votre évêque, indique-t-il.

Puis, invitant les diacres et les fidèles qui l'ont suivi à quitter la pièce, il ajoute :

— Ne vivez pas dans les festins, les excès de vin ni les voluptés. Vivez dans l'humilité.

Il leur sourit.

— Mon Église est celle de la pauvreté, de la frugalité et du silence.

Et il referme la porte.

Il semble à Martin qu'il vient à peine de commencer à prier quand se fait déjà entendre une rumeur qui se rapproche et vient battre sa porte.

On le supplie d'ouvrir. On lui dit qu'un démon s'est emparé du corps d'un serviteur dans une demeure proche de l'église.

On frappe de plus en plus fort pour l'inciter à ouvrir. Mais on n'attend même pas qu'il réponde. On pénètre dans la pièce. L'homme, un cuisinier, est devenu pareil à un chien enragé, lui explique-t-on.

On saisit les mains de Martin, on les embrasse, on l'entraîne.

On connaît ses pouvoirs, qu'il tient de Dieu. Maintenant qu'il est l'évêque de Tours, il doit sauver ce possédé, rendre la paix à cet homme, à la maison qu'il habite, dont tous les esclaves et le maître ont fui. Le dément a déjà mordu plusieurs personnes. Il gesticule en vociférant, la bouche béante et baveuse comme une gueule.

Comment se dérober ?

Martin marche au milieu de la foule qui se lamente et le guide vers la cour de cette maison.

Il aperçoit le possédé aux vêtements déchirés ; l'écume couvre ses lèvres retroussées qui laissent voir ses dents.

Martin s'élance vers ce furieux auquel il ordonne de cesser de hurler, ou plutôt d'aboyer. Mais l'homme s'approche, menaçant.

On crie à Martin de prendre garde, l'enragé va se précipiter, lui arracher le nez, tenter de l'égorger.

Pourquoi reculer ou se défendre quand on est au service de Dieu ?

Martin tend le bras, enfonce ses doigts dans la bouche de l'homme.

— Si tu as quelque pouvoir, dévore-les ! s'exclame-t-il.

Mais le furieux se détourne comme s'il avait senti dans sa gorge un fer incandescent.

Martin sent glisser sur ses doigts la bave de l'homme, puis celui-ci se tord, les mains pressant son ventre. Il hurle, le visage déformé par une grimace. Tout à coup il s'accroupit, se vide de ses excréments qui répandent une odeur repoussante. Enfin il tombe à terre, secoué de sanglots, puis se calme et paraît s'endormir.

On se précipite. On l'emporte. On entoure Martin. On le célèbre. On le touche. On l'embrasse. Gloire à lui, l'invincible soldat de Dieu !

Martin se tait. Il voudrait retrouver le silence de

sa cellule, la solitude d'un ermitage. Mais comment le pourrait-il alors qu'on le supplie déjà de défendre la ville contre des cavaliers barbares ? On lui montre un homme qui prétend les avoir vus, connaître leurs desseins, qui hurle les avoir entendus annoncer leur intention de piller Tours et de massacrer ses habitants.

Il faut l'interroger dans l'église, deviner, à ses yeux brillants, que cet homme aussi est possédé par les démons.

— Tu es l'émissaire du Diable ! lui dit Martin en faisant le signe de croix et en imposant les mains sur sa tête.

Aussitôt celui-ci confesse qu'il ment, il implore le pardon de l'évêque. Il voulait seulement, dit-il, effrayer les habitants, les faire fuir pour mieux chaparder à l'intérieur de leurs maisons.

La foule veut châtier le possédé, déjà elle lacère ses vêtements et commence à le molester.

Martin s'interpose, calme l'assistance. Puis, une fois que l'homme a quitté l'église sans encombre, il peut enfin regagner sa cellule.

— Dieu, murmure-t-il, j'ai besoin de silence pour T'entendre et Te parler !

Quelques jours plus tard, il fuit Tours, la foule des pleureurs, des quémandeurs, des possédés qui viennent chaque jour le supplier, qui l'empêchent de se recueillir. Ils envahissent son esprit, harcèlent son corps comme autant d'oiseaux affamés picorant à coups de bec redoublés son grain depuis les semailles jusqu'à la récolte.

Or, s'il veut donner aux autres, il faut d'abord qu'il

moissonne, qu'il engrange. Mais ceux-là ne laissent après leur passage qu'un champ dévasté.

Martin marche hors de la ville. Il suit les méandres de la Loire et chaque nouveau pas qu'il fait le conforte dans sa décision.

Il se sent, dans cette nature vide, comme le lien vivant entre Dieu et les hommes.

Il lève la tête vers le ciel que parcourent de grands nuages blancs et il découvre, baissant les yeux, l'anse d'un méandre dominée par une falaise creusée de grottes.

C'est là qu'il veut vivre, c'est-à-dire prier.

Si d'autres solitaires souhaitent s'unir à lui pour constituer une communauté de silence et de foi, alors que Dieu les guide jusqu'à lui afin qu'ils s'assemblent et créent un grand monastère : Marmoutier.

Martin commence à gravir la falaise faite d'étroits méplats, où l'on pourra, si les grottes ne sont pas en nombre suffisant, construire des abris de pierre et de bois, puisque la forêt toute proche recouvre les berges et les coteaux.

Ceux qui choisiront ainsi le recueillement loin des rumeurs se dépouilleront de tous leurs biens.

— Que tout, dans le silence, nous soit commun !

Chacun demeurera seul dans sa grotte ou son abri ; on ne se réunira que pour prier. Les plus jeunes copie-ront les Livres saints afin que chacun puisse disposer des textes de l'Écriture.

Ainsi, chacun suivra son chemin personnel vers Dieu.

Martin entre dans l'une des grottes aux parois crayeuses.

Il est évêque de Tours : Dieu et les fidèles l'ont voulu.

Mais il sera moine ici même, à Marmoutier.

28.

Martin croise les doigts devant ses lèvres. Il se tient debout, un peu voûté, à l'entrée de la petite église de Marmoutier qui vient d'être édifiée au bas de la falaise et où il va célébrer la première messe.

Il regarde s'avancer les moines qui vivent dans les abris de pierre et de bois ou dans les grottes creusées dans la roche calcaire.

Il connaît chacun d'eux.

L'un est un vétéran, ancien centurion d'une des légions impériales. L'homme était marié mais avait choisi la prière, l'abstinence et le recueillement. Puis, un beau jour, il avait demandé que sa femme puisse le rejoindre à Marmoutier. Elle aussi, avait-il expliqué, vivait dans la foi, au milieu de femmes qui avaient décidé de se retirer du monde. Pourquoi, dès lors, ne l'aurait-elle pas suivi ici ? Il voulait seulement s'assurer la consolation d'entretiens avec elle. Il jurait qu'il ne retomberait pas dans les vieilles habitudes du mariage. Il était devenu soldat du Christ. Elle aussi avait prêté serment dans la même milice. L'un et l'autre avaient renoncé aux plaisirs de la chair par le mérite de la foi. Martin devait comprendre ce qu'il ressentait, le souhait qu'il formulait.

Martin l'avait longuement dévisagé.

— Dis-moi, lui avait-il répondu, as-tu jamais été à la guerre ? T'es-tu déjà trouvé dans une armée rangée en ordre de bataille ?

L'homme avait cité tous les combats auxquels il avait participé.

— Dans cette armée, avait enchaîné Martin, as-tu jamais vu une femme debout dans les rangs et combattant ? Seuls les barbares païens confient un glaive à leurs femmes. Une armée devient méprisable quand, aux cohortes des hommes, vient se mêler une foule de femmes. Le soldat doit combattre à son rang sur le champ de bataille ; la femme doit se tenir derrière le rempart des murs. Elle aussi a son titre de gloire si elle conserve sa chasteté en l'absence de son mari. Sa première vertu, sa victoire suprême est de ne pas être vue.

L'ancien centurion avait rougi. Il avait remercié Martin et s'était réfugié dans son abri pour prier.

Martin le suit des yeux alors qu'il va prendre place devant l'autel au milieu des autres moines.

Ils sont quatre-vingts. Ils ont marché des semaines et même des mois pour arriver jusqu'à Marmoutier. Ils ont encore croisé de ces longues files de paysans qui portent des idoles et s'en vont à leurs sanctuaires païens célébrer le culte de Mithra ou de Cybèle. Ils les ont vus se rassembler autour des arbres et des sources sacrés.

En arrivant à Marmoutier, ils ont fait observer que dans les forêts et les champs, dans tous les pays traversés, les chrétiens n'étaient que quelques-uns, comme de minuscules éclats brillants sur un sol noir. Et quand ils ont voulu prêcher, on les a lapidés, chassés à coups de bâton, et certains ont succombé.

Maintenant ils prient à Marmoutier, et Martin les observe.

Il devine leurs corps maigres sous ces tuniques en poil de chameau qui irritent la peau. D'aucuns portent des vêtements de laine grise. Tous sont pieds nus dans leurs sandales. Ils ressemblent autant à des mendiants affamés qu'à des moines. Mais il faut qu'ils apprennent la pauvreté, eux qui ont abandonné leurs domaines, leurs richesses, leurs tapis moelleux. À Marmoutier, ils doivent affronter le vent et la pluie, accepter d'avoir froid et faim. Parfois ils disposent dans leur grotte d'un petit fourneau où se consument en rougeoyant quelques morceaux de charbon de bois.

Mais le charbon est rare. On grelotte dans les grottes et les abris.

Martin se penche. Ce moine-là, au dernier rang, il le reconnaît : ce frère s'est un jour introduit dans son propre refuge, s'est assis devant le fourneau où du bois brûlait encore. Il a écarté les jambes, exhibé à la chaleur son bas-ventre nu. Martin est alors entré et a surpris le profanateur.

— Qui donc avec son ventre à nu souille ma demeure ? a-t-il crié.

Le moine a alors confessé son impudeur et sollicité l'indulgence.

Martin s'approche de l'autel.

Ils sont ainsi : moines et hommes, grandis par la foi et la prière mais subissant toutes les tentations, et parfois eux aussi possédés par les démons.

Ils ont faim ; ils voudraient manger plus, et plus gras. Ils ont froid ; ils souhaiteraient se vêtir de bonne et chaude laine.

Ils s'étonnent : pourquoi Martin refuse-t-il ce lingot d'argent que lui apporte en témoignage de gratitude l'ancien vicaire Lycontius, s'il a chassé l'épidémie de la maison de cet homme riche ? Guéris, les esclaves de Lycontius, qui se tordaient de douleur, se sont levés et remis au travail. Les démons ont donc été bannis de la maison, mais il a fallu à Martin sept jours de prières et de jeûne. Aussi, lorsque Lycontius dépose son lingot d'argent dans la grotte de Martin, pourquoi celui-ci se récrie-t-il ?

Marmoutier est trop pauvre pour rejeter pareil présent, répètent les moines. On y a faim, on y manque de vêtements.

Mais Martin a secoué la tête.

— C'est à l'Église de nous nourrir et de nous vêtir. Nous ne devons rien amasser pour nos besoins. Prions.

Il sent tous les regards tournés vers lui. Il lui faut donner l'exemple, s'astreindre à souffrir du froid et de la faim plus que les autres. Continuer de se vêtir comme le plus pauvre des errants, parcourir les chemins quelquefois à dos d'âne, comme un humble marchand, mais le plus souvent à pied, à l'instar d'un mendiant. Et veiller à tout instant à ne point succomber aux tentations, à la vanité, à l'orgueil.

Martin apprend ainsi que le préfet Vincentius, l'homme le plus puissant de toutes les Gaules, demande à être reçu à Marmoutier afin de dîner avec l'évêque de Tours, ce Martin faiseur de miracles. Vincentius indique que l'évêque de Milan, Ambroise, invite régulièrement à sa table consuls et préfets. Pourquoi Martin ne suit-il pas l'exemple de ce saint homme ?

Martin refuse. Il n'est qu'un pauvre moine, explique-t-il, un évêque à la crosse de bois et non d'or. Une grotte est son palais. Une poignée de grains, tout son repas.

Il regagne sa grotte, s'y enferme.

Peut-être son refus est-il péché d'orgueil ? Il prie. Attend. Parfois, il a la sensation que l'on s'approche de lui, qu'on lui parle.

Il devine dans la pénombre des visages : ceux de Marie, de Pierre, de Paul, d'autres saints. Il s'agenouille, baisse la tête. Les voix s'élèvent, plus fortes. Il interroge :

Ai-je eu raison de refuser de recevoir à Marmoutier le préfet Vincentius ?

Ai-je eu raison de consacrer le lingot d'argent offert

par Lycontius à payer la rançon de plusieurs captifs, plutôt que de le conserver pour les moines de Marmoutier?

Ai-je raison d'exiger de ceux qui ont choisi de vivre à mes côtés à Marmoutier qu'ils ne connaissent d'autres joies que celles que procure la prière?

Les voix le rassurent, s'éloignent, disparaissent.

Parfois aussi, Martin sent une présence hostile. Il reconnaît la silhouette de ces dieux païens, Mercure et Jupiter, qui le harcèlent et auxquels il répond en haussant la voix, criant qu'ils ne sont que des idoles et qu'à ce titre ils seront bientôt tous renversés sans plus laisser de traces dans les mémoires.

Il a l'impression que ces visages de l'ignorance et de la superstition se rapprochent. Il brandit le poing, les menace. Il n'a pas été en vain soldat. Il ne reculera pas, les chassera de sa grotte.

Il entend des murmures. Ce sont des moines qui ont perçu des bruits de lutte, des bruits de voix, et qui s'inquiètent.

Martin sort et les rassure.

Les moines l'entourent, l'interrogent. Ils l'ont entendu parler : avec qui converse-t-il ainsi quand il est seul? Et ces éclats, ces heurts qui font penser à ceux d'un corps à corps, d'où proviennent-ils?

Martin hésite, puis, comme les moines renouvellent leurs questions, il murmure :

— Je parle aux apôtres Pierre et Paul. Je parle à Marie. Ils viennent ici. Je les écoute. Mais, parfois, ce sont les démons et les dieux païens qui s'introduisent dans ma demeure et je dois les combattre, les en chasser.

Certains des moines s'exclament, s'agenouillent, marquent leur vénération, mais Martin devine dans le regard de quelques autres de l'irritation, et même de l'incrédulité.

Il s'éloigne. Les hommes peuvent se laisser ainsi pénétrer à leur insu par les démons de la jalousie et du doute.

Hier soir, il a dû réprimander l'un de ces moines, Brictio, qui, après avoir séjourné à Marmoutier, vit désormais à Tours dans une vaste maison, entouré d'esclaves. Brictio achète, affirme-t-on, de jeunes barbares, filles et garçons, élève des chevaux, vit dans le luxe et la volupté. Il se conduit comme l'un de ces clercs qui prennent à présent la place des préfets et des consuls, qui voudraient que l'Église devienne la colonne maîtresse de l'Empire et qu'eux-mêmes en tirent gloire, profit, plaisir, honorés et pourvus comme les sénateurs de Dieu et de l'empereur !

Brictio s'est rebiffé contre les reproches de Martin. Les moines ont rapporté que, quittant le monastère, il a crié à un paysan qui demandait à être reçu par l'évêque de Tours afin d'être soulagé de ses maux :

— Si c'est ce délirant que tu cherches, regarde là-bas : le voilà qui, à son habitude, lorgne le ciel comme un dément !

Pour Brictio et combien d'autres peut-être, évêques et clercs, et tous leurs émules en quête de vêtements à broderies d'or, avides d'autorité et de prestige, Martin est fou.

Il s'assied dans la petite cour qui jouxte sa grotte. De là, il surplombe les méandres de la Loire, les ressauts de la falaise, les abris des moines.

Les voix redoublées par l'écho montent jusqu'à lui. Il reconnaît celle, âpre, de Brictio. Le moine est donc revenu.

Il réfute les remontrances qu'on lui a infligées la veille. Il crie qu'il a grandi parmi les enseignements sacrés de l'Église. Martin, au contraire, s'est vautré des années durant dans les souillures et les ignominies de la vie militaire. Qui l'en a absous ? Peut-être même est-ce le Diable qui a fait de lui un évêque, car un ancien soldat pourrait-il l'être ? Regardez-le maintenant, poursuit-il, il est aussi superstitieux qu'un païen ! Il prétend que les apôtres et Marie et Jésus-Christ eux-mêmes lui rendent visite ! Ridicules fantasmagories, illusoires visions ! Martin est-il dupe de sa folie ou bien les démons l'ont-ils vaincu ? À moins qu'il ne mente ?

La voix de Brictio faiblit. Il s'éloigne. Il lance encore :

— Martin vieillit ! Il est la proie de ses extravagances séniles !

Martin l'aperçoit qui, suivi de ses esclaves, marche à grands pas sur le chemin qui longe la Loire.

Souvent, Brictio s'arrête, se tourne vers Marmoutier, brandit le poing, lance quelques mots, de nouvelles insultes, des accusations dont une partie se perd dans cette fin de journée brumeuse.

Martin s'agenouille. Il faut pardonner.

Des moines entrent dans la cour. Ils hésitent, n'osent rapporter ce que Brictio a proféré. Ils s'étonnent du calme et de l'indulgence de Martin.

— Je prie pour Brictio, murmure celui-ci.

Il n'entend pas se défendre. Il ne veut pas condamner un homme qui l'attaque.

Que la prière seule fasse son office, et que le repentir terrasse Brictio !

Martin va au-devant des moines et les invite à prier.

— Si le Christ a supporté Judas, je puis bien, moi, supporter Brictio, leur dit-il.

29.

— Les gens de ta secte…, commence Julius Galvinius en levant les mains au-dessus de sa tête dans un ample mouvement d'indignation.

Il marche d'un pas rapide sur la terrasse, puis vient tourner autour d'Antonius qui, immobile, croise les bras et ferme les yeux.

— Les chrétiens, reprend le vieillard avec une moue méprisante, il leur suffit d'un mangeur d'herbe, d'un halluciné, d'un dément, et c'est un prêtre chrétien, tu l'as nommé : Brictio, qui parle ainsi de Martin…

Antonius secoue la tête, interrompt son père, souligne que Brictio, lorsqu'il a proféré ses insultes, était lui-même possédé par le démon, et qu'il s'est presque aussitôt repenti, se rendant compte qu'il n'avait été que le porte-parole du Diable. Il est revenu à Marmoutier, s'est agenouillé devant Martin et a imploré son pardon. Martin le lui a accordé. Maintenant, Brictio est évêque de Tours, successeur de Martin. Il a fait construire une basilique pour le tombeau du saint homme et l'on vient en pèlerinage de toute la Gaule, voire d'Orient, toucher cette pierre tombale et s'y recueillir.

Julius Galvinius empoigne le bras de son fils, le secoue.

— Vous avez deux visages ! s'exclame-t-il. Celui d'entre vous qui n'aime ni le vin ni les femmes, qui martyrise son corps comme pour se punir de vivre, qui refuse la chaleur d'un bon feu ou d'un vêtement de laine quand il fait froid, une gorgée d'eau fraîche quand le soleil brûle, et qui, ivre de graines vénéneuses, assure qu'il entend et voit votre dieu et ses apôtres, vous en faites un saint pour attirer et convertir la foule des naïfs, des païens.

Julius Galvinius desserre son étreinte et remontre que tous les peuples ont leurs fous, leurs sorciers, leurs prêtres, leurs magiciens. Il a vu des barbares danser pieds nus sur des braises, d'autres rire quand on leur tranchait le poing, le nez ou les oreilles, ou quand on leur crevait les yeux. Eux aussi prétendaient avoir été choisis par les dieux pour témoigner de leur force, et ils étaient, comme les martyrs chrétiens, si indifférents à la douleur qu'on était prêt à les suivre et à adopter leurs croyances.

Le vieillard rapproche son visage de celui d'Antonius.

— Martin était un halluciné, comme ces sorciers ou ces prêtres des cultes païens ! Sulpice Sévère raconte même qu'on l'a vu confondre un cortège funèbre de paysans portant en terre l'un des leurs avec une procession d'idolâtres célébrant le culte de quelque dieu païen !

— Tu ne sais pas ! s'insurge Antonius.

Il s'est avancé vers son père. Il doit répondre, combattre le démon qui s'est glissé dans le corps du vieillard.

Il se signe et Julius Galvinius rugit aussitôt comme s'il avait été menacé, flagellé, blessé.

— Mais vous avez un autre visage que celui des hallucinés, reprend ce dernier ; c'est celui de ces hommes que vous appelez saints et que vous présentez aux humbles pour les séduire. Car, par ailleurs, vous avez fait alliance avec les puissants de ce monde ! Vous êtes vous-mêmes devenus les puissants ! Vous avez offert la viande et le vin, les femmes et l'or à ceux qui acceptaient d'être vos clercs, vos évêques. Vous êtes à la fois l'halluciné et le préfet, la parole du fou et le glaive du maître. Ce Brictio, qui est-il ?

Julius Galvinius ricane et expose :

— Voici un homme qui n'est remarquable ni par son œuvre ni par sa vertu. Martin l'accueille à Marmoutier. Brictio apprend vite. Il donne tous les gages qu'on lui demande. Un temps, celui qu'il faut, il ne mange que de l'herbe, comme les autres moines. C'est le plus assidu, le plus dévoué, le plus habile. On fait de lui un clerc. Aussitôt, il quitte Marmoutier. Il loge à Tours. Les chrétiens ont besoin d'un homme comme lui pour les représenter, parler avec préfets et consuls, avec ce comte Avitianus qui fait la loi dans la cité. Martin est maigre, Brictio grossit. Il prend plaisir à être salué. Il enfle d'orgueil aux visites qu'il reçoit, et lui-même se montre partout. Auparavant, il avait coutume d'aller à pied ou à dos d'âne ; maintenant, devenu superbe, il se fait traîner par deux chevaux écumants. Naguère, à Marmoutier, il se contentait pour tout logement d'une petite et pauvre cellule ; maintenant, il fait élever de hauts plafonds lambrissés et aménager de nombreuses pièces, il fait sculpter des portes, peindre des armoires.

Il dédaigne les vêtements grossiers, veille à s'habiller d'étoffes souples.

Julius Galvinius s'interrompt comme s'il ne pouvait plus continuer, tant la colère et le mépris durcissent sa voix, lui enserrent la gorge. Il tousse, crache.

— Martin d'un côté, Brictio de l'autre, vous êtes le dieu Janus, ajoute-t-il cependant. Et – il touche de l'index la poitrine d'Antonius – sais-tu que Brictio et tous les évêques qui lui ressemblent, ceux qui haïssent Martin le dément mais l'utilisent, présentant ses hallucinations comme autant de preuves de l'existence de votre dieu, aiment à vivre entourés de femmes ? Forniquent-ils avec elles ? Pourquoi ne le feraient-ils pas ? En tout cas, tous lèvent tribut sur les chères veuves qu'ils aiment à accueillir et qu'ils consolent, et ils reçoivent les confessions des jeunes vierges qu'ils conseillent. Brictio, tu l'as dit, achetait pour esclaves des jeunes femmes et de jeunes garçons. Crois-tu qu'il ne les utilisait que pour lui servir le vin ?

Le vieillard lève à nouveau les bras.

— Et ce Brictio est le successeur de Martin à l'évêché de Tours ! s'exclame-t-il. Pour que Brictio gouverne, il faut que Martin convertisse et illusionne. Dans votre secte, le faiseur de miracles est comme un chien de troupeau qui rabat les moutons vers le berger mitré. Martin aboie, Brictio tond et trait. Martin se nourrit de plantes qui rendent fou, Brictio préfère la bonne viande.

Julius Galvinius tapote l'épaule de son fils.

— Janus : voilà le vrai dieu de votre secte chrétienne. Sauf que l'évêque qui détient le glaive,

l'évêque mangeur de viande l'emporte sur l'halluciné !
C'est ainsi.

Antonius recule, heurte la balustrade de la terrasse,
y prend appui à deux mains, s'y accroche comme
s'il craignait d'être basculé dans le vide par Julius
Galvinius.

— Martin est le vrai visage de notre foi ! proteste-
t-il.

Il détourne les yeux. Il veut regarder au loin, vers la
haie de cyprès qui se détache sur l'horizon rouge du
crépuscule.

Cent témoins, reprend-il, attestent des miracles
accomplis par Martin. Il lui a suffi de lever la main et
de prononcer une phrase pour chasser d'une vache
devenue furieuse, qui, à coups de cornes, avait déjà tué
plusieurs paysans, le démon qui la possédait. Et tout
le monde l'a vue, une fois délivrée, se prosterner
devant Martin avant de rejoindre son troupeau. Un
autre jour, devant une foule, il a muselé des chiens qui
s'apprêtaient à déchirer de leurs crocs un pauvre
lièvre. Sur le bord d'un fleuve, il a arrêté un immense
serpent qui s'approchait de la berge à la nage. Il a prononcé cette simple phrase : « Au nom du Seigneur, je
t'ordonne de t'en retourner ! » et la bête visqueuse
s'est aussitôt éloignée ! Il a fait taire un chien dont les
aboiements couvraient les voix des moines en prière
et les empêchaient de se recueillir. Là encore, une
phrase a suffi. Une autre fois, un jour de Pâques, il a
fait surgir des flots de la Loire un énorme brochet alors

que le diacre Caton, l'intendant de Marmoutier, habile pêcheur, se désolait de ne rien prendre dans ses filets en ce jour de fête où Martin avait autorisé que l'on mangeât du poisson.

— Qui peut nier ce que tant d'yeux ont vu, ce que tant d'oreilles ont entendu ? Et, après avoir assisté à ces prodiges, pourrait-on ne pas croire Martin quand il dit : «Les serpents, les chiens, les poissons m'écoutent, mais les hommes sont souvent sourds ?»

— Si ta crédulité ne m'accablait tant, dit Julius Galvinius en haussaut les épaules, je n'en finirais pas de rire. Je t'ai fait lire les auteurs grecs, mais tu sembles avoir oublié que leurs dieux, les nôtres, accomplissent des miracles bien plus extraordinaires que ceux que tu me rapportes ! Calmer une vache qui donne des coups de cornes, crois-tu que cela suffise pour faire croire à l'existence de ton dieu ? Zeus et ses compagnons de l'Olympe : voilà des dieux puissants ! Si mon esprit inclinait à la croyance, c'est ceux-là que j'honorerais, non l'un de tes mendiants dont la pauvreté sert les appétits de gloire et de richesse de tous les Brictio qui gouvernent ton Église !

Le vieillard fait quelques pas et lance :

— Janus : illusion et mensonge, magie et crédulité, voilà ta secte ! Moi, Julius Galvinius, je crois au glaive, je crois au plaisir, au corps de la femme, et je crois à la mort !

Il s'approche encore de son fils.

— Je crois à la mort, répète-t-il, oui, je crois à ma mort éternelle !

Son visage est osseux, ses joues creusées, sa peau grisâtre.

— Je crois à la résurrection ! rétorque Antonius Galvinius.

Sa voix tremble. Il sent sous ses doigts la pierre lisse de la balustrade, y frotte ses paumes.

— Parce que je crois à la charité, ajoute-t-il encore à mi-voix. Parce que je crois à un Dieu de bonté.

30.

Toujours appuyé à la balustrade, Antonius a si fort frotté ses paumes contre la pierre et son rebord tranchant que la peau en est devenue brûlante.

— Je crois à la résurrection parce que Martin prouve que la bonté existe !

Il parle vite, pour ne pas laisser son père l'interrompre.

— Un matin, à l'entrée de l'église de Tours où il se rend pour dire la messe, Martin voit un homme nu, pareil à celui d'Amiens, s'avancer vers lui. Il fait si froid que le ciel en semble blanc et vide. L'homme grelotte tant que ses épaules et ses mains sont secouées de mouvements convulsifs. Il se jette aux pieds de Martin. Il a besoin d'un vêtement, dit-il, car comment pourrait-il survivre avec ce seul morceau d'étoffe qui lui ceint les reins ?

« Martin appelle l'archidiacre, l'un de ces clercs affairés qui se soucient surtout de remplir leur église comme on bourre une panse, et peu importe ce que l'on engloutit pouvu que la nef et le ventre soient pleins ! Qu'importe ce qu'il advient après ! Martin lui montre l'homme nu : qu'on lui donne des vêtements, ordonne-t-il. Puis il gagne sa sacristie où il souhaite toujours être seul pour prier, laissant aux autres clercs le soin de recevoir les solliciteurs.

« Tout à coup, la porte s'ouvre, le pauvre est là, toujours nu. On ne lui a rien donné, dit-il en pleurant. Il va succomber cette nuit même. Il avait cru en la parole de Martin. On lui avait dit que celui-ci était un saint homme. Mais, quand on est évêque, qu'on vit bien au chaud, peut-on encore se soucier du pauvre qui a froid ?

« Martin l'écarte. Il avait déjà revêtu son surplis. Il le soulève, ôte sa tunique, la tend au pauvre :

« — Va, lui dit-il.

« Il reprend sa prière. Le froid le saisit. Il est nu sous son surplis. Voici l'archidiacre qui annonce que les fidèles attendent dans l'église : Martin doit s'avancer vers l'autel afin de célébrer la messe. Nu sous son surplis ?

« — Et le vêtement destiné au pauvre ? demande Martin.

« L'archidiacre grommelle, ressort, court acheter pour cinq pièces d'argent le vêtement le plus rugueux, le plus fruste. En jetant le vêtement dans la sacristie, il marmonne que le pauvre a disparu.

« Martin ramasse cette tunique rêche et se cache pour la revêtir. Il peut maintenant s'agenouiller devant l'autel, dire la messe, puis prêcher non pas du haut de la chaire, il s'y refuse, mais au milieu des fidèles. »

Antonius Galvinius se tait quelques instants, puis murmure :

— Voilà pourquoi je crois à la résurrection. Si un homme peut être bon, alors la mort ne saurait gagner de par le monde. Un jour viendra où la bonté l'emportera. Je crois à la Vie éternelle !

Le jeune homme est surpris par la brusquerie avec laquelle Julius Galvinius s'est jeté sur lui, ouvrant sa tunique, prenant son poignet, le forçant à poser la main sur sa poitrine nue, à sentir sous ses doigts la peau fripée, les poils gris, le squelette à peine masqué.

— Dis-moi ce qu'est encore la bonté quand le corps est rongé par le temps. Écoute, écoute…

Le vieillard contraint Antonius à se courber, à plaquer l'oreille contre sa poitrine.

— Tu entends comme mon cœur hésite ? C'est lui que j'écoute, et non tes fables ! Plus jamais il ne bat à la même cadence. Il est rapide, puis tout à coup paresse, et le souffle me manque. Et tu me parles de Martin le miséricordieux et de son dieu de bonté ?

Il rentre dans l'exèdre alors que la terrasse et le parc sont envahis par l'obscurité de la nuit.

31.

Antonius Galvinius frissonne.

Il aperçoit dans la pénombre de l'exèdre la silhouette de son père autour de laquelle vont et viennent des esclaves.

On apporte des lampes qui éclairent le salon.

Julius Galvinius est penché, les deux mains posées à plat sur sa poitrine, comme s'il voulait contenir les battements de son cœur.

Son fils a l'impression qu'il ne pourra plus jamais oublier les cahots de cette roue voilée qui tourne irrégulièrement entre les côtes du vieillard.

Il s'approche sur le seuil de l'exèdre. Son père l'observe. Éclairés par les flammes hésitantes des lampes déposées à l'intérieur de niches creusées dans le mur, derrière les lits, les traits de Julius sont affaissés, ses yeux ternes.

Où est le combattant rageur d'il y a quelques instants ?

Antonius est empoigné par la peur et l'angoisse. Elles lui serrent la gorge. Comme il préférait la voix et l'énergie du Diable à ce silence, à cette lasse résignation !

Il s'approche.

Il lui semble tout à coup que les yeux de Julius Galvinius se dérobent comme pour dissimuler la vérité. Cette apparente soumission ne serait-elle pas une nouvelle ruse du démon ?

— Martin, lâche Antonius, savait déjouer les pièges du Diable…

Son père paraît ne pas entendre. D'un geste de la main, il demande à une esclave de disposer les coussins, d'apporter une amphore de vin.

Antonius hésite. Il est à nouveau ému par les mouvements lents de son père qui s'assied puis s'allonge en geignant, les mains toujours posées sur sa poitrine.

Le jeune homme tire le tabouret placé devant la cheminée, le place près du lit, s'assied.

— Quels pièges ? murmure Julius Galvinius.

Il écarte les bras, ferme à demi les yeux.

— Raconte-moi ! ajoute-t-il.

Antonius hésite. D'un geste du bout des doigts, son père l'invite à parler.

— Il faut offrir sa vie aux autres, commence Antonius. Alors, on la sauve…

Le vieillard ferme les yeux, laisse aller sa tête sur sa poitrine.

— Martin…, commence Antonius.

Il fait nuit. L'humidité, retenue toute la journée par le soleil d'hiver, s'est répandue avec l'obscurité, imprégnant les pierres, et Martin glisse souvent sur le pavé des ruelles de Tours.

Il marche vite. Le bruit de ses pas est étouffé par le brouillard qui rampe sur le sol et le long des façades, masque les murailles du palais du comte Avitianus vers lequel il se dirige.

C'est une demeure entourée de fossés. On n'y accède que par un pont étroit fermé de chaînes. Les hauts murs crénelés dominent les toits des maisons de Tours comme pour affirmer le pouvoir du tyran Avitianus. Il règne et torture, tue à sa guise. Il pille, viole, soumet la vie de tous à sa fantaisie. On assure à mi-voix qu'il aime à boire du sang humain, qu'il se rend dans les caves de son palais pour y voir souffrir les prisonniers que ses bourreaux soumettent aux supplices. Il exige qu'on les égorge devant lui pour recueillir le sang tiède et sucré qui jaillit de leurs artères.

Nul n'ose s'approcher de son palais. Certains habitants de Tours ont même quitté la ville, tant ils le redoutent.

Martin, lui, s'avance seul par cette nuit glacée. On est venu à Marmoutier, au milieu de l'après-midi, lui dire qu'on avait vu passer dans les rues de Tours une colonne de captifs enchaînés. D'après les hommes d'Avitianus qui les entouraient, le comte avait décidé de les mettre à mort dès le lendemain matin.

— C'est une bête féroce, avait répété le messager à Martin. Ces prisonniers ne sont que des paysans qu'il a capturés comme s'il s'agissait de gibier, mais ils sont aussi innocents que des lièvres, et il va les écorcher de ses propres mains, pour leur sang et pour leur peau ! Car on dit qu'il fait tanner la peau des humains, qu'il trouve plus fine et plus souple que celle des porcs ! Dieu laissera-t-il faire ce barbare ?

Martin s'est mis en route, et le voici maintenant devant le pont qui conduit au palais des funèbres supplices. Les portes en sont fermées. La nuit est une enceinte massive qui protège cette forteresse sanglante.

Mais il doit sauver ces prisonniers entassés dans les souterrains du palais.

Martin s'agenouille.

Il faut prier pour que le comte Avitianus sente la peur entrer en lui malgré les défenses de son palais. Il faut qu'il sache que le regard de Dieu perce tous les obstacles. Il faut que l'angoisse du châtiment le réveille, qu'il vienne lui-même ouvrir les portes et s'incline devant la puissance de Dieu.

Et, s'il vient à lever son glaive, que le Seigneur décide !

Antonius Galvinius s'interrompt et répète :

— Il faut offrir sa vie pour la sauver.

Julius Galvinius ne bouge toujours pas. A-t-il d'ailleurs entendu ?

Son fils se penche. La respiration du vieillard s'est faite plus hésitante. Antonius a l'impression qu'entre les lèvres blanches de son père, à peine entrouvertes, ne passe qu'un mince souffle éraillé de temps à autre par une faible quinte, comme si le vieillard, les narines pincées, ne pouvait plus inspirer, seulement se vider de son air, de sa vie.

— Je prie pour toi comme Martin a prié pour Avitianus, murmure Antonius.

Il ajoute que le comte s'est réveillé à plusieurs

reprises au cours de cette nuit-là. Il a cru chaque fois entendre une voix lui répéter qu'un homme, envoyé d'un puissant seigneur, était à sa porte, attendant d'être reçu. Avitianus a appelé ses domestiques afin qu'ils vérifient. Mais ceux-ci n'ont pas distingué, dans l'obscurité, la silhouette prosternée de Martin. À la fin, harcelé par ses rêves, Avitianus est allé lui-même ouvrir la porte et a reconnu l'évêque de Tours.

Julius Galvinius se redresse en prenant appui sur ses coudes.

— Et le buveur de sang, le tyran, la bête féroce n'a pas tranché la tête de Martin ? Au contraire, n'est-ce pas ? Il a rendu les armes, imploré le pardon de l'évêque et de son seigneur Jésus-Christ. Il a juré qu'il serait juste et bon à l'avenir, parce qu'il craignait la colère céleste ! Et qu'il avait peur d'être foudroyé, consumé par elle !

Il soupire et c'est comme si la pression qui s'exerçait sur sa poitrine se relâchait. Il se met à respirer plus régulièrement.

— Le comte a donc libéré les prisonniers et il a fui la cité de Tours !

Il tourne un peu la tête vers son fils, mais sans prendre la peine d'ouvrir les yeux.

— Raconte-moi cela, Antonius, murmure-t-il d'une voix suave, pour que ma nuit continue d'être bercée par tes rêves !

Mais Julius Galvinius porte tout à coup ses mains à sa poitrine, il laisse aller sa tête sur les coussins. Son visage paraît alors plus émacié, son cou encore plus décharné.

32.

Antonius Galvinius se rejette si vivement en arrière qu'il renverse le tabouret sur lequel il était assis. Il sent sur sa poitrine les mains paternelles qui le repoussent cependant que le vieillard se lève du lit.

— Tu me croyais mort, hurle-t-il, mais je suis bien vivant ! Ce n'est pas ton dieu qui me fait vivre, mais la rage et la volonté de combattre les mensonges de ta secte !

Antonius gémit en même temps qu'il tombe lourdement sur le sol. Ses coudes heurtent les dalles et il a l'impression que tout son corps est fêlé, fragmenté. Il voit Julius se dresser au-dessus de lui, le visage empourpré, le souffle rauque. C'est un animal furieux. Le Diable lui a rendu sa force.

Le jeune homme s'astreint à ne pas bouger tandis que son père éructe, penché sur lui :

— Tu crois que seule la prière a suffi à désarmer la bête féroce, ce comte Avitianus ? Je t'ai laissé dire…

Julius Galvinius s'éloigne de quelques pas, puis s'en revient vers Antonius, toujours assis à même le sol.

— Entre ton moine-évêque, ton saint homme et le tyran, il y avait un pacte, une alliance !

Le vieillard secoue la tête et hausse nerveusement les épaules.

— Le Diable est pour vous aussi un allié commode. Le jour où vous voulez combattre un homme, vous dites qu'il est possédé par le Diable. Et quand vous décidez qu'il faut signer la paix, vous prétendez que vous avez chassé le Diable et que l'homme en question veut redevenir votre frère. Ainsi Martin a-t-il agi avec Brictio le corrompu puis avec Avitianus le buveur de sang humain.

Julius Galvinius s'accroupit près de son fils. Il lui indique que Martin avait déjà rendu plusieurs visites au comte, qu'il avait béni des flacons d'huile que lui envoyait à cette fin l'épouse d'Avitianus.

— L'une de ses épouses…, précise-t-il en ricanant.

Et Martin, poursuit-il, prétendait ainsi chasser les démons du palais funèbre. Aux effets de cette huile il ajoutait ceux de son souffle. Et quand le comte s'étonnait : « Pourquoi donc, saint homme, pourquoi me traiter ainsi, me souffler en plein visage ? », Martin répondait qu'il ne s'en prenait qu'au Diable.

— Sais-tu ce qu'il a alors déclaré à Avitianus ? interroge le vieillard en se redressant et en s'éloignant de quelques pas. Il a dit : « Ce n'est pas toi que je vise, c'est l'infâme qui pèse sur tes épaules. Et je l'ai chassé ! » Habile, commode ! Avitianus devient ainsi un allié dont on peut utiliser les hommes d'armes pour persécuter, pourchasser tous ces païens qui refusent encore – et ils sont innombrables – de croire en ton seigneur Jésus-Christ !

Julius Galvinius a le corps secoué de brusques mouvements spasmodiques comme si, en lui, un démon s'agitait, avait hâte de proférer ses injures, d'accabler Antonius qui n'a ni bougé ni cillé.

— Martin va dans les campagnes à dos d'âne ou à pied, mais suivi par sa cohorte de moines et de soldats, oui, de soldats, même si Sulpice Sévère raconte – et tu le crois… – qu'il s'agit d'anges revêtus de l'armure !

Il lève les bras au ciel.

— Des anges ? Fables, farces, mensonges ! crie-t-il.

Il parle de plus en plus fort, de plus en plus vite. Parfois, ses mots se chevauchent, et le vieillard bredouille.

— Martin pourchasse tous ceux qui entendent rester fidèles à leurs croyances. Il n'est pas une source ou un arbre sacrés, un pin dédié à Cybèle, un sanctuaire voué au culte de Mithra, une tour surmontée de la statue d'un de nos dieux – ce que les gens de ta secte appellent une idole –, il n'est pas une tombe rappelant le souvenir d'un prêtre païen qu'il ne veuille souiller ou détruire. Il ordonne qu'on abatte les temples païens, qu'on y mette le feu, si nécessaire, et quand les païens résistent, le menacent d'une hache ou d'un couteau, les anges – Julius Galvinius ricane –, les fameux anges le protègent, culbutent le païen et lui arrachent son arme ! Ces anges, Antonius, ce sont des soldats, les sbires du sanglant barbare Avitianus, son allié, puisque le Diable a été expulsé de son corps par Martin ! Après quoi, sur les ruines des temples et des sanctuaires qu'il a détruits, il a beau jeu de bâtir des églises, il peut créer ces nouvelles paroisses à Amboise et à Candes, à Tournon et à Cinan, à Langeais et à Saunay, et bien d'autres encore dans les environs de Tours, et même dans l'ensemble de la Gaule. Un grand missionnaire, Martin, mais un missionnaire armé qui fait entrer la foi dans les têtes des païens en les menaçant du glaive. Et en frappant, s'il le faut !

Antonius bondit.

— C'est le Diable qui parle par ta bouche ! lance-t-il. La seule arme de Martin était la prière. Il était soldat du Christ, et c'est le Seigneur Jésus-Christ qui le protégeait, qui repoussait les assassins quand ils se ruaient sur lui. C'est Dieu qui écartait l'arbre sacré qui était censé l'écraser. C'est le Très-Haut qui déchaînait les orages pour abattre la tour païenne que les hommes se refusaient à détruire. Le Diable ment, et tu colportes ses mensonges ! Prends garde : il t'abandonnera. Ton corps sera flétri et tu deviendras poussière…

Julius Galvinius s'approche et Antonius imagine tout à coup que son père peut en venir à le frapper, peut-être même à le tuer, tant ses yeux expriment de violence. Mais le vieillard détourne la tête et regarde du côté de la terrasse. L'aube commence à poindre. Il va jusqu'au seuil, écarte les bras, s'appuie aux montants de la porte.

— Et si c'était ton corps et ta voix que le Diable, *ton* Diable, avait choisi de posséder ? dit-il à son fils. Si c'étaient ceux de ta secte, et *ton* Martin lui-même, qui étaient ses dupes ou ses complices ?

Julius Galvinius fait à nouveau face à son fils.

— Car ton dieu aime les hommes, dis-tu, jusque dans leurs faiblesses. Mais comment peut-il alors condamner sans indulgence ceux qui, par ignorance, croient en d'autres dieux et que vous persécutez ? Comment peut-il accepter que les chrétiens soient devenus les prêtres d'une religion alliée aux puissants, pareille à celle qui divinisait l'empereur Néron ? Ce n'est assurément plus au nom des mêmes dieux qu'on opprime et qu'on tue, mais le glaive des soldats est toujours au service des prêtres, même s'ils ne vénèrent plus Jupiter ou César, mais Jésus-Christ !

— Jésus-Christ est mort comme un esclave, murmure Antonius. Il a voulu que les plus humbles des humains, la prostituée comme le voleur, soient aimés et respectés.

Le rire paternel emplit la pièce.

— Respectés ? lance-t-il. Alors pourquoi ne pas laisser les païens adorer leurs idoles ? Pourquoi ces gredins aux robes noires que sont les moines – c'est Libanius, un honorable rhéteur, qui les surnomme ainsi – courent-ils sus aux sanctuaires avec des gourdins, des pierres, des barres de fer ? Ils détruisent les temples : toits effondrés, murs sapés, statues abattues, autels renversés. Mais ils ne frappent pas que les édifices !

Julius Galvinius repousse son fils avec violence et poursuit :

— Aux païens, à leurs prêtres, ils disaient : il faut se taire ou mourir. Et ces gredins noirs sillonnent les campagnes comme une meute de prédateurs. Une fois renversé le premier temple, ils courent au deuxième, puis au troisième. Ils convertissent sous la menace, ils baptisent même en plein champ. Ton Martin est le plus enragé de tous. C'est à lui que moines et soldats emboîtent le pas.

D'une nouvelle poussée, il force Antonius à s'asseoir sur le lit.

— Voilà donc qui est ton saint homme : un possédé du Diable !

— Tu blasphèmes ! s'insurge Antonius d'une voix désespérée. Que Dieu te pardonne !

Et il fait le signe de croix.

Sixième partie

33.

Antonius Galvinius s'assoit à même la terre battue dans sa chambre aux murs nus. Il replie ses jambes contre sa poitrine, les serre entre ses bras, pose son front sur ses genoux.

Il voudrait n'être qu'une boule aussi insaisissable qu'insensible, l'une de ces limaces grises qui se ramassent et s'enroulent sur elles-mêmes jusqu'à se confondre avec les grumeaux de la terre, petites billes dures qui n'offrent plus aucune prise.

Il frappe son front contre ses genoux saillants.

Il faudrait aussi qu'il oublie, qu'il soit devenu sourd.

Mais les blasphèmes de Julius Galvinius sont autant d'épines ou de pointes de flèches enfoncées profond dans sa chair.

Il a l'impression que tout son bas-ventre est endolori, qu'on lui broie le sexe, qu'une plaie s'ouvre là et saigne, et qu'avec tout ce sang qui s'écoule – il lui semble bien sentir le long de ses cuisses couler un liquide chaud –, c'est sa foi qui le quitte.

Il a peur. Peut-être Julius Galvinius a-t-il réussi à l'empoisonner, à répandre le doute en lui?

Est-il possible que le Diable soit victorieux ?

Le jeune homme redresse la tête. Il entend la voix paternelle. Il serre plus fort les jambes, ressent une douleur plus intense, non exempte de plaisir.

Il voudrait disparaître, que chaque partie de son corps absorbe sa voisine et qu'il ne soit bientôt plus rien qu'un misérable tas de cendres.

Mais la voix de Julius Galvinius, si proche, le pénètre.

Le vieillard doit se tenir au milieu de la cour des esclaves. Il vient choisir de jeunes vierges. Il lance des sarcasmes et s'esclaffe. Il dit qu'il est un vieux bouc, que son sexe est roide et brûlant comme un glaive rougi ! Qu'il a fécondé tant de femmes qu'avec ses bâtards il pourrait constituer une légion ! Il n'est pas de ces hommes qui choisissent de prier un dieu châtré, ni mâle ni femelle, parce qu'ils n'ont en eux aucun désir de vie !

Lui qui honore Dionysos et Aphrodite est pareil à leur fils Priape.

— Allons, approchez-vous, agenouillez-vous, venez honorer mon glaive ! Soulevez vos voiles, montrez vos seins, ouvrez toutes vos bouches !

Lorsque sa voix s'efface, ce sont celles des femmes qu'Antonius perçoit. Elles rient, chantent. Elles doivent danser, lascives, autour du vieillard lubrique.

C'est le Diable qui mène cette sarabande !

Prier, s'agenouiller, s'allonger sur le sol, bras en croix, ouvrir la bouche pour que la boue y pénètre.

Antonius écrase son visage contre le sol de terre battue, y enfonce ses lèvres, y agrippe ses doigts pour s'empêcher de se lever d'un bond, d'ouvrir la porte, de s'enfuir en courant, loin de cette villa, afin de ne plus jamais entendre la voix paternelle.

Il se souvient de ce défi lancé par le démon à Martin : «Où que tu ailles et quoi que tu tentes, tu trouveras le Diable devant toi.»

Prier.

Celui qui doute est brûlé ; celui qui prie sera sauvé.

Un jour d'hiver, Martin est accueilli dans une église de son évêché. Les clercs lui préparent un gîte, déploient une paillasse épaisse et moelleuse sur les dalles, et, parce que le froid est vif, activent le feu sous le pavement afin que la chaleur monte du caldarium jusqu'à cette sacristie où Martin repose.

Mais celui-ci a rejeté la paillasse afin de dormir sur la pierre dure. Et, brusquement, le feu l'entoure. Les brins de paille s'embrasent et crépitent. À travers le pavement minci, les flammes gagnent toute la sacristie.

Martin se réveille en sursaut. La peur le saisit. Oui, lui aussi, Martin, succombe à la peur. Il se précipite contre la porte comme s'il n'était pas le soldat du Christ, celui dont le destin dépend de la volonté du Seigneur. Il tente d'ouvrir. Les flammes s'avancent. Il s'affole. Il ne réussit pas à ouvrir. Il frappe des poings contre le bois, appelle à l'aide, supplie qu'on défonce la porte.

Tout à coup, il entend sa propre voix demander

secours aux hommes. Il doute donc de Dieu. Il a oublié que la foi et la prière sont ses seules alliées.

Il prie, se prosterne au milieu des flammes. Alors le feu recule, dessine un cercle de flammes autour de Martin, ménageant autour de lui un espace épargné, celui de la vie.

Quand les clercs forcent la porte, le brasier est si ardent qu'ils sont persuadés de retrouver le cadavre calciné de Martin.

Ils déblaient les poutres noircies, se fraient un passage dans la sacristie où le feu continue de brûler. Et ils découvrent Martin agenouillé, les flammes dansant autour de lui comme des loups apprivoisés.

Antonius Galvinius se lève, la bouche remplie de terre.

Il doit arracher de son corps les épines et les pointes de flèches qui y ont fiché mensonges et blasphèmes.

Martin n'a pas converti les païens par la force, comme le prétendent les démons qui parlent par la voix de Julius Galvinius.

Martin a accompli des miracles. Et c'est parce qu'ils ont écouté sa sainte prédication que les païens sont venus à lui et ont demandé le baptême. Ils l'ont vu vaincre le Diable tentateur, dissimulateur, toujours aux aguets.

Antonius s'essuie les lèvres du revers de la main, recrache la terre.

Lui aussi doit aller défier le Diable, déjouer ses pièges et proclamer la vérité.

34.

Antonius Galvinius s'avance dans la cour boueuse, entre les bâtiments réservés aux esclaves.

Il marche à pas lents, hésitants. Il a l'impression de s'engager sur un pont branlant lancé au-dessus d'un gouffre. Il chancelle, craint de tomber. Les façades des bâtiments, les silhouettes des esclaves, des chiens et des porcs qui piétinent la boue mêlée d'excréments se voilent, comme enveloppées d'un brouillard gris.

Il titube, s'arrête. Il se raidit pour ne pas basculer dans cette glu noirâtre. Il a envie de vomir comme si les quelques grains de raisin qu'il a tenté d'avaler avant de quitter sa chambre revenaient emplir sa bouche d'un suc aigre.

Il voit tout à coup bondir vers lui deux molosses dont les yeux brillent dans un pelage noir.

Ce sont les démons.

Il fait un signe de croix à l'instant où des voix et des rires envahissent la cour.

Les deux chiens s'arrêtent à quelques pas, pattes tendues, gueules levées.

Antonius a le sentiment que sa poitrine va se fendre et éclater comme une outre trop pleine.

Il tourne la tête. Adossées au rebord de la vasque de pierre grise qui occupe le centre de la cour, de jeunes esclaves l'observent et le dévisagent en riant avec impudeur. Elles se cambrent, leurs larges hanches appuyées à la pierre, leurs seins gonflant leur tunique ; les cheveux dénoués de certaines cachent une partie de leur visage, d'autres laissent voir leur nuque, leur cou. Leurs cuisses fortes et leurs pieds nus, leurs chevilles fines sont maculés de boue.

Elles se moquent du fils de Julius Galvinius. Elles attendent qu'il trébuche.

Il lui semble qu'elles se dissimulent derrière un voile de plus en plus épais, opaque. Mais leurs rires continuent de parvenir jusqu'à lui.

Le Diable se cache derrière elles. Il est leur corps, leur voix, leurs sarcasmes.

Antonius tend le bras, pointe son index vers ces formes qui se dérobent. Il crie qu'il ne craint pas les démons, mais marche vers eux armé du signe de la croix, portant le bouclier de la prière.

Il fait un pas vers le bassin, vers les esclaves dont les rires le blessent. Il sent que ses jambes se dérobent, que le sol s'ouvre sous ses pieds. Ce vide l'attire. C'est une grotte au fond de laquelle il bascule. Martin l'y appelle, Martin l'y attend. Antonius s'y précipite.

La voix est résolue. Elle dit :

— Méfie-toi de tes rêves. Le Diable s'y dissimule. Tu ne te méfieras jamais assez. Il te semblera que les dieux païens auxquels tu as cru – Jupiter, Mercure, Vénus ou Minerve – viennent à toi. Tu imagineras qu'ils ont perdu de leur puissance, puisque tu as toi-même choisi le baptême et que tu crois en Notre-Seigneur Jésus-Christ. Tu te trompes : c'est le Diable qui a pris leur visage, qui s'est glissé dans leur corps, qui les a fait renaître. Si tu ne détruis pas ces idoles, si tu ne convertis pas tous les païens à ta foi, tu auras perdu ton combat contre le Diable. Une goutte de venin, un seul païen suffisent à empoisonner non seulement le corps entier d'un homme, mais celui d'un peuple.

« Le Diable ne renoncera jamais. Il se penchera sur toi, sa chevelure sera celle d'une femme. Elle te caressera la poitrine, la pointe de ses seins effleurera chaque parcelle de ton corps. Tu en éprouveras du plaisir.

« Fuis !

« Fuis tout ce qui t'attire. Les hanches de cette femme, ses cuisses qui enferment les tiennes.

« Mais détourne-toi aussi du vin, de la viande.

« Et renonce à la pensée subtile, au raisonnement grec.

« Crois. Laisse-toi guider par la foi. C'est elle seule, et non la logique athénienne, qui te permettra de séparer le vrai du faux.

« Méfie-toi des faux prophètes. Certains, des moines, des clercs, parfois, prétendent qu'ils parlent à Dieu. Ils vont s'avancer vers toi vêtus d'une tunique blanche de laine moelleuse dont ils disent qu'elle leur a été donnée par le Seigneur. Mais c'est le Diable qui les en a revêtus. Fais le signe de croix et ils t'apparaîtront tout à coup dans leur nudité, le Diable les ayant abandonnés !

« Ne te laisse pas attirer par la puissance, l'éclat étincelant des armures, le pouvoir de l'empereur.

« Celui qui a choisi de porter un diadème de pierres précieuses, des brodequins dorés, celui-là ne peut être le Christ, même s'il dit : "Martin, je suis ton Seigneur, reconnais celui que tu vois."

« Réponds-lui que Jésus porte l'habit d'un esclave, que son corps arbore les marques de la Croix, qu'il n'a jamais revêtu la pourpre ni ceint le diadème impérial. C'est le Diable qui aime les oripeaux de la puissance !

« Si tu te laisses abuser par tes désirs, par ta pensée, par tes rêves, alors le Diable l'emportera. Il sera le venin du serpent qui se répand dans le corps et le paralyse. Il sera la corne du bœuf attelé qui tout à coup se débat et tue d'un mouvement de tête le charretier qui le conduisait à Marmoutier. Alors le Diable triomphera.

« Il m'a dit : "Où est ton pouvoir, Martin ? Je viens de tuer l'un des tiens." Et tu t'étonneras douloureusement du silence du Seigneur. Tu auras la tentation de te rebeller contre Sa décision de laisser le Diable l'emporter. Tu pleureras la mort de ce paysan encorné.

« Mais il te faudra renoncer à comprendre, et croire plus encore, abandonner ta prétention à prévoir et à juger les choix du Seigneur.

« Tu prieras. Tu mesureras la profondeur du mystère de la foi.

« Tu te soumettras. Car le Diable est aussi ton orgueil, ta croyance en la force de ta pensée.

« Sois humble et confiant dans le Christ et son mystère. Alors le Diable sera vaincu et tu pourras lui dire : "Si toi-même, misérable, tu renonçais à poursuivre les hommes et que tu te repentes de tes méfaits, je te promettrais pour ma part miséricorde avec une confiance sincère dans le Seigneur Jésus-Christ." »

Antonius Galvinius rouvre les yeux. Des femmes sont penchées sur lui. Leurs longues mèches le frôlent.

Il ne veut pas les voir.

Il veut, comme Martin, déjouer les pièges du Diable, que celui-ci apparaisse sous les masques de Jupiter ou de l'empereur, les apparences d'une corne de bœuf ou des appas féminins.

Il se retourne, replonge sa bouche dans la boue.

Des chiens s'approchent et le flairent.

35.

Allongé, bras en croix, dans la fange nauséabonde de la cour aux esclaves, Antonius Galvinius ne bouge pas.

Il sent que cette boue imprègne peu à peu et durcit la laine rêche de sa tunique qui lui râpe la peau comme une carapace rugueuse.

Il veut que de cette irritation douloureuse naisse en lui le calme du cœur et des sens.

Il veut que du dégoût qu'il éprouve à enfoncer ses lèvres dans cette terre noire semée de brins de paille, aux répugnants relents d'excréments de chiens, de porcs et d'humains, surgisse une joie nouvelle.

Il souffre, s'humilie. Il offre sa soumission au Seigneur. Il est en paix.

Peut-être Dieu lui accordera-t-Il Son aide pour lutter contre les tentations du Diable ? Peut-être lui donnera-t-Il la force de faire entendre la juste parole aux païens et au premier chef à son père, Julius Galvinius ?

Peut-être, puisqu'il accepte que cette boue enveloppe et pénètre son propre corps, Dieu lui permettrat-t-Il de chasser les démons du corps et de la maison de son géniteur ?

Antonius entend au-dessus de lui des chuchotements. Bientôt, on lui parle à l'oreille. C'est une voix de femme. Elle demande si on doit l'aider à se redresser, s'il souffre.

Il secoue faiblement la tête et, dans ce mouvement, la boue noirâtre s'insinue entre ses lèvres, glisse dans sa bouche.

Il suffoque.

Il remue la tête avec d'autant plus de détermination.

Qu'on ne le touche pas ! Qu'on le laisse communier par la souffrance et l'humilité avec le Seigneur Jésus !

Qu'on le laisse imiter Martin !

Martin porte un pallium noir de laine aux poils aussi raides que des épines. Sous ce manteau, il ceint ses reins d'un cilice qu'il serre si fort que sa peau saigne.

Lorsque Tetradius, un proconsul de Gaule, lui demande de chasser le démon qui s'est emparé d'un esclave, Martin s'allonge sur les cailloux acérés du chemin.

Tetradius se penche. Il décrit l'esclave possédé qui se tord de douleur, menace ceux qui l'approchent, détruit le mobilier, brise les amphores, hurle si fort que la foule assemblée a supplié Tetradius d'aller chercher du secours auprès du moine-évêque, du faiseur de miracles, du guérisseur : Martin de Tours qui a déjà exorcisé tant de malheureux, ressuscité des morts, commandé aux serpents, aux chiens et aux vaches, et qui a eu le courage de fourrer son poing dans la bouche d'un enragé !

Martin ne répond pas. Tetradius s'agenouille près de lui, l'implore. Toute sa maisonnée, explique-t-il, tout le voisinage sont paralysés par la peur de cet homme-démon, plus furieux qu'un chien errant et dont les yeux flamboient comme ceux d'un loup.

Martin se tourne. Il murmure qu'il ne peut se rendre dans la maison d'un incroyant, d'un païen.

— Et tu l'es, Tetradius, tu vénères César et Jupiter, tu honores les idoles, tu sacrifies des animaux à leur gloire. Comment peux-tu croire que je peux en appeler à Dieu et trouver ainsi la force de chasser le démon d'une telle demeure ?

Martin écrase à nouveau son visage contre les pierres du chemin.

Tetradius promet de se faire chrétien si son esclave recouvre la paix, si le démon est exorcisé et si la tranquillité règne à nouveau sur le domaine.

Martin se redresse. Les pierres ont imprimé des marques sur son visage. Elles se sont enfoncées dans la laine du pallium.

— Je vais chez toi, dit-il à Tetradius.

La demeure de Tetradius est entourée d'un parc planté d'arbres. Mais certains d'entre eux sont mutilés, leurs branches cassées. Une tornade s'est abattue sur le domaine en même temps que le démon entrait dans le corps de l'esclave. La foudre a frappé à plusieurs reprises. Le vent a arraché des tuiles, renversé les grandes jarres.

C'est le souffle du Diable dont une partie est restée

enfermée dans le corps du possédé, aux aguets, prête à se remettre en mouvement.

On l'entend qui hurle, martèle les portes de ses poings, précipite des objets sur le sol où ils se fracassent.

Martin s'avance seul vers les bâtiments dont les murs semblent trembler, tant la voix du possédé gagne en puissance.

Martin marche, bras tendus.

Tout à coup, une porte s'ouvre et l'esclave, hirsute, à demi nu, apparaît, gesticulant et criant. Il s'immobilise sitôt qu'il aperçoit Martin. Celui-ci continue de s'approcher, lui saisit la tête, la serre contre lui, la marque du signe de la croix.

L'homme aussitôt se calme, cache son visage entre ses mains, s'agenouille aux pieds de Martin, baisse le front.

Martin lui caresse les cheveux, achève de l'apaiser, puis se tourne vers Tetradius.

— Reçois-moi dans ta foi ! déclare celui-ci.

Et les esclaves de Tetradius, ses régisseurs le rejoignent. Eux aussi veulent devenir catéchumènes afin de pouvoir être baptisés. Ils vont, disent-ils, briser les idoles qu'ils adoraient, détruire le sanctuaire élevé à la gloire de Mithra dans ce bâtiment-là.

Ils montrent une construction circulaire dominée par la statue de l'idole.

Martin fait le signe de croix.

— Allez, leur dit-il.

Accompagnés de Tetradius, les esclaves courent vers le sanctuaire et, à grands coups de barres de fer et de gourdins, commencent à le démolir.

Ainsi, de proche en proche, va régner Dieu sur la Gaule.

Martin reprend la route de Marmoutier. Il prie. Ses moines l'accompagnent et leur murmure forme comme une mélopée qui précède, enveloppe, suit leur cortège.

Ils marchent quel que soit le temps. Ils vont d'un sanctuaire païen à l'autre pour exiger qu'on le détruise et qu'on bâtisse avec ses pierres une nouvelle église. Si les païens s'y refusent et opposent parfois de la résistance, menaçant Martin d'une hache ou d'un couteau, alors il se couche sur le sol, se couvre de cendres, et, bras en croix, attend un signe du Seigneur.

Parfois vient l'orage qui ploie les arbres, fait tomber les fruits, ébranle les murs des maisons du domaine ; ou c'est la grêle qui martèle le sol, déchire les feuilles de la vigne, arrache les grains des grappes, ne laissant subsister que le squelette des ceps.

Les païens s'approchent de Martin, toujours couché, immobile sur la terre gorgée d'eau, la tête recouverte de cendres.

On le supplie.

S'il est le missionnaire de ce nouveau Dieu qu'on appelle Jésus-Christ, s'il est en Son nom faiseur de miracles, alors qu'il arrête la grêle, qu'il sauve ce qui reste des récoltes !

Le préfet Auspicius, qui possède les plus grands domaines de la région, vient lui aussi supplier Martin afin qu'il intercède auprès de son dieu, qu'il lui dise que tous – lui, Auspicius, mais aussi ses esclaves et tous ceux qui vivent des récoltes – entreront dans la nouvelle religion si la grêle cesse de hacher menu le vignoble, les vergers et les blés.

Martin demande qu'on le laisse seul sous la cendre et les grêlons.

Il prie.

Et le ciel s'ouvre sur le bleu d'un temps redevenu tout à coup clément.

Grâces soient rendues au Seigneur !

Et que les nouveaux catéchumènes qui se sont agenouillés reçoivent le baptême !

Martin les accueille.

Dieu veut qu'il soit celui qui évangélise la Gaule.

Il poursuit son chemin, vêtu comme un mendiant, marchant avec une telle hâte que les moines aux robes noires souvent durcies par la sueur ne peuvent le suivre et s'égaillent loin derrière lui.

Martin est donc seul quand il voit venir à sa rencontre, sur le chemin, un chariot chargé d'hommes en armes : c'est la milice qui lève l'impôt pour le compte d'Avitianus. En croisant Martin, les mules attelées au chariot font un écart, les traits s'emmêlent, le chariot verse, les miliciens sautent à terre, entourent ce mendiant qui ne baisse pas les yeux, bien qu'il soit responsable, avec son accoutrement noir, de l'accident survenu à l'attelage. Ils se jettent sur lui, le frappent à coups redoublés de fouet et de bâton, s'acharnent contre lui qui, malgré le sang qui jaillit, paraît indifférent, offre même son échine à ses bourreaux. Ceux-ci

245

le jettent à terre, continuent de le battre, ne cessent qu'à partir du moment où le chariot a été redressé.

Les moines sont enfin arrivés. Ils entourent Martin qui semble inanimé. Ils l'emportent, l'étendent sur un talus, à distance du chariot.

Les hommes d'armes s'apprêtent cependant à repartir. Mais les mules s'obstinent, refusent d'avancer d'un seul pas malgré le fouet, les cris, comme si elles étaient paralysées par une force mystérieuse et obéissaient à un invisible maître plus puissant que les miliciens qui les frappent.

Les soldats s'interrogent. L'un d'eux désigne Martin : serait-il possible que cet homme soit capable d'un tel sortilège ?

Ils interrogent les moines qui livrent l'identité du mendiant qui gît encore, couvert de sang.

Les hommes de la milice s'agenouillent, se couvrent la tête de poussière, se lamentent, implorent le pardon de l'évêque Martin, demandent la permission de quitter les lieux. Que Martin lève son interdit, que les bêtes acceptent de tirer le chariot !

— Allez, dit Martin en se redressant.

Et les mules de se remettre en route.

Martin le faiseur de miracles ! Martin soldat du Christ ! Martin évangélisateur de la Gaule !

Qui doute encore ?

Certains disent avoir été éblouis, à l'église, par une lumière resplendissante qui entourait la tête de Martin.

Le préfet Arborius assure qu'un jour, alors que Martin détruisait pierre après pierre un sanctuaire païen, il a vu la main du moine-évêque comme revêtue des plus belles pierres précieuses. Sa main elle-même rayonnait d'un éclat pourpre, et, à chacun de ses gestes, on entendait le bruit des gemmes qui s'entrechoquaient.

Pourtant, aucune bague n'ornait ses doigts. Dieu voulait seulement indiquer par là qu'elle était une main sainte accomplissant la juste besogne.

Chacun veut la toucher. On se précipite, on entoure Martin. Il fuit la foule, se réfugie dans une église.

Des femmes lancent des cris aigus ; certaines se roulent à terre tant leur désir de voir Martin les exalte.

Elles sont les vierges sacrées de cette église.

Le Diable s'est-il glissé en elles ?

Elles forcent la porte de la sacristie où Martin a passé la nuit. Elles le cherchent. Elles se précipitent pour arracher des brins de paille à la couche où il a dormi.

Certaines s'agenouillent et lèchent les endroits où Martin est censé avoir posé la plante de ses pieds et appuyé son corps.

36.

Antonius a l'impression que chaque muscle de son corps se raidit. Sa peau se tend. Il se cambre comme pour accompagner le mouvement de son sexe qui se dresse.

On dirait qu'on lui caresse l'intérieur des cuisses, qu'on lui masse les jambes, qu'une langue douce et légère se glisse sous ses aisselles, lui lèche la poitrine et le ventre. Peu à peu, il sent son corps s'abandonner, l'ivresse le gagner, le plaisir le faire frissonner ; il rejette la tête en arrière, sa bouche s'ouvre et il respire plus vite ; il halète.

Qui le touche ainsi ?

Il devrait ouvrir les yeux, mais c'est comme si ses paupières étaient collées l'une à l'autre et refusaient de s'écarter pour prolonger ces instants, permettre à cette langue de le lécher encore.

Où se trouve-t-il ?

Il n'est plus couché le visage dans la boue.

Il songe à nouveau à ces vierges qui, dans la sacristie, ont léché les sièges, la couche, les dalles, tous les emplacements, tous les objets que Martin avait frôlés.

On le lèche.

Où est-il ?

Allongé sur le dos, son corps est tout entier enveloppé d'une tiédeur moite.

Tu dois savoir ! Que Dieu te donne la force de résister au plaisir !

Il rouvre les yeux.

Il aperçoit des silhouettes de femmes penchées sur lui. Lorsqu'elles s'écartent, c'est pour disparaître dans la buée grise de la salle des thermes qu'il reconnaît à présent.

Il regarde autour de lui. On l'a étendu, nu, sur une grande étoffe imprégnée d'eau chaude. Des femmes le lavent, passant sur son corps des tissus humides imbibés de parfum.

Il s'assied, couvrant ses jambes et son ventre des pans de l'étoffe.

Le rire des femmes accompagne son brusque mouvement. On dirait des verres qui s'entrechoquent et tintent.

Elles expliquent qu'elles l'ont porté jusqu'ici parce qu'il avait perdu connaissance dans la cour et qu'elles n'ont fait qu'obtempérer aux ordres de Julius Galvinius qui voulait qu'on lave et parfume son fils.

Elles ont obéi.

Elles rient tandis qu'Antonius Galvinius se lève et fuit.

Il aperçoit son père allongé sur un lit, au milieu de la terrasse.

Le soleil de fin de matinée effleure l'endroit de sa douceur automnale. Le ciel est lavé. Sur l'horizon d'un bleu si pâle qu'il en paraît blanchi, les cyprès dessinent une frise sombre aux contours précis.

Antonius Galvinius serre contre lui la tunique dont il s'est revêtu en quittant les thermes. Il s'immobilise devant le vieillard.

Il voudrait s'indigner : celui-ci a disposé de son corps, a voulu le tenter, le corrompre, l'affaiblir, le livrer aux mains de ces femmes perverties, l'abandonner à leurs caresses et ainsi le compromettre.

Mais pourquoi reprocher au Diable ce qu'il est ? Il faut seulement lui résister, le combattre et le vaincre.

— Je suis là, se borne à marmonner Antonius.

Il n'a pas cédé. Il s'est agrippé aux bords de l'abîme. Il est resté fidèle à son baptême, à sa foi.

Julius Galvinius se redresse. Son visage est apaisé, comme rajeuni. Il sourit.

— Tu paraissais mort, enfoncé dans cette boue, le nez dans cette fiente ; est-ce ainsi que tu respectes le corps que t'a donné ton dieu ? Tu le mêles aux immondices ? Il ne vaut donc pas plus cher que cela ?

Le vieillard se lève, marche jusqu'à la balustrade, désigne d'un ample mouvement du bras le paysage jusqu'à l'horizon.

— Le monde est assurément beau. Mais il n'y a rien de plus précieux ni de plus extraordinaire au monde que le corps d'un homme ou d'une femme.

Il rit et se tourne à demi vers son fils.

— Tu semblais mort, mais tu parlais. Je ne pouvais décemment pas te laisser pourrir au milieu des chiens, des gorets et des esclaves.

Il s'approche d'Antonius et secoue la tête.

— Tu parlais, répète-t-il. Tu racontais que des femmes, des vierges sacrées s'étaient agenouillées pour lécher les meubles, les murs, les dalles, tous les emplacements effleurés par les pieds, les fesses, les mains de Martin.

Il brandit le poing, serre les lèvres.

— Des femmes que la foi en leur dieu, le tien, avait donc transformées en truies, en chiennes ! grince-t-il d'une voix méprisante.

Il retourne s'appuyer à la balustrade, contemple à nouveau l'horizon.

— Si j'étais ce dieu-là, ou l'un de ses prêtres, je me couvrirais comme toi le visage de boue, mais pour d'autres raisons : pour cacher ma honte ! Que le corps de jeunes femmes, plus soyeux qu'une source d'eau pure, soit ainsi traité, qu'elles se ravalent au rang des bêtes léchant la terre…

Il s'interrompt et s'esclaffe tout à coup :

— Qu'elles lèchent mon corps, oui ! Mais la paille, mais le bois, mais la pierre : voilà qui est indigne d'une femme !

Il fait face à Antonius.

— Parmi les divinités de notre panthéon, nous vénérions les épouses et les filles de nos dieux grecs ou romains, Vénus, Junon et les autres. Voilà comme il faut honorer les femmes ! Encore faut-il vouloir faire jaillir d'elles le plaisir, boire le désir à leurs lèvres.

Il hoche la tête.

— Mais que sais-tu de tout cela ?

Il sourit.

— Pourtant, quand les jeunes esclaves ont commencé à te laver et à te caresser, il m'a semblé que tu tressaillais. Tu t'obstinais à garder les yeux fermés, mais pour ne pas savoir ce qui t'arrivait de si agréable. Tu faisais le mort pour mieux goûter la vie !

37.

Le jeune homme baisse la tête. Il humecte ses lèvres du bout de sa langue. Il a soif. Il entend le murmure du vin coulant de l'amphore dans la coupe que tient Julius Galvinius.

— Bois ! l'exhorte ce dernier.

Antonius recule d'un pas.

— Le vin est frais, reprend le vieillard. C'est le vin nouveau. Il pétille comme le plaisir !

Il présente la coupe à son fils.

— Tes lèvres sont sèches. Ta bouche appelle le vin. Je le vois, mais tu refuses ! Pourquoi ? Ce sont les dieux qui ont créé la vigne ! Je te l'ai déjà dit : Bacchus ou Christ, peu importe ! Le vin est tiré de la terre comme le sang du corps !

Il fait claquer sa langue, boit, emplit à nouveau la coupe. Il rit et se moque. Sa voix est comme un bourdonnement de guêpe au milieu des grappes mûres. Elle volette autour du visage d'Antonius, va enfoncer son dard.

Antonius Galvinius lève la main comme pour la chasser, se protéger. Peut-être va-t-elle lui piquer la paupière, et restera-t-il aveugle ou borgne ? Peut-être se posera-t-elle sur sa nuque et le poison se répandra-t-il dans tout son corps, le laissant paralysé ? Peut-être, pis encore, se glissera-t-elle dans sa bouche et déposera-t-elle son poison au fond de sa gorge, pour l'étouffer ?

Il faut écarter l'insecte, faire taire cette voix.

— Tu parles toujours de plaisir, dit Antonius Galvinius, la main levée devant le visage de Julius Galvinius comme pour endiguer sa réponse. Mais Dieu, reprend-il, parce qu'Il aime l'homme, parce qu'Il ne veut pas le réduire à un peu de chair si vite pantelante, inerte, morte, décomposée, lui permet de connaître la joie et l'amour. C'est ainsi que l'homme se sauve et que Dieu peut alors guérir les maux de son corps. Car la chair sans l'esprit n'est que boue. Et celui qui ne recherche que le plaisir est déjà recouvert de terre comme un cadavre.

— Tu l'étais ! s'écrie Julius Galvinius. Mais tu t'es redressé quand les esclaves t'ont caressé, lavé, léché. Et tu frémissais de plaisir !

Antonius secoue la tête : il ne veut pas entendre cette voix aiguë qui répand le poison.

— Dieu seul sauve ! Et Martin, en Son nom, guérit ceux qui sont fidèles à Sa foi, ceux qui sont prêts à la reconnaître.

— Bois ! lui lance le vieillard.

Il tente encore de le piquer avec ses sarcasmes.

— Laisse-moi plutôt te raconter comment Martin chasse le poison ! riposte Antonius.

Il lui faut parler sans relâche pour contraindre son père à se taire.

Martin regarde le corps de l'esclave qu'on vient de poser à ses pieds. L'homme est jeune, ses membres sont tordus comme des branches. Il a le ventre gonflé, sa peau est partout tendue. Chevilles et poignets ressemblent aux nœuds d'un tronc d'arbre, tant ils sont déformés. C'est le venin d'un serpent – mais ce pourrait être celui d'un essaim de guêpes vindicatives comme les mots de Julius Galvinius – qui s'est déjà répandu et a paralysé, enflé, convulsionné ce corps.

Martin se penche, puis s'agenouille. Il prie tout en laissant glisser sa main sur la poitrine et les membres de l'homme paralysé. Il suit les veines qui sont les nervures de ce corps. Tout à coup, il s'arrête : Martin sent sous ses doigts le petit renflement durci, percé en son centre d'un point noir, comme le cratère d'un minuscule volcan. C'est là que le serpent a mordu. C'est par là que le venin s'est introduit. Alors Martin se baisse, commence à presser ce corps sous ses doigts, entre ses paumes, à le masser comme s'il voulait que de ses extrémités tout le poison qui s'y est infiltré reflue et sorte.

Il appuie de toutes ses forces. Ses doigts vont des épaules jusqu'à cette blessure proche du genou, à mi-cuisse. Peu à peu, il semble que le corps se détende. Un liquide d'abord noirâtre, puis rouge sombre s'écoule par la blessure, de plus en plus abondant, de plus en plus vif. C'est comme si le minuscule cratère vomissait le poison, ou bien comme si Martin était un berger pressant la mamelle d'une brebis.

Les membres de l'homme empoisonné reprennent leur forme initiale et recouvrent leur souplesse. Poignets et chevilles, ventre et cou se dégonflent. À côté de l'homme, une flaque de sang s'est élargie.

Martin se redresse. Peu après, en prenant appui sur ses mains, l'homme se soulève, regarde autour de lui.

La foule qui les entoure crie que personne sous le ciel ne saurait égaler Martin.

— Voilà, conclut Antonius.

Le rire paternel comme un essaim de guêpes le harcèle. Acérés, les mots « guérisseur » et « sorcier » le dardent, entrecoupés de sarcasmes et de ricanements dédaigneux.

Martin, objecte Julius Galvinius, ne soignerait qu'à la manière de tous ceux qui connaissent les secrets de la science d'Orient. On a dû lui en enseigner les rudiments dans la cavalerie impériale. S'il ajoute à ces pratiques des prières à son dieu, c'est pour mieux attirer à lui ceux qu'il guérit, des êtres que n'importe quel prêtre de n'importe quelle religion aurait pu soigner aussi bien.

— Mais les chrétiens sont passés maîtres dans l'art de la parole et de la fable ! admet le vieillard.

— Fable ? s'écrie Antonius Galvinius.

Il s'indigne, agite les mains autour de son visage, écarte les mots du vieillard.

— Regarde, réplique-t-il. Voici la fille d'Arborius, l'un des anciens préfets de la Gaule…

Cet homme est un fidèle de Martin. Souvent, il

vient se recueillir à Marmoutier. Sa fille est couchée sur le flanc comme une biche qu'une flèche a frappée. Elle geint, en sueur, le corps parcouru de tremblements, si brûlante qu'Arborius peut à peine laisser sa main sur son front. Que peut un père contre cette fièvre qui terrasse son enfant ? Pleurer, prier ? Arborius se souvient qu'il possède une lettre de Martin. Il la glisse sur la poitrine de la jeune fille, puis s'agenouille et recommence à prier. Il invoque le Seigneur, demande à Martin d'agir à distance, lui, l'homme des miracles.

La nuit passe. À l'aube, la jeune fille est saisie de vomissements. Arborius s'affole : peut-être va-t-elle mourir ? Mais voici que, peu à peu, le corps de son enfant devient plus frais, qu'elle s'apaise et dort au rythme d'une respiration régulière, paisible.

— Ne rendrais-tu pas grâces à Martin ? demande Antonius à son propre père.

Julius hausse les épaules : quel homme doué de raison établirait une relation entre cette lettre et la chute de la fièvre, la guérison de la fille d'Arborius ? Le plus humble des Grecs, le plus simple des bergers n'aurait pas cru à pareille supercherie ! Mais les chrétiens ne pensent pas : ils imaginent ! ils rêvent ! Ce sont des barbares de l'esprit ! Faut-il s'étonner que les vrais barbares soient prompts à se convertir à leurs croyances plutôt qu'à celles des Grecs ou des Romains ? Une religion bonne pour les Wisigoths et les Germains ! Pas pour les Gaulois !

— Les Gaulois, riposte Antonius, sollicitent le baptême parce qu'ils découvrent les pouvoirs de Martin qui va à eux comme un pauvre, vêtu de laine rêche, mais qu'on suit comme l'homme des miracles.

Lorsque Martin arrive à Lutèce, escorté par une foule de païens qui écoutent ses prières mais hésitent encore, il voit, accroupi à l'une des portes de la ville, un homme au visage rongé par la lèpre. Sa bouche n'est plus qu'un trou, ses joues ne sont que plaies vives.

Martin s'avance ; la foule autour de lui reflue tant elle craint la proximité du lépreux.

Il se penche, embrasse le malheureux à deux reprises dans le silence de la foule à la fois fascinée et apeurée.

Une nuit passe en prières. Le lendemain, voici le lépreux qui passe ses mains sur ses joues lisses, ses plaies cicatrisées. Il se précipite aux pieds de Martin, lui rend grâces, et la foule acclame, prie, réclame le baptême.

Certains veulent toucher l'évêque de Tours, arracher des fils de son manteau ou de son cilice pour les nouer autour de leur doigt, de leur cou, afin que ces reliques chassent les démons de la maladie.

— J'ai vu tant de barbares, réplique Julius Galvinius, tant de Gaulois encore fidèles à leurs druides porter des amulettes, raconter tant de miracles accomplis par les vertus de ces objets, que je t'écoute, Antonius, comme auraient pu le faire Euclide ou Pythagore assis sur la colline du Parthénon. Pourquoi veux-tu que je pense comme un barbare ? Pourquoi veux-tu que j'attribue quelque pouvoir miraculeux à un fil de laine arraché au cilice de Martin, et que j'appelle idolâtrie la croyance de celui qui vénère un morceau de granit, ou une branche d'arbre, ou les vertus miraculeuses d'une source ?

— Tu as des yeux, et tu ne sais pas voir, répond Antonius. Écoute au moins Paulin de Nola dont tu connais le savoir et la richesse, puisqu'il séjourne en Narbonnaise : sais-tu qu'un jour son œil gauche s'est obscurci comme si un voile noir couvrait sa pupille ? Il était alors à Vienne, en route pour l'Italie. Il apprend que Martin, venant de Tours, parcourant les chemins afin de prêcher partout la vraie foi et renverser les idoles, est de passage dans cette ville. Paulin se présente à lui. Il est, dit-il, un proche de Sulpice Sévère que Martin a reçu. Il montre son œil presque clos. Martin s'approche, examine l'œil, puis, avec un pinceau, le touche à plusieurs reprises, et le voile noir se déchire. Et Paulin tombe à genoux.

— Les Égyptiens savaient déjà rendre la vue ! objecte Julius Galvinius. Et Oribase…

Antonius l'interrompt :

— Écoute aussi ce père qui parle de sa fille à Martin : « Ma fille se meurt d'une terrible maladie, et ce qui est plus cruel que la mort même, elle ne vit plus que par le souffle ; sa chair est déjà presque morte. Je te demande d'aller la bénir, car j'ai foi que, par ton intercession, elle sera rendue à la santé… » Crois-tu que Martin soit sûr de lui, à l'instar d'un de ces sorciers que tu évoques ? Il doute, au contraire. Il ne croit pas que le Seigneur veuille à nouveau se servir de lui pour manifester Sa puissance. Martin n'est qu'un homme et il sait que Dieu seul décide. Il écoute les supplications du père et des évêques qui, ce jour-là, l'entourent et l'exhortent à tenter de sauver la mourante…

« Martin entre dans la chambre. Il se prosterne devant le corps souffrant. Il sent la douleur l'envahir comme si elle était sienne, comme si elle s'échappait d'un corps pour venir se nicher dans l'autre. Puis il se relève, examine la jeune fille, réclame un flacon d'huile, qu'il bénit. Il desserre les mâchoires de cette malheureuse et, de sa paume gauche, lui soulève la nuque, puis l'oblige à boire cette huile désormais sacrée. Aussitôt la jeune fille crie alors qu'elle avait perdu depuis longtemps l'usage de la parole. Peu à peu, comme si le breuvage sacré se répandait en elle, elle se lève, commence à marcher, plus vive à chaque pas.

« Que dis-tu de cette autre guérison ? questionne Antonius.

— L'huile, l'huile ! ricane et répète Julius Galvinius. Le remède des Grecs et des Romains, et, avant eux, des Égyptiens.

— Et que dis-tu de cette femme qui perdait son sang, laissant derrière elle une traînée rouge, et que Martin guérit en quelques mots ? Et que dis-tu de cette mère qui s'en vint, entourée d'une foule de païens, dans le pays des Carnutes, non loin de Chartres, à la rencontre de Martin ? Elle porte son enfant mort, le présente à Martin, couché sur ses bras tendus… Elle dit : "Nous savons que tu es un ami de Dieu. Rends-moi mon fils, car c'est mon enfant unique." La foule crie, reprend les propos de la mère.

« Martin regarde ces païens rassemblés. Ils espèrent. Si Dieu lui donne la force de sauver l'enfant, alors cette multitude proclamera que le Christ est Dieu. Mais il faut réussir, arracher l'enfant aux griffes de la mort. Il faut prier avec une force et une conviction telles qu'on a l'impression que tout, à l'intérieur de soi, se consume.

«Martin prend l'enfant des bras de la mère. Il le presse contre lui, s'agenouille et prie. Il sent le petit corps tressaillir. Il le tend à sa mère qui ouvre les bras, car voici que l'enfant bouge les jambes, veut marcher, se diriger vers la foule qui l'acclame et se prosterne devant Martin.

«Il faut que tous s'avancent à la file afin que Martin les bénisse, leur impose les mains, les marque du signe de la croix. Ils sont ainsi catéchumènes. Demain, ils seront baptisés.»

— L'enfant n'était pas mort! décrète Julius Galvinius. Les rhéteurs chrétiens sont maîtres en inventions!

— La mort est incroyance, réplique Antonius. La vie est foi!

Septième partie

38.

Julius Galvinius lève le bras. Sa main lui paraît lourde ; il a l'impression qu'un bracelet de plomb lui ceint le poignet. Il baisse la tête comme s'il pouvait ainsi, par une sorte de mouvement contraire, faciliter celui de son bras. Mais une douleur glisse des doigts jusqu'au coude, gagne l'épaule, le paralyse, s'insinue à la base de la nuque, pénètre dans l'oreille. C'est comme le sifflement d'une flèche. Un instant, la voix de son fils est couverte par ce son aigu, brûlant. Julius ferme les yeux, laisse retomber son bras. Il entend à nouveau Antonius.

Il quitte l'exèdre, marche lentement vers la terrasse. C'est la fin du jour. Le ciel au-dessus des cyprès est d'un gris teinté de rouge. La nuit s'avance, poussée par une brise humide aux senteurs mêlées de fruits mûrs et d'océan.

Le vieillard se tourne, regarde son fils sortir à son tour de l'exèdre et s'approcher.

L'expression d'Antonius l'accable. Il arbore ce sourire qui semble ne jamais devoir s'effacer ; et ce regard fixe, brillant, que ni les choses ni les êtres ne paraissent pouvoir arrêter, comme tourné vers l'intérieur et ne livrant que son reflet. Et il y a cette voix pressante et joyeuse, impérieuse et pourtant douce, qui recommence sans fin le récit des guérisons, des miracles accomplis par Martin, et ponctue chacun d'eux par une supplication :

— Il faut croire, père ! Dieu te sauve ! Dieu seul te donnera la vie éternelle !

Julius veut une nouvelle fois lever le bras afin qu'Antonius se taise. Mais il peut à peine bouger la main. Son épaule est par trop douleureuse.

Il serre les mâchoires, se mord les lèvres.

Il a le sentiment que tous ses os, ceux des chevilles et des genoux, ceux des poignets et des coudes, ceux des deux épaules sont broyés. Et il lui faut écouter son fils pérorer sur ces corps rendus à la vie, sur l'agilité restituée aux paralysés, sur la peau neuve qui efface les plaies des lépreux, sur la parole qui emplit la bouche des muets !

— Je sais déjà tout cela, tu me l'as dit et redit, murmure-t-il.

Antonius se penche.

— Martin savait, persiste-t-il, que Dieu lui avait accordé une parcelle de Sa puissance, mais qu'en échange il devait Le servir, ne jamais se laisser corrompre, garder une âme candide, ardente, fervente, passionnée, fidèle, inflexible mais ingénue. Mener une vie sévère sans les atours du pouvoir et de la gloire. Ni les lits profonds des évêques à la crosse dorée, ni leurs coupes remplies de vin, ni leurs vêtements brodés, ni leurs doigts chargés de bagues, mais la paille jetée à même le sol, mais l'eau des sources, et les haillons pour cacher le corps, et les mains nues de la pauvreté. Alors, en récompense, Dieu lui a permis de ressusciter les morts par trois fois, et de rendre à la lumière l'œil mort de Paulin…

Julius Galvinius soupire. Il voudrait s'éloigner, mais il lui semble qu'il peut à peine traîner les pieds sur les grandes dalles carrées de la terrasse.

— Tu m'as déjà raconté tout cela, reprend-il en essayant de hausser les épaules.

Mais cette simple tentative lui brûle la nuque. Il s'immobilise.

— Paulin de Nola, l'ami de Sulpice Sévère ? ricane-t-il. Paulin qui abandonne tous ses biens, mais conserve suffisamment de pouvoir pour devenir évêque de Nola, pour vivre lui aussi dans le luxe, comme Sulpice, comme tous ces nobles d'Aquitaine et de Gaule, d'Illyricum ou d'Italie, d'Espagne ou d'Afrique, tout en exaltant l'ascétisme des moines, ces ermites qui croupissent dans leurs trous à rats des falaises ou en plein désert…

Julius a l'impression que son corps se dénoue peu à peu, comme si la colère qui monte en lui lui rendait force et souplesse. Il ferme les poings, lève les bras à hauteur du visage de son fils.

— Tu ne connais rien aux hommes ! lui dit-il. Tu habilles de mensonges et de fables, comme font les gens de ta secte, des actes et des faits qui ne trouvent pas leur origine dans la volonté de ton dieu ou la sainteté d'un évêque, se nommerait-il Martin, mais dans les passions des hommes, leurs désirs, leurs jalousies, leur insatiable appétit d'or et de pouvoir. Tu devrais au demeurant savoir tout cela, mais qu'as-tu fait de ce que t'ont enseigné les maîtres que j'ai nourris, ici, pour t'enseigner les écrits de Platon et d'Aristote, ceux d'Épicure et d'Épictète, de Sénèque, de Diogène et de Caton, de Suétone et de Plutarque ?

Tout à coup, le vieillard a le sentiment que sa voix s'enroue et s'affaiblit, que les mots restent bloqués dans sa gorge. Il dévisage son fils. Toujours ce même sourire, ce même regard…

Pourquoi faut-il que l'homme qui porte votre nom, dans les veines de qui coule votre sang, que vous avez entouré de soins, comme on le fait d'un arbre fruitier ou d'un rosier, soit devenu cet étranger qui ne comprend même plus la langue de son père ?

Julius Galvinius se laisse tomber plus qu'il ne s'assied sur le banc de pierre placé contre la façade.

— Tu ne connais pas les raisons d'agir des hommes, murmure-t-il. Tu fuis la vérité, tu parles comme si tu étais en proie à l'ivresse.

Il soupire.

— Moi, je vais te parler des hommes ! Je vais te faire respirer leurs excréments ! Après seulement tu pourras invoquer ton dieu et me conter les miracles de Martin de Tours. Mais, au préalable, approche tes chrétiennes narines de la merde !

39.

Julius Galvinius est penché en avant, les avant-bras posés sur ses cuisses. Les pans de sa tunique blanche cachent ses mains et ses jambes. Sa nuque et le bas de son visage sont eux-mêmes dissimulés par le col du vêtement. Les pieds nus, serrés par les lanières des sandales, apparaissent seuls entre les plis de l'étoffe.

Julius parle d'une voix sourde, sans paraître se soucier de savoir si son fils l'écoute. Mais, chaque fois qu'il prononce le nom de Priscillien, il s'interrompt quelques instants, puis le répète comme pour qu'Antonius ne l'oublie pas.

— Priscillien, reprend-il, voilà l'homme dont je veux te parler, et je suis curieux d'entendre ton commentaire sur son destin et celui de ses proches. C'était un homme qui connaissait tous les livres écrits à Athènes comme à Rome, Carthage ou Byzance. Il les avait médités. Et il avait choisi ta religion, celle de Christos : voilà qui doit te plaire ! Il vivait en Espagne. Tu sais cela ?

Le vieillard n'attend pas la réponse, ne lève pas la tête, il crache et poursuit :

— Mais que tu le saches importe peu. Tu ne dois connaître de Priscillien que ce qui te convient, ce que

les évêques qui l'ont fait juger et exécuter par les bourreaux de l'empereur Maxime ont pu dire de lui. Leurs
mots exhalent l'odeur de merde de leurs ressentiments,
de leur jalousie, de leurs peurs. Ils craignaient celui qui
était devenu évêque d'Avila. Ils le maudissaient. Priscillien, vois-tu, était de ces hommes rares qui accordent
leur mode de vie à leurs propos. Il vivait de quelques
herbes et de fruits, d'un peu de grain, d'un peu d'eau.
Il déclarait qu'il voulait appliquer à la lettre les com-
mandements de ton dieu. Plus d'esclaves ! Plus de vêtements de soie, de surplis tissés de fils d'or ! La pierre
pour matelas ; le froid, l'hiver, pour seul compagnon,
et la soif en été. Et c'était pourtant un noble espagnol
qui possédait titres et biens. Un homme comme tu dis
les aimer. Mais il allait bien plus loin que ton évêque
de Tours…

Julius Galvinius grimace, se redresse, toussote et
reprend :

— Ton Martin est un faux pauvre, c'est quelqu'un
qui aime la puissance, le recours à la force. Il suffit
d'écouter le récit de ces conversions de païens telles
que tu les racontes. Martin croit qu'il détient la seule
vérité. Il n'est pas humble. Priscillien, lui, l'était. En
veux-tu une preuve ? Il autorisait les simples baptisés
de ta religion, qu'ils soient hommes ou femmes, à prêcher ! Comment veux-tu que les consuls, les préfets,
les empereurs de ton Église aient accepté cela : un
homme qui les dépossédait de leur pouvoir, qui n'aimait ni l'or ni l'autorité, qui vivait dans le vrai dénue-
ment, et qui, par sa vie exemplaire, attirait à lui chaque
jour plus de disciples ?

Julius Galvinius se lève, va s'accouder à la balustrade, puis se tourne vers son fils qu'il regarde lon-guement. Le bas de son visage est déformé par une moue qui exprime à la fois lassitude et commisération.

— Tu vas encore m'expliquer, reprend-il d'une voix excédée, que Priscillien ne respectait pas les règles de la vraie foi. Tu vas encore me parler du Père, du Fils et du Saint-Esprit…

Il hausse les épaules et esquisse une grimace de mépris.

— Simplement, tu ne veux pas renifler la merde ! Tu ne veux pas connaître les vraies raisons des ennemis de Priscillien, parce qu'elles émanent d'évêques, comme Hydace de Mérida ou Ithace d'Ossonoba, ou encore de Maxime, l'empereur très catholique en son palais de Trèves, l'ennemi irréductible des hérésies, celui qui traque les ariens au nom de ta trinité.

Julius Galvinius se penche vers son fils.

— Du parfum versé sur de la merde, comme le men-songe couvrant la vérité ! Veux-tu que je te dévoile ce qu'il en est ?

Il va se rasseoir sur le banc, croise les bras, la tête calée contre le mur de la villa, les yeux clos.

— L'empereur Maxime, les évêques ? Maxime, je l'ai connu alors qu'il n'était que le général de l'armée de Bretagne. Un homme avide qui jetait en permanence autour de lui des regards de haine. Mais un comédien roué, capable de te donner l'accolade, et, en te serrant contre lui, de t'enfoncer son glaive entre les omoplates. Chrétien, certes, parce qu'il pouvait ainsi obtenir l'ap-pui de ton Église, de tes évêques. Quant à ceux-là, Hydace, Ithace : des bouches, des ventres, ne songeant qu'à se remplir de vin et de viande, qu'à se gaver d'or et de pouvoir. Et, naturellement, quand les soldats de l'armée de Bretagne proclament leur général empereur, ils s'allient à lui, célébrant en Maxime le grand Auguste catholique, le nouveau Constantin !

Julius Galvinius se redresse.

— Ton Constantin, le premier des empereurs chrétiens ? Un assassin, oui, tout comme Maxime, qui fait tuer Gratien, son rival. Au nom de la juste foi, diras-tu ?

Le vieillard ricane.

— Mensonges ! reprend-il d'une voix sifflante. Gratien est un arien, prétendent Maxime et les évêques. Un hérétique, donc, à l'instar de ce naïf Priscillien qui s'en remet à l'empereur catholique pour obtenir justice. Pauvre aveugle que ton dieu n'éclaire pas ! Et pourtant, Priscillien les a vus, ces évêques courtisans, réunis en concile à Bordeaux, réclamer sa mise en jugement, sa mort, et faire lapider une pauvre femme, Urbica, une malheureuse qui croyait sans doute que l'amour était au cœur de la foi chrétienne. A-t-elle changé d'avis quand les pierres tranchantes sont entrées dans sa chair, lui ont brisé les membres et le crâne, crevé les yeux ? Pourtant, Priscillien s'est rendu à Trèves, confiant, l'esprit rempli de ses songes, de sa foi, imaginant qu'il allait être jugé par un empereur équitable, qui reconnaîtrait en lui un croyant sincère, un évêque à la vie austère…

Julius Galvinius se lève, regagne l'exèdre, dit qu'il a soif de vin nouveau, puis ressort sur la terrasse en tenant une coupe d'argent ciselé.

— Trèves : le palais de l'empereur, une forteresse…, murmure-t-il. Je connais ces salles. J'y ai vu les courtisans vautrés dans une humilité complaisante, n'ouvrant la bouche que pour flatter, puis pour se gaver de vin du Rhin et de viande saignante. Maxime, sur son trône d'or, surveillait ces animaux voraces agenouillés autour de lui, comme eût fait un dresseur. Ton Martin a participé à ces banquets…

Il arrête d'un geste de la main Antonius qui veut protester, objecter que jamais Martin n'a été un courtisan, qu'il s'est opposé à Maxime, qu'il lui a prédit la défaite et la mort – et Dieu, comme l'avait annoncé son évêque, a châtié l'empereur, et c'est Valentinien qui lui a succédé.

— Plus tard, plus tard…, réfute Julius Galvinius. Tu me feras sentir tes mensonges tout à l'heure. Moi, je te parle des excréments dans lesquels Martin a pataugé, comme les autres évêques, à la cour de Maxime. Et, pendant ce temps-là, on jugeait Priscillien, on le suspendait par les chevilles à des crocs de fer, on brûlait son corps au fer rouge.

— Martin n'était pas à Trèves ! s'écrie Antonius. C'est mensonge que de l'accuser !

Son père secoue la tête.

— Tu ne sais rien ! Martin s'est assis face à Maxime, il a accepté la coupe remplie que lui tendait cet assassin, cet usurpateur de l'empereur Gratien !

Il s'esclaffe :

— Mais, après tout, Maxime n'était-il pas un bon chrétien, et Priscillien un méchant hérétique ? Écoute-moi, fils : seuls les actes comptent. Tout le reste n'est que songeries, bavardages, hypocrisie, mensonge, parfum de rose destiné à couvrir l'odeur de merde de la corruption et du crime ! Mais j'ai l'odorat fin. Et je sais que ton Martin de Tours, celui que tu présentes comme un évêque inflexible et fidèle, l'homme saint dont tu vantes l'âme juste et la force de caractère, celui dont tu dis qu'il refusa toutes les compromissions avec les grands, et dont tu exaltes le courage, a communié avec ces évêques, Ithace, Hydace, les plus corrompus, les plus avides, ceux qui, pour conserver leur pouvoir, ont, comme des conjurés, fait torturer et décapiter Priscillien, l'accusant d'hérésie, et souhaité que l'empereur Maxime fasse poursuivre et égorger tous ceux qui l'avaient suivi. Faire couler le sang des innocents, est-ce là façon de baptiser ?

— Mensonge ! suffoque à nouveau Antonius.

— J'ai l'odorat fin et la mémoire longue…, murmure Julius Galvinius.

40.

Antonius Galvinius entrecroise ses doigts, porte ses mains à sa bouche comme pour s'interdire de parler d'une voix trop forte, de crier encore comme il l'a fait lorsqu'il a tenté d'interrompre son père. Il veut s'obliger au contraire à maîtriser son indignation et sa douleur.

Il se penche vers le vieillard qui s'est allongé sur le lit situé au fond de l'exèdre. Julius Galvinius, les yeux clos, semble somnoler, mais, de temps à autre, il lève la main gauche et une esclave s'approche, à laquelle, d'un geste, il commande de remplir sa coupe. Il boit en se soulevant un peu, le corps appuyé sur son coude droit.

— Rien ne s'est passé comme tu l'as dit, père, murmure Antonius.

Il s'évertue à parler d'une voix pondérée, à montrer un visage apaisé, comme celui du Christ lorsqu'on le cloue sur la croix ; il veille à ce que la douleur ne déforme pas ses traits, même si l'on peut deviner celle qu'il endure, même si écouter les mensonges de Julius Galvinius a été pour lui une vraie torture, chaque mot paraissant martelé pour s'enfoncer dans ses paumes, ses chevilles, son flanc.

Pourquoi mentir ainsi ? Pourquoi vouloir à tout prix souiller la mémoire de Martin ? Julius Galvinius et tant d'autres, sans doute, païens ou hérétiques, craignent-ils à ce point l'exemple qu'offre la destinée de l'évêque de Tours ? Ce sont les mêmes qui nient la divinité du Christ, les mêmes qui se refusent à croire en la sainte Trinité, qui suivent la doctrine d'Arius et s'emploient de la sorte à dévoyer les croyants.

Antonius serre ses mains dont les jointures blanchissent. Il doit rétablir la vérité, rappeler le courage de Martin, dire ce qui fut réellement, ne pas laisser se répandre la parole mensongère, les funestes calomnies du Diable, ne pas permettre que se rééditent les jugements qui ont condamné le Christ.

Il faut croire à la résurrection de la vérité.

Le jeune homme sent que sa voix vibre. Il a l'impression qu'il doit bander toutes ses forces pour soulever la dalle de ce tombeau où Julius Galvinius a voulu enfouir la vraie vie de Martin de Tours.

— À Trèves, dans le palais de l'empereur Maxime, reprend-il, les évêques avaient oublié leurs devoirs. Tu l'as dit, père, ils n'étaient que des bouches et des ventres. Ils tendaient la main au souverain. Ils l'approuvaient en toutes choses, et lui, Maxime, qui savait comment on comble les âmes faibles, les couvrait de dons et d'or et de gloire, les flattait en les conviant à ses banquets dans la grand-salle. Mais tous les témoins ont vu Martin refuser de se mêler à la foule des courtisans, et tous s'écartaient d'ailleurs de lui comme s'il avait été un lépreux, un mendiant avec ses cheveux longs, sa barbe hirsute, ses haillons, ses pieds nus. Ils se moquaient de lui et cependant le craignaient parce que les fidèles se rassemblaient autour de lui, l'apôtre qui osait dire, jusque dans le palais de Maxime, qu'il ne partagerait pas la table de celui qui avait ôté la vie d'un empereur et usurpé la légitime souveraineté d'un autre. Le peuple murmurait que Martin rappelait par là que Maxime ne devait son pouvoir impérial qu'à l'assassinat de Gratien et à l'exil de Valentinien.

Antonius Galvinius dénoue ses mains, écarte les bras.

— Voilà ce que disait Martin à Trèves, dans le palais de Maxime. Tels étaient sa vertu et son courage.

Il s'interrompt. Son père a rouvert les yeux et secoue la tête. Son visage exprime cette commisération méprisante, cette morgue tempérée de pitié qui dessine autour de sa bouche deux rides profondes.

— Il s'est vautré sur les tapis de la salle à manger de l'empereur Maxime, autour des plats, comme les autres ! réplique-t-il. À quoi servent les paroles et les attitudes vertueuses si, à la fin, on tend la main comme les plus corrompus ?

Julius Galvinius se redresse.

— J'ai connu, dit-il, tant de soldats qui, avant la bataille, caracolaient en faisant tournoyer leur glaive, et qui, quand les premiers javelots frappaient les boucliers et transperçaient les poitrines, tournaient bride et s'enfuyaient au galop !

Il ricane et résume :

— Martin est un de ces soldats-là : brave loin de l'ennemi, lâche quand celui-ci approche !

Antonius croise à nouveau les doigts comme pour prier. Il ne doit pas se laisser emporter par la colère, non plus que par cette souffrance, cet étonnement douloureux devant l'incompréhension paternelle envers l'attitude de Martin. Est-ce encore le Diable qui rend le vieillard aveugle et sourd ?

— Rien ne s'est passé comme tu le dis, père, répète-t-il. Chaque jour, l'empereur Maxime, au lieu de s'indigner des propos de Martin, fait pénitence, proclame devant tous ses courtisans qu'il révère en l'évêque l'homme saint qui incarne la Gaule catholique, le plus résolu des défenseurs de la juste foi contre l'hérésie arienne et contre celle de Priscillien. Il dit qu'il faut suivre l'exemple de Martin. Il se frappe la poitrine, expliquant qu'il n'a pas voulu être empereur, mais que les soldats l'ont élevé à cette dignité en dépit de son refus. N'est-ce pas d'ailleurs ainsi que Martin a lui aussi été élu évêque de Tours ? Et puis, il y a l'impératrice qui s'agenouille devant Martin, le prie d'accepter de partager les plats qu'elle a préparés elle-même, à l'instar d'une servante. Que Martin regarde le tapis qu'elle a étendu sur un siège bas où il pourra s'allonger aux côtés de quelques invités – non pas les évêques chamarrés, non pas les courtisans et les solliciteurs, mais Evodius, préfet du prétoire de Gaule, mais Marcellin, frère de Maxime, et un oncle de ce dernier – pour un dîner entre proches au cours duquel il pourra convaincre l'empereur de ne rien entreprendre contre Priscillien, mais écouter aussi le point de vue de Maxime. Un homme juste comme Martin peut-il refuser d'entendre un homme qu'il accuse ? Peut-il ne pas prêter l'oreille à un monarque qui fait preuve d'autant d'humilité ? Et qui acceptera peut-être, l'ayant lui-même écouté, de ne pas brandir le glaive, de ne pas trancher le cou d'un homme d'Église comme Priscillien ? Martin peut-il ignorer cette chance qui lui est donnée d'empêcher le pouvoir impérial de se substituer à celui de l'Église ? Car l'empereur n'a pas à juger un évêque !

Julius Galvinius n'a pas cillé. A-t-il même entendu ? Il faut poursuivre :

— Martin accepte donc de dîner avec Maxime. L'impératrice lui montre sa place, le siège bas aux côtés de celui de Maxime. Il est l'hôte d'honneur. Mais il n'a pas voulu se rendre seul à ce dîner, exigeant que l'un de ses prêtres l'accompagne et soit ainsi témoin de la réception. Celui-ci pourra rapporter ce que Martin a dit, comment il s'est comporté alors même qu'on l'entoure de prévenances, que l'impératrice lui lave les mains, lui présente les plats, et que Maxime en personne demande au serviteur de tendre d'abord la grande coupe d'or à l'évêque de Tours, et non à lui, l'empereur, comme l'exigerait le cérémonial. Martin s'empare de la coupe, l'effleure de ses lèvres. Tous les convives l'observent, attendent qu'il l'offre maintenant au souverain qui déjà avance la main pour s'en saisir. Quel signe ce serait que le saint homme, en geste d'absolution et de reconnaissance, présente à l'empereur cette coupe qu'il a sanctifiée de ses lèvres ! Martin ne s'y trompe pas. Mais qui oserait faire ce qu'il accomplit alors, défiant Maxime, tendant la coupe au prêtre qui l'accompagne, marquant ainsi que le plus humble des hommes d'Église, parce qu'il est soldat de Dieu, est supérieur au plus glorieux des hommes de pouvoir, fût-il empereur des Gaules !

Antonius guette le visage de son père, et le sourire qui peu à peu s'y dessine l'inquiète.

— L'empereur Maxime, reprend-il, a déclaré ce soir-là, tous les témoins l'attestent, que Priscillien ne serait pas jugé, qu'il aurait donc la vie sauve ; que le pouvoir impérial laisserait l'Église et ses évêques poursuivre l'hérésie ; que c'était à elle de sauver les âmes, de les convertir à la vraie foi, et non à lui, empereur chrétien prêt à lever le glaive pour la défendre, mais seulement si elle lui en faisait la demande. Martin a quitté Trèves pour Marmoutier dès le lendemain matin.

Julius Galvinius se lève d'un bond, arpente l'exèdre d'un pas vif, étonnant chez cet homme chenu qui donne parfois l'impression d'être paralysé par l'âge et la fatigue.

— Et le préfet du prétoire des Gaules, lance-t-il en se tournant vers Antonius, oui, le commensal de Martin à ce dîner, le préfet Evodius, le plus servile et le plus cruel des amis de Maxime, à peine Martin a-t-il quitté Trèves, ordonne, je te l'ai dit, qu'on soumette Priscillien à la torture ! Et le malheureux – mais qui pourrait le lui reprocher ? – avoue tout, reconnaît toutes les

280

fautes qu'on lui reproche : hérétique il l'est, sacrilège il en convient, perverti et corrompu sans aucun doute ! Il a présidé, avoue-t-il, des assemblées de femmes perdues, il s'est glissé entre leurs corps, les a léchées comme font les chiens, et sais-tu même ce qu'il déclare encore ? Qu'il a prié nu, comme un homme saisi par ce que vous appelez le démon !

Le père s'immobilise devant le fils, et, du tranchant de la main, fait mine de le décapiter.

— Et le bourreau a coupé d'un seul coup de glaive la tête de ce qui n'était déjà plus un corps d'homme, celui de Priscillien, mais un morceau de chair sanguinolente, pareil à un mouton écorché vif.

Julius Galvinius retourne maintenant d'un pas lent, en traînant les pieds, s'allonger sur le lit.

— Beau succès de Martin, n'est-ce pas ? lance-t-il en fermant les yeux. Pourquoi ton dieu n'a-t-il pas éclairé celui qui se prétend son soldat ? Pourquoi l'a-t-il laissé se compromettre avec Maxime et a-t-il permis qu'il soit ainsi berné par la cour de Trèves ?

Le vieillard rit silencieusement, montrant ses dents comme un fauve affaibli qui s'apprête encore à rugir et à mordre. Mais il se contente de murmurer :

— À moins que ton dieu n'ait voulu qu'on tue Priscillien ? Peut-être est-ce maintenant ce que tu vas prétendre ?

Il ferme les yeux. Il ne voit pas Antonius qui, d'un mouvement de dénégation, récuse ses propos.

— Dieu laisse les hommes libres, argumente le jeune homme. Et Martin sait qu'il est responsable de ses actes. C'est pourquoi il se tourmente et s'accuse, après avoir quitté Trèves, quand il apprend que le bourreau impérial a exécuté Priscillien. Il est rentré à Marmoutier. Il pourrait oublier, penser qu'il a fait ce qu'il devait, qu'il ne s'est pas laissé corrompre, mais est resté fidèle à ses engagements, qu'il n'a pas baissé la tête devant l'empereur pour obtenir de lui un peu plus de gloire et de pouvoir. Il pourrait se rengorger, même, dire qu'il a humilié Maxime en lui refusant, après avoir bu, la coupe qu'il attendait, et en la remettant à un humble prêtre. Mais il n'est pas de ces prélats imbus d'eux-mêmes. Il s'interroge : a-t-il agi comme il le devait ? Et il s'indigne lorsqu'il apprend que l'empereur a décidé d'envoyer en Espagne des tribuns pour traquer, arrêter, juger, condamner les disciples de Priscillien afin de les arracher à l'hérésie, alors que ce n'est là qu'un prétexte. On veut en fait s'emparer de leurs biens, et, entre le souverain et les évêques, ce n'est qu'une coalition d'intérêts : à l'un un surplus de richesses et de pouvoir, aux autres le soutien du glaive impérial pour étendre leur domination. Or et pouvoir : voilà ce qui scelle l'alliance du trône et de l'autel. La lutte pour la vraie foi et contre l'hérésie n'est pour eux qu'un alibi commode. On condamnera comme hérétiques ceux dont les biens susciteront l'avidité des tribuns ou des prélats. Martin le dit : « Va-t-on juger l'hérésie sur l'extérieur, sur la fortune des uns, la pâleur du visage ou le vêtement des autres, et non sur la foi ? » Il décide donc de retourner à Trèves, d'aller une nouvelle fois tenter de convaincre Maxime de renoncer à pourchasser les partisans de Priscillien. Il quitte Marmoutier, parcourt derechef ce long chemin à dos d'âne, jusqu'à Trèves, mais, quand il arrive devant la porte Noire et qu'il veut franchir le pont donnant accès à la cité impériale, les soldats de Maxime croisent leurs javelots, lui interdisent d'avancer. Ils ont reçu des ordres.

Antonius martèle d'une voix forte :

— Voilà qui est Martin, celui que tu accuses de compromission avec l'empereur ! Lui, l'évêque de Tours, traité comme un ennemi parce que Maxime le sait incorruptible. On peut le tromper, il n'est qu'un homme ; mais on ne saurait l'acheter.

— Et pourtant…, soupire Julius Galvinius.

Son fils se lève, s'écarte du lit, proteste d'une voix tremblante qu'il faut le laisser poursuivre, qu'après seulement son père pourra juger Martin, non sur des mensonges, mais à partir de la simple vérité.

D'un geste las, pour marquer son indifférence ou son accablement devant tant de naïveté, le vieillard invite Antonius à se rasseoir.

— Il faut d'abord parler du courage de Martin, reprend alors celui-ci. Les soldats pourraient l'arrêter, le traîner jusqu'à quelque fossé, l'égorger puis jeter son cadavre dans le fleuve. Il n'est qu'un homme seul, vêtu comme un mendiant. Il n'a pour arme que sa foi et donc la protection de Dieu. Il lui faut bien de l'audace pour se glisser nuitamment sur le pont, contourner les sentinelles, rentrer dans Trèves, s'allonger, bras en croix, devant les portes du palais royal, attirer ainsi la foule des fidèles, contraindre de cette manière l'empereur à le recevoir et à l'écouter…

Il dit qu'il vient en paix avec le Christ, qu'il est porteur de sa parole, que l'Église seule peut juger les hérétiques, et que si l'empereur est catholique, comme il le prétend, il doit se plier à cette loi. Autour de lui, les évêques impudents, avides, bavards, l'accablent. N'est-il pas lui aussi un hérétique ? insinuent-ils. Accepterait-il de concélébrer avec eux, comme un vrai croyant, la communion pour marquer l'élection du nouvel évêque de Trèves, Félix ? Martin refuse. Maxime s'étonne : « On ordonnera Félix demain, insiste-t-il. C'est un saint homme qui n'a en rien participé au jugement contre Priscillien. Que peut lui reprocher Martin ? Pourquoi ne pas s'associer à la communion avec les autres évêques ? » L'empereur se fait pressant, presque humble…

— Je sais déjà ce que va décider Martin ! s'esclaffe Julius Galvinius en se redressant. Comme à chaque fois, ton courageux évêque va céder !

— Mais non ! se récrie Antonius. L'empereur le trompe. Maxime promet de retirer ses tribuns d'Espagne et de faire cesser toutes les persécutions contre les disciples de Priscillien si Martin accepte de communier avec les évêques pour l'ordination de Félix.

— Marché de dupes ! gronde le vieillard.

— Mais que pouvait-il obtenir de plus, si Maxime engageait sa parole ? Oui, il communie, puis il quitte Trèves, le cœur déchiré. Peut-être l'a-t-on trompé, peut-être a-t-il eu tort ? Il doute. Il chemine seul. Il s'enfonce dans les grandes forêts sombres. Il n'est qu'un homme, je le répète, auquel Dieu laisse toute sa liberté. Un homme qui s'interroge : a-t-il fait preuve de faiblesse en acceptant trop vite, naïvement, les promesses de Maxime, en communiant avec les évêques, en donnant ainsi aux corrompus et à l'empereur la caution de sa vertu ? Qui peut garantir, maintenant qu'ils ont obtenu ce qu'ils voulaient, qu'ils respecteront leur engagement ? Qui peut leur interdire de persécuter, de dépouiller de leurs biens ceux qu'ils qualifieront d'hérétiques ?…

À chaque pas qu'il fait, Martin se condamne. Peut-être a-t-il perdu la confiance de Dieu ?

Il continue de marcher, mais de plus en plus lentement, comme si les forces venaient à lui manquer.

Dans quelques heures, il atteindra le bourg d'Andethanna. Pour l'heure, il est seul en forêt. Il traverse une clairière. Près d'une source, il aperçoit une souche qu'éclaire la lumière du soleil tamisée par les feuilles des grands arbres. Il s'agenouille près d'elle et prie. Tout à coup, dans les rayons de lumière, une figure se dessine, celle d'un ange, et une voix murmure :

— Martin, tu as raison d'avoir des regrets. Mais comment pouvais-tu agir autrement ? Tu as fait ce que tu devais. Reprends courage, recouvre ta fermeté habituelle, sois résolu comme tu l'as toujours été. Tu as la charge de milliers d'âmes. Si tu doutes de toi, tu doutes de Dieu. Et tu mettrais ainsi en péril ta mission, donc ton salut. Va, Martin, comme tu l'as fait jusqu'à ce jour. Dieu veille !

Un rictus déforme le visage de Julius Galvinius.

— Je vais mourir de rire ! dit-il.

41.

Tête baissée, bras croisés, ses mains serrant ses épaules comme s'il s'agrippait à lui-même pour se sauver de la noyade, empêcher le courant tumultueux qui l'habite de l'emporter, Antonius Galvinius marche dans la campagne après l'averse.

Il a plu depuis le matin et les orages ne se sont éloignés qu'en cette fin d'après-midi, laissant un ciel sombre et bas, un brouillard effiloché qui s'accroche aux cimes des arbres. L'eau ruisselle encore et, dès qu'un souffle de vent secoue les feuilles, elle dégringole en grosses gouttes jusque-là retenues dans les frondaisons.

Antonius s'arrête souvent. Il frissonne. Il a l'impression d'entendre le rire de son père mêlé à la rumeur de l'eau. Une boule de métal bat ses tempes et sa tête résonne comme un grelot.

Il repart d'un pas plus rapide, l'échine ployée. Il lui semble que sa poitrine va se fendre par le milieu tant son cœur est douloureux. Le souffle lui manque. Une meute de chiens se battent à l'intérieur de lui, arrachant des lambeaux de sa chair, griffant et hurlant. Il se retient de crier.

Il voudrait s'agenouiller sur cette herbe couchée par les rafales et l'averse, contre cette terre gorgée d'eau. Mais il hésite. Et si les mots lui manquaient ? S'il ne savait plus dire avec ferveur « Notre Père » ?

Si la foi l'avait déserté ?

Si Dieu tout-puissant se désintéressait des humains, les avait abandonnés aux démons, à la peur, à la mort sans résurrection ?

Si Dieu avait détourné la tête, laissant les évêques se déchirer entre eux, les uns soutenant l'empereur et l'évêque Félix, les autres les dénonçant, tandis qu'entre ces bergers en guerre, les fidèles de Gaule s'en sont allés, errant, à la merci du Diable ?

Pourquoi Dieu a-t-Il laissé les siens s'aveugler ? Pourquoi ne leur a-t-Il pas tendu la main pour les guider sur le juste chemin ? Pourquoi a-t-Il plongé Martin lui-même, le plus valeureux de ses soldats, dans le doute ?

Après qu'il a quitté Trèves, et malgré les paroles consolatrices de l'ange dans la clairière d'Andethanna, Martin a continué de souffrir et de s'accuser, sentant lui aussi remords et interrogations lui ronger la poitrine. Il a refusé de se rendre aux synodes et conciles qui, à Milan, Nîmes, Turin, tentaient de rassembler les évêques, pauvres esprits à la dérive, tout juste bons à échanger des accusations d'hérésie et de schisme sous un ciel silencieux et indifférent.

Ô Dieu !

Antonius s'immobilise. Le ciel s'est encore obscurci, ne laissant au-dessus de la ligne de cyprès que cette ligne rouge comme une veine ouverte.

Ô Dieu !

Il lève les yeux. Il voudrait que la foudre le frappe ici même, l'annihile pour que meurent avec lui ces chiens enragés qui continuent de lui labourer la poitrine et dont il sent les crocs heurter ses côtes.

Ô Dieu !

Il a l'impression qu'il ne peut plus se réfugier dans la prière, que le havre que la foi lui offrait jusqu'alors a disparu, qu'un énorme bloc noir en dissimule l'entrée.

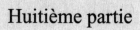

Huitième partie

42.

Antonius Galvinius ne bouge pas, mais la terre boueuse sur laquelle il est étendu tremble.

Il sent qu'elle va s'ouvrir. Il va être englouti par cette immense bouche dévorante, cette bête monstrueuse qui gronde au-dessus et au-dessous de lui.

Il lève la tête. La nuit n'est pas encore tombée, mais le ciel s'est réuni à la terre, fermant l'horizon d'un rideau noir.

Il s'agrippe à des touffes d'herbes coupantes. La pluie imprègne peu à peu ses vêtements qui collent à sa peau comme un suaire glacé.

Il claque des dents.

Est-ce la fin du monde ?

Il enfonce à nouveau son visage dans la boue. Il se souvient des prophéties de Martin annonçant le retour de Néron et des persécutions, le renouveau du règne des idoles, et, pis encore, la venue de l'Anté-christ qui ferait de Jérusalem sa capitale ; les cieux de toutes les contrées seraient parcourus par des nuées, déchirés par des éclairs, secoués par le tonnerre, jusqu'à ce qu'enfin le Christ apparaisse et écrase l'Impie.

Martin a dit cela. Sulpice Sévère le rapporte. Il raconte comment, alors qu'il était reçu par l'évêque de Tours, celui-ci s'est agenouillé comme le plus humble des esclaves, lui a lavé les mains et les pieds, lui a servi son repas avant de le convier à prier avec lui et de lui dire qu'il fallait, dans l'attente de l'apocalypse, abandonner attraits du monde et fardeaux du siècle pour suivre le Seigneur Jésus dans la liberté et le détachement. Parce qu'à tout instant Dieu peut appeler chacun et qu'il faut être prêt à se présenter devant Lui.

Car Dieu seul juge et c'est Lui seul qui décide du moment.

Antonius Galvinius serre si fort les herbes entre ses doigts qu'elles lui cisaillent la peau.

Est-ce la mort ? Va-t-elle se saisir de lui alors qu'il a fui son père pour ne plus entendre ses paroles perverses ni son rire narquois, qu'il a renoncé à lui répondre, craignant que le venin du doute ne s'insinue en lui ?

— Pardonne-moi, Seigneur, je crois en Ta toute-puissance…

Antonius prie, couché sur la terre, tentant de s'y incruster pour empêcher qu'on le capture, l'entraîne dans les profondeurs de la mort.

Il prie.

Pourquoi craindrait-il, s'il ne doute pas, de paraître devant Dieu, si le moment est venu ?

La mort ne sonne-t-elle pas pour chacun ?

Nul ne lui échappe. Ainsi l'empereur Maxime a

trompé Martin. Il a cru l'emporter sur le saint homme. Il a dû se moquer de sa naïveté, et, après avoir joué les humbles afin d'obtenir ce qu'il désirait, il a laissé condamner Priscillien et persécuter ceux que les évêques corrompus appelaient les hérétiques, ariens ou priscilliens. Mais Maxime a été vaincu et égorgé par les soldats de l'empereur Théodose.

Antonius Galvinius murmure :

— Martin l'avait prédit, Martin l'avait averti. Et le Seigneur a châtié Maxime, et le Seigneur a confirmé la prophétie de Martin.

Il se redresse, s'agenouille, laisse la pluie glisser sur son visage, le long de son cou, battre sa poitrine.

Il prie :

— Je crois en Ta toute-puissance, Seigneur. Délivre-moi de la vie et laisse-moi rejoindre Ton royaume !

Il courbe la nuque. Il n'aspire qu'à recouvrer la paix. Il veut se soumettre, comme l'a fait Martin.

C'était au début du mois de novembre de l'an 397.

Toujours accompagné de la cohorte de moines qui marchaient à ses côtés, mêlant leurs voix à celle de l'évêque, scandant les prières au rythme de leurs pas, Martin remontait le cours du fleuve vers le village de Candes, l'une des paroisses qu'il avait créées, au confluent de la Vienne et de la Loire.

Il marche lentement comme si, à chaque pas, à

chaque fois qu'il décolle son pied du sol, une douleur lui poignait le cœur. Pourtant, ses jambes ne portent qu'un corps frêle où les os percent la peau. C'est comme si les jeûnes auxquels il se soumet avaient strié sa poitrine de longues cicatrices parallèles, celles des côtes, et creusé son visage sous les pommettes et aux tempes.

Son regard brille, mais il lui arrive parfois de fermer les yeux comme si le simple fait de baisser les paupières pouvait le reposer. Sa respiration est haletante, parfois le souffle reste accroché à sa gorge. Il ouvre alors la bouche comme ces poissons que le courant rejette sur les berges et qui meurent au bout de quelques spasmes.

Martin s'arrête. Il contemple le fleuve. Il aperçoit des oiseaux qui volent au ras de l'eau, puis plongent tout à coup la tête dans les flots. Ils capturent un poisson qui brille un très court instant dans leur bec avant qu'ils ne le laissent glisser dans leur jabot.

Martin tend le bras. D'abord murmurante, sa voix s'affermit et tremble de colère :

— Voilà l'image des démons, dit-il. Ils guettent, se saisissent des imprudents. Ils entassent leurs proies, puis les dévorent. Ils sont insatiables !

Il se signe, lance un cri pour intimer l'ordre aux oiseaux de s'éloigner. Ceux-ci se rassemblent puis disparaissent, abandonnant le fleuve et volant à tire-d'aile vers les collines boisées.

Martin baisse la tête comme si l'effort fourni avait été trop grand. Puis il se remet en marche, entre dans le village de Candes, écoute les doléances des uns et des autres, apaise les querelles qui opposent prêtres, moines et fidèles.

Il est las.

Est-ce le moment ?

Martin a la certitude qu'il ne pourra plus rentrer à Marmoutier. Ses jambes ne le porteraient plus.

Les moines se sont rassemblés autour de lui. Il murmure :

— C'est le moment pour moi de rejoindre le royaume de la Paix.

Il tremble. Il est en sueur, il a froid.

Il demande qu'on étende sur le sol des cendres et un cilice, l'une de ces couvertures de laine rêche qui meurtrissent la peau plus qu'elles ne réchauffent le corps.

Il va mourir.

Il entend les lamentations des moines :

— Père, pourquoi nous abandonnes-tu ? Sur ton troupeau vont se jeter les loups. Nous savons bien que ton unique désir est le Christ, mais tes récompenses ne diminueront pas pour avoir été retardées. Aie plutôt pitié de nous que tu laisses !

Murmures. Prières. Qui peut décider du moment, sinon Dieu seul ?

Martin s'allonge sur les cendres et murmure :

— Seigneur, si je suis encore nécessaire à Ton peuple, je ne me dérobe point à la peine. Que Ta volonté soit faite !

Il prie :

— Tant que Tu m'en donneras l'ordre Toi-même, Seigneur, je servirai sous Tes enseignes. Et bien que le souhait d'un vieillard soit de recevoir son congé, si Tu m'enjoins de rester en faction dans Ton camp pour continuer d'y accomplir la même tâche, je ne me déroberai point ni n'invoquerai les défaillances de l'âge,

je remplirai fidèlement la mission que Tu me confie-
ras…

Il se recroqueville. Son corps est parcouru de fris-
sons. Mais il se sent si paisible à l'intérieur !

Il entend à peine les moines qui chuchotent, prient,
lui proposent de glisser sous son corps fiévreux des
couvertures afin qu'il se réchauffe, ne soit pas au
contact du cilice, de la cendre, de la pierre froide du
sol.

— Un chrétien ne doit mourir que sur la cendre,
murmure-t-il. Si je vous laissais un autre exemple, j'au-
rais péché.

Il se tourne face au ciel, tend les bras.

Il repousse les moines qui veulent l'aider à se coucher sur le côté afin qu'il souffre moins. Sa respiration
devient heurtée, elle n'est plus qu'un râle qui, chaque
fois, semble si douloureux que tout le visage se
contracte.

Mais Martin désire regarder le ciel plutôt que la
terre.

Et, tout à coup, voici qu'il se soulève. L'expression
de son visage est résolue. Il parle d'une voix claire :

— Pourquoi te tiens-tu là près de moi, brute sanglante ? demande-t-il. Tu ne trouveras rien en moi,
maudit ! Le sein d'Abraham me reçoit…

Les moines tournent la tête en tous sens comme pour
rechercher la présence du Diable près de Martin, mais,
dans la pénombre, ils ne distinguent rien.

43.

Antonius Galvinius rouvre les yeux. La nuit est tombée. Il entend des chuchotements.

Il imagine d'abord que ces voix étouffées sont celles des moines qui entouraient le corps de Martin, priant en larmes et s'étonnant de la sérénité de son visage tout à coup rajeuni, comme si les creux et les rides s'en étaient effacés. Sa peau était aussi lisse et blanche que si elle n'avait pas été maculée par les cendres sur lesquelles le corps était étendu. Et les moines de répéter :

— Qui croirait jamais qu'il était couvert de cendres et enveloppé par un cilice ?

Mais ces voix remontant de la mémoire s'estompent et Antonius reconnaît celles des esclaves de son père qui s'avancent, portant des torches. Puis il distingue, dominant toutes les autres, celle, stridente, de Julius Galvinius, sarcastique et indignée :

— Que cherches-tu, Antonius ? Que la foudre te réduise à un tas de cendres ?

Il se tient maintenant aux côtés de son fils.

— Vous autres chrétiens, poursuit-il, vous aimez bien les lits de cendres. Vous prenez plaisir à maltraiter votre corps. Vous préférez les souffrances, les brûlures et les plaies à la douceur des huiles que les esclaves utilisent pour enduire, masser et caresser la peau de leurs maîtres. Que veux-tu, Antonius : mourir ?

Celui-ci se lève. Ses vêtements collent à son corps. Il frissonne. Il répond qu'il est, comme le fut Martin, impatient de retrouver Dieu, mais qu'il se soumet à la volonté du Tout-Puissant.

— Je ne crains pas de mourir, ajoute-t-il, mais je ne refuse pas de vivre. Que Dieu décide.

— Vous êtes le parti de la mort ! s'exclame Julius Galvinius.

D'un geste brusque, il repousse son fils comme s'il redoutait de le frôler et voulait le tenir à distance ainsi qu'on le fait d'un lépreux.

Antonius croise les bras. Cette hostilité paternelle le rassure. C'est le Diable qui a provoqué Martin au seuil même de la mort, c'est lui qu'il défie.

— Je n'ai pas peur de la mort, répète-t-il. Dieu décide. Celui qui a marché dans les pas du Christ, qui s'est soumis à sa loi, qui a eu foi en lui, celui-là connaîtra le royaume des Cieux. Pourquoi le chrétien craindrait-il la mort ? « Le sein d'Abraham me reçoit », a dit Martin.

Le vieillard arrache une torche des mains d'un esclave et l'approche du visage de son fils.

— Je veux voir tes traits ! crie-t-il. Si je te brûle le nez et les lèvres, si je t'aveugle, si je jette ton corps vivant dans les flammes, tu hurleras comme n'importe quel autre homme, et si tu sais dompter ta douleur, tu ne me convaincras pas pour autant de la vérité de ta religion. Je peux…

Il écarte la torche, s'éloigne de quelques pas.

— Je peux citer dix noms de païens que la mort n'a pas effrayés, qui se sont ouvert la poitrine avec leur propre glaive ou qui ont demandé à leurs esclaves ou à leur ami le plus proche de les frapper. Croyaient-ils être reçus dans le sein d'Abraham?

Il revient vers Antonius.

— Tu as oublié Épictète, Sénèque ou Caton à qui la mort n'a jamais fait peur. Ignores-tu ce qu'a dit Sénèque : «Qui sait mourir ne sait plus être esclave. Il s'établit au-dessus, du moins en dehors de tout despotisme.» Tu ne te rappelles pas César qui, alors que les conjurés le percent de coups de poignard, cache son visage et son corps pour mourir avec dignité. Vas-tu prétendre que César était un baptisé de ta religion?

Il secoue la tête et approche à nouveau la torche du visage d'Antonius.

— Mais ta religion est la seule à aimer la mort, à mortifier le corps, à préférer la dalle de pierre au matelas de plume, le cilice à la douceur d'une peau de femme, la faim, la soif, le jeûne à la saveur des mets, aux arômes et au plaisir du vin, à faire ainsi de la vie un chemin de ronces, de fondrières et de cailloux aux arêtes vives où les chairs se déchirent, une quête de souffrances et non de joies! Alors oui, la mort est délivrance, et c'est à cela que se résume ce que tu dis.

Julius Galvinius poursuit en s'éloignant :

— J'ai vu les barbares s'agenouiller sur le champ de bataille après avoir été vaincus et tendre leur gorge au glaive du centurion. Ils ne craignaient pas la mort, et, pour autant, ignoraient Abraham et le Christ! Ils acceptaient de mourir parce que leur mort était encore un moment de leur vie. Son couronnement!

Il se dirige vers la villa qu'éclairent les torches fixées aux murs et les lampes à huile placées dans leurs niches. Tout à coup, il s'arrête et se retourne.

— Quitte cette demeure, Antonius ! Tu portes la mort en toi. Or les vers grouillent dans les cadavres et je ne tiens pas à ce qu'ils envahissent ma maison. Va où ta religion te conduit, vers la croix des esclaves et le tombeau dont jamais personne n'est revenu.

Antonius s'élance vers lui en criant :

— Pour celui qui croit au Christ, la mort est résurrection et promesse de vie éternelle !

Julius lui fait face.

— Je devrais te tuer, dit-il en faisant un pas vers son fils qui s'est figé.

Il se contente de hausser les épaules.

— Mais je ne veux pas te donner cette joie ! ricane-t-il. On risquerait de vénérer ton cadavre et les fidèles de ta secte se disputeraient pour savoir qui, parmi eux, le conserverait, qui élèverait sur lui une basilique.

Julius Galvinius hoche la tête et marmonne :

— Toujours les hommes ont eu et continueront d'avoir besoin de dieux et d'idoles.

Il a une grimace de mépris.

— Peut-être après tout n'es-tu pas mon fils, mais celui d'un esclave ? Ta mère les aimait…

Le vieillard renverse la tête en arrière et sonde du regard le ciel maintenant nettoyé.

44.

Agenouillé, Antonius Galvinius s'appuie de l'épaule droite à l'une des quatre colonnes qui soutiennent la voûte de la petite basilique de Tours au centre de laquelle se trouve le sarcophage contenant la dépouille de Martin.

Il se penche pour tenter de l'entr'apercevoir derrière les rangs de pèlerins qui se pressent dans la nef étroite.

Mais, sitôt qu'il s'écarte de la colonne, il chancelle et craint de s'abattre sur les dalles, de mourir là avant même d'avoir pu toucher ce sarcophage, de l'avoir embrassé comme font les pèlerins, d'avoir prié, le front posé sur la pierre tombale, et demandé à Martin grâce et protection.

Antonius ferme les yeux.

Il voudrait tant la sauver, cette mère dont il ne garde aucun souvenir ! Mais, tout au long du chemin, entre la villa de Julius Galvinius et cette basilique de Tours, il n'a cessé de prier pour elle.

C'est pour elle qu'il a marché si vite, les pieds en sang, pour elle qu'il s'est couché dans les fossés, pour ne pas perdre de temps à rechercher un gîte, pour elle encore qu'il s'est attelé, comme une bête de somme, afin d'obtenir, en échange de son travail, un peu de pain pour avoir la force d'atteindre Tours et de se retrouver là, sous cette coupole, au milieu de la foule murmurante de prières – et c'est comme si les flancs de la nef s'étaient mis à vibrer.

Antonius Galvinius baisse la tête.

Il faut que Martin la sauve de la damnation, cette mère que son père, Julius, le dernier jour, a insultée.

Julius Galvinius s'était d'abord moqué des fidèles qui s'étaient disputé, dans le village de Candes, le corps du défunt. Ceux de Poitiers rappelaient que Martin avait commencé par être moine à Ligugé et qu'ils avaient donc tous droits sur son cadavre et son tombeau, et bien sûr – avait ricané le vieillard – droit à tous les bénéfices qu'un pèlerinage procure. Car ils seraient des milliers à rappliquer de toute la Gaule, et même d'au-delà des montagnes et des mers, ces fidèles – ces vénérateurs d'idoles, avait-il ajouté –, et ce serait source de puissance et d'argent pour ceux qui auraient acquis la dépouille et édifié sur elle une basilique.

Mais, dans la nuit d'après la mort de Martin, celle du 9 au 10 novembre 397, les Tourangeaux avaient profité du sommeil des Poitevins pour s'emparer du corps de leur évêque et l'embarquer sur un bateau qui avait descendu le fleuve jusqu'à Tours, avec le cadavre du saint homme en proue, le visage dissimulé par un grand capuchon de laine rêche.

Des oiseaux, dit-on, avaient fait cortège à l'embarcation.

Quand, le 11 novembre de cette même année 397, on avait organisé à Tours les funérailles de Martin, des

302

milliers de fidèles, et, parmi eux, deux mille moines, avaient suivi son cercueil en chantant des hymnes et en priant.

C'est ainsi que Tours était devenue ville de pèlerinage.

Le successeur de Martin à l'évêché, le débauché Brictio, oui – avait répété à plusieurs reprises Julius Galvinius – Brictio, ce Brictio qui avait vécu entouré de jeunes corps dont il se plaisait à abuser, Brictio avait fait construire une modeste basilique pour y héberger le sarcophage, et les pèlerins d'affluer, de baiser et lécher la pierre, d'emporter la poussière, et les paralytiques de se redresser en pleurant de joie.

Martin les avait guéris. Et les aveugles voyaient à nouveau.

Julius Galvinius avait d'abord ricané, puis s'était indigné.

Enfin, quand Antonius avait répondu que la puissance divine de Martin, la force de l'amour qu'il avait prodigué aux hommes étaient telles qu'il pouvait encore, même après son trépas, sauver et guérir, alors le vieillard avait clamé qu'il reniait ce fils d'esclave !

Car Julius en était sûr, désormais, Antonius était né de la semence d'un de ces animaux à visage humain qui sont faits pour servir. La mère d'Antonius, cette truie fangeuse, avait ouvert ses cuisses à tous les jeunes porcs qu'elle trouvait à son goût parmi les dortoirs d'esclaves.

Et lui, Julius Galvinius, avait accepté cela parce qu'il

voulait un fils, et qu'il avait imaginé que sa semence d'homme libre, de noble citoyen romain, se révélerait plus forte que celles de ces sous-hommes.

Et il l'avait cru jusqu'à ce que cette religion d'esclaves, ce culte d'un crucifié, s'emparant de l'esprit de son fils, ne lui révèle qu'Antonius n'était rien d'autre que l'un d'eux.

Il regrettait de lui avoir donné son nom. Il avait eu raison de chasser de sa maison son épouse, cette truie. Maintenant, c'était le fils de cette femme et d'on ne sait quel goret qu'il en bannissait à son tour.

Et Antonius avait quitté la demeure paternelle, poursuivi jusqu'au bout du parc, puis jusqu'à la haie de cyprès, par les insultes, les malédictions, les propos sacrilèges que continuait de proférer depuis la terrasse le vieux Julius Galvinius.

Dans la petite basilique de Tours construite par Brictio, le prélat débauché, Antonius se redresse, l'épaule et la hanche appuyées à la colonne qui lui permet de tenir debout.

Un groupe de pèlerins le bousculent.

Ils portent sur un lit de branchages une femme dont les membres sont attachés, mais dont le visage se tord. Parfois, dans un spasme, elle réussit à soulever son corps pourtant arrimé, puis elle retombe, comme épuisée, les yeux révulsés.

Antonius Galvinius suit le groupe.

Il a l'impression que cette femme qui geint, entravée comme une bête furieuse et apeurée, est l'image de sa mère qu'on a peut-être lapidée, battue jusqu'à ce qu'elle agonise, abandonnée seule dans la boue, sans même le secours d'une prière. Mais, il s'en persuade, elle devait être chrétienne, peut-être même était-elle l'une de celles dont son père avait parlé lors des premiers jours de leur tête-à-tête, quand il avait évoqué ces femmes qui avaient introduit dans sa maison la figure du Christ, profitant de ce qu'il était allé combattre les barbares.

Julius Galvinius avait indiqué qu'elles avaient été châtiées, qu'elles étaient toutes mortes, condamnées par les vrais dieux. Sans doute figurait parmi elles cette mère dont il disait qu'elle n'était qu'une truie affairée à flairer les mâles, toute mouillée de désir pour les jeunes esclaves, alors qu'elle ne cherchait en fait – Antonius en était sûr, maintenant – qu'à les convertir, allant parmi eux parce qu'ils étaient aussi fils de Dieu.

Ô mère…

Antonius s'agenouille près de ce brancard fait de branches sur lequel gît la femme aux yeux révulsés.

Les hommes qui la portaient l'ont déposée contre le sarcophage de Martin et ils prient, sourde complainte plus forte que les murmures des autres pèlerins.

Antonius prie avec eux.

Le visage de la femme est éclairé par les cierges et les lampes à huile. Peu à peu, le rictus qui déformait ses traits s'estompe. Ses joues deviennent lisses. Elle respire régulièrement, poussant parfois de longs soupirs comme si, en elle, des liens qui l'enserraient se dénouaient.

Et, tout à coup, dans ce qui ressemble à un sommeil tranquille, elle sourit.

Ô mère – sauvée !

Antonius Galvinius applique son front contre le sarcophage de Martin de Tours.

Neuvième partie

45.

Les pèlerins viennent maintenant à Tours par milliers.

Ils s'arrêtent devant le porche de la grande basilique édifiée par l'évêque Perpetuus et dédiée à Martin le 4 juillet 471, jour anniversaire de son élection à l'épiscopat.

Ils sont stupéfaits. Jamais ils n'ont vu une église aussi vaste, aussi haute. Une tour domine le porche. Elle s'élève de plus de trente pas au-dessus de la voûte de la nef. Et cette voûte elle-même surplombe les grandes dalles de cinquante pas. Il en faut autant pour parcourir d'un bout à l'autre la basilique, et plus de la moitié pour la traverser d'un mur à l'autre. Des tapisseries aux couleurs vives cachent les pierres grises. La nef comporte dix travées et quarante et une colonnes. Cinquante-deux fenêtres éclairent l'intérieur de la basilique. Le sarcophage de Martin est placé au centre de l'abside. La lumière l'éclaire en permanence. On dirait que Dieu veille sur lui sans jamais le quitter du regard.

Les pèlerins marchent vers le sarcophage comme si la fatigue qui les accablait s'était évanouie.

Pourtant, ils sont en route depuis des semaines, parfois même des mois, la poussière des chemins leur colle à la peau, et leurs vêtements sont souvent en lambeaux.

Certains ont les pieds en sang.

Ceux-là ont franchi les Alpes ou les Pyrénées pour venir s'agenouiller devant le tombeau de Martin, celui qu'ils nomment « le confesseur révéré par la terre entière ».

La plupart ont quitté tel ou tel village de cette Gaule dont la Meuse et la Loire dessinent les frontières.

Parfois, entassés sur de larges barques, ils se sont laissé guider par le courant des rivières et des grands fleuves, chantant des psaumes et priant.

D'autres ont suivi les chefs francs qui sont leurs maîtres et qui chevauchent eux aussi vers Tours pour obtenir la protection de Martin le catholique dans les guerres qu'ils mènent contre les Wisigoths, ces barbares, chrétiens eux aussi, mais hérétiques, disciples d'Arius.

Tous espèrent recueillir auprès du tombeau quelque relique. Ils portent des fioles d'huile qu'ils placeront sur le sarcophage. Ils frôleront la pierre sacrée avec des morceaux d'étoffe, ces *bradea* qu'ils garderont ensuite sur leur corps afin que ces tissus sanctifiés, ces quelques fils tressés écartent d'eux les démons et la maladie.

Beaucoup soutiennent des paralytiques, des enfants aux membres déformés. D'autres conduisent des aveugles. Des femmes croisent les mains sur leur ventre stérile dans l'espoir que Martin leur accordera la grâce de la fécondité.

Voici un enfant aux genoux repliés sur sa poitrine, comme collés à son torse, et dont les pieds sont retournés. Ses parents le portent, le déposent sur le sarcophage, l'aspergent d'une huile contenue dans une fiole laissée quelques heures à proximité du tombeau. Et l'enfant déplie ses jambes, et ses pieds reprennent leur position naturelle. Le père soulève l'enfant, le montre aux pèlerins. Les cris, les chants, les pleurs, les prières de la foule résonnent sous la voûte, puis, comme une vague qui roule, gagnent le porche où d'autres pèlerins s'agenouillent.

Encore plus nombreux que le 4 juillet sont-ils le 11 novembre, jour où l'on commémore l'inhumation de Martin à Tours.

Certains se pressent autour des lampes à huile qui brûlent de part et d'autre du sarcophage. Ils recueillent un peu d'huile et l'emportent dans des ampoules. D'autres raclent la cire tombée des cierges dressés le long du tombeau. Ils assurent que cette cire, enterrée dans les champs, favorise les récoltes.

Un homme prétend que tout infirme qui embrasse un bout de la corde avec laquelle on sonne la cloche des offices de la basilique est assuré de sa guérison.

Un autre jure qu'une poignée de terre ramassée autour du monument, voire un peu de la pierre grattée sur les murs suffisent pour soigner les pires maux.

«Par toi, Martin, sont sauvés ceux qui emportent des reliques dans un esprit de piété, dira plus tard l'évêque Grégoire. Tout cela, c'est une foi vaillante qui l'obtient selon la parole du Seigneur: "Ta foi t'a sauvé."»

Les pèlerins répètent.

Ils coupent des brins de laine des tapisseries, les nouent autour de leur poignet, de leur doigt, de leur cou. Puis ils quittent Tours et raconteront tout au long des chemins, puis dans leur village, ce qu'ils ont vú : la basilique illuminée, l'enfant guéri, la femme enfin féconde.

De plus en plus nombreux affluent les hommes et les femmes de Gaule, et ceux d'au-delà des montagnes se mettent aussi en route pour Tours.

D'autres, dans leurs villages, vouent leur église à Martin, le bienheureux confesseur, celui auquel Dieu a concédé une part de Sa puissance et qui continue, mort, d'aimer et aider tous ceux qui ont la foi vaillante.

Et les nouveaux baptisés prennent le nom de Martin.

Et quand, au centre de la clairière où ils ont décidé de vivre, des défricheurs bâtissent leurs premières maisons, qu'ils y dressent le clocher d'une église, ils donnent à ce hameau le nom de Martin.

Et dans leurs camps entourés de palissades, les chefs des Francs, ceux qui gouvernent la Gaule entre Meuse et Loire, pensent que s'ils posaient leurs armes sur le sarcophage de Martin, s'ils combattaient en son nom les barbares hérétiques, ils seraient vainqueurs.

Alors eux aussi se rendent à Tours.

Un jour de l'hiver 480, l'un de ces chrétiens pénétra dans la basilique.

Le froid était vif. La neige barrait les chemins, les grands fleuves charriaient des blocs de glace.

Dans la nef, seuls quelques pèlerins priaient. Des moines de Marmoutier entouraient le sarcophage.

Le pèlerin resta à quelques pas, n'osant s'avancer. Il s'agenouilla. Ce faisant, il remarqua qu'une des dalles portait une inscription.

L'homme ne savait pas lire. Il passa sa paume ouverte sur la pierre, suivant les sinuosités des lettres. Un moine vint prendre place près de lui, murmurant que personne, jamais, ne relevait cette inscription.

Le moine chuchota que, quelques décennies auparavant, sur cet emplacement se dressait une modeste basilique. En ce temps-là, quelques années seulement après la montée au ciel de Martin, les pèlerins étaient moins nombreux. Parfois, on obtenait de l'évêque le droit de se faire inhumer dans la nef.

Quand l'évêque Perpetuus décida de construire la grande basilique, certaines pierres tombales de la première église furent utilisées pour paver la nef autour du sarcophage de Martin.

Ainsi celle-ci, ajouta le moine en caressant la dalle. Elle rappelait, raconta-t-il, le souvenir de deux hommes, un père et un fils.

Le moine fit glisser ses doigts sur les lettres : Julius et Antonius Galvinius, précisa-t-il.

Le fils, Antonius, était l'un des moines de Marmoutier. Il vivait retiré dans l'une des grottes de la falaise. Parfois, il interrompait ses prières pour copier les livres saints. Un matin, un messager lui apporta la nouvelle que son père, Julius Galvinius, avait été enlevé en Aquitaine par des barbares hérétiques qui réclamaient une forte rançon.

Antonius avait aussitôt quitté Marmoutier pour

rejoindre ce royaume et proposer aux Wisigoths qui retenaient son père de prendre sa place. Sans doute espérait-il aussi être en mesure de les convertir à la juste foi.

Julius Galvinius fut libéré, mais on apprit quelques mois plus tard qu'Antonius avait été livré à d'autres clans barbares, des païens qui l'avaient crucifié. On retrouva son corps supplicié.

Julius Galvinius avait alors exprimé le vœu d'occuper la grotte de son fils à Marmoutier.

Il avait vécu plusieurs années encore, dans le silence et la prière, demandant pour seule grâce qu'on l'enterrât dans la basilique auprès de Martin, et que la dalle portât à côté de son nom celui de son fils.

Le moine saisit la main du pèlerin et la guida lentement de telle façon que, du bout des doigts, elle suivît les lettres et reconnût JULIUS et ANTONIUS GALVINIUS.

— Ils sont ensemble, dit le moine.

Puis il entraîna le pèlerin vers le sarcophage.

Avec le beau temps, les pèlerins revinrent par milliers, se pressant dans la basilique, marchant sans la voir sur la dalle funéraire de Julius et Antonius Galvinius.

Un jour, parmi eux, il y eut Clovis, roi des Francs, qui avait décidé d'aller combattre les Wisigoths jusque dans leur royaume d'Aquitaine.

ROMANS

Le Cortège des vainqueurs, Robert Laffont, 1972.
Un pas vers la mer, Robert Laffont, 1973.
L'Oiseau des origines, Robert Laffont, 1974.
Que sont les siècles pour la mer, Robert Laffont, 1977.
Une affaire intime, Robert Laffont, 1979.
France, Grasset, 1980 (et Le Livre de Poche).
Un crime très ordinaire, Grasset, 1982 (et Le Livre de Poche).
La Demeure des puissants, Grasset, 1983 (et Le Livre de Poche).
Le Beau Rivage, Grasset, 1985 (et Le Livre de Poche).
Belle Époque, Grasset, 1986 (et Le Livre de Poche).
La Route Napoléon, Robert Laffont, 1987 (et Le Livre de Poche).
Une affaire publique, Robert Laffont, 1989 (et Le Livre de Poche).
Le Regard des femmes, Robert Laffont, 1991 (et Le Livre de Poche).
Un homme de pouvoir, Fayard, 2002.

SUITES ROMANESQUES

La Baie des Anges :
I. *La Baie des Anges,* Robert Laffont, 1975 (et Pocket).
II. *Le Palais des Fêtes,* Robert Laffont, 1976 (et Pocket).
III. *La Promenade des Anglais,* Robert Laffont, 1976 (et Pocket).
  (Parue en 1 volume dans la coll. «Bouquins», Robert Laffont, 1998.)

Les hommes naissent tous le même jour :
I. *Aurore*, Robert Laffont, 1978.
II. *Crépuscule*, Robert Laffont, 1979.

La Machinerie humaine :
• *La Fontaine des Innocents,* Fayard, 1992 (et le Livre de Poche).
• *L'Amour au temps des solitudes,* Fayard, 1992 (et le Livre de Poche).
• *Les Rois sans visage,* Fayard, 1994 (et le Livre de Poche).
• *Le Condottiere,* Fayard, 1994 (et le Livre de Poche).
• *Le Fils de Klara H.,* Fayard, 1995 (et le Livre de Poche).
• *L'Ambitieuse,* Fayard, 1995 (et le Livre de Poche).
• *La Part de Dieu,* Fayard, 1996 (et le Livre de Poche).
• *Le Faiseur d'or,* Fayard, 1996 (et le Livre de Poche).
• *La Femme derrière le miroir,* Fayard, 1997 (et le Livre de Poche).
• *Le Jardin des Oliviers,* Fayard, 1999 (et le Livre de Poche).

Bleu, Blanc, Rouge :
I. *Mariella*, Éditions XO, 2000 (et Pocket).
II. *Mathilde*, Éditions XO, 2000 (et Pocket).
III. *Sarah*, Éditions XO, 2000 (et Pocket).

Les Patriotes :
I. *L'Ombre et la Nuit*, Fayard, 2000 (et le Livre de Poche).
II. *La flamme ne s'éteindra pas*, Fayard, 2001 (et le Livre de Poche).
III. *Le Prix du sang,* Fayard, 2001 (et le Livre de Poche).
IV. *Dans l'honneur et pour la victoire,* Fayard, 2001 (et le Livre de Poche).

POLITIQUE-FICTION

La Grande Peur de 1989, Robert Laffont, 1966.
Guerre des gangs à Golf-City, Robert Laffont, 1991.

HISTOIRE, ESSAIS

L'Italie de Mussolini, Librairie académique Perrin, 1964,
    1982 (et Marabout).
L'Affaire d'Éthiopie, Le Centurion, 1967.
Gauchisme, Réformisme et Révolution, Robert Laffont,
    1968.
Histoire de l'Espagne franquiste, Robert Laffont, 1969.
Cinquième Colonne, 1939-1940, Plon, 1970 et 1980,
    Éditions Complexe, 1984.
Tombeau pour la Commune, Robert Laffont, 1971.
La Nuit des Longs Couteaux, Robert Laffont, 1971 et 2001.
La Mafia, mythe et réalités, Seghers, 1972.
L'Affiche, miroir de l'Histoire, Robert Laffont, 1973, 1989.
Le Pouvoir à vif, Robert Laffont, 1978.
Le XXᵉ siècle, Librairie académique Perrin, 1979.
La Troisième Alliance, Fayard, 1984.
Les idées décident de tout, Galilée, 1984.
Lettre ouverte à Robespierre sur les nouveaux Muscadins,
    Albin Michel, 1986.
Que passe la Justice du Roi, Robert Laffont, 1987.
Manifeste pour une fin de siècle obscure, Odile Jacob,
    1989.
La gauche est morte, vive la gauche, Odile Jacob, 1990.
L'Europe contre l'Europe, Le Rocher, 1992.
Jè. Histoire modeste et héroïque d'un homme qui croyait
    aux lendemains qui chantent, Stock, 1994.
L'Amour de la France expliqué à mon fils, Le Seuil, 1999.

Histoire du monde de la Révolution française à nos jours en 212 épisodes, Fayard, 2001.

BIOGRAPHIES

Maximilien Robespierre, histoire d'une solitude, Librairie académique Perrin, 1968 et 2001 (et Pocket).
Garibaldi, la force d'un destin, Fayard, 1982.
Le Grand Jaurès, Robert Laffont, 1984 et 1994 (et Pocket).
Jules Vallès, Robert Laffont, 1988.
Une femme rebelle. Vie et mort de Rosa Luxemburg, Fayard, 2000.

Napoléon :
I. *Le Chant du départ,* Robert Laffont, 1997 (et Pocket).
II. *Le Soleil d'Austerlitz,* Robert Laffont, 1997 (et Pocket).
III. *L'Empereur des Rois,* Robert Laffont, 1997 (et Pocket).
IV. *L'Immortel de Sainte-Hélène,* Robert Laffont, 1997 (et Pocket).

De Gaulle :
I. *L'Appel du destin,* Robert Laffont, 1998 (et Pocket).
II. *La Solitude du combattant,* Robert Laffont, 1998 (et Pocket).
III. *Le Premier des Français,* Robert Laffont, 1998 (et Pocket).
IV. *La Statue du Commandeur,* Robert Laffont, 1998 (et Pocket).

Victor Hugo :
I. *Je suis une force qui va,* XO, 2001 (et Pocket).
II. *Je serai celui-là,* XO, 2001 (et Pocket).

CONTE

La Bague magique, Casterman, 1981.

EN COLLABORATION

Au nom de tous les miens, de Martin Gray, Robert Laffont,
  1971 (et Pocket).

Composition réalisée par Chesteroc Ltd

IMPRIMÉ EN ESPAGNE PAR LIBERDUPLEX
Barcelone
Librairie Générale Française - 43, quai de Grenelle - 75015 Paris
Dépôt légal Édit. : 41011-01/2004
Édition 01
ISBN : 2-253-06688-5

✦ 30/3014/5